KB178692

내 마음의 도서관
비블리오테카

The Libaray in My Heart

by Choe Jung Tai

Published by Hangilsa Publishing Co., Ltd., Korea, 2021

내 마음의 도서관
비블리오테카

최정태 지음

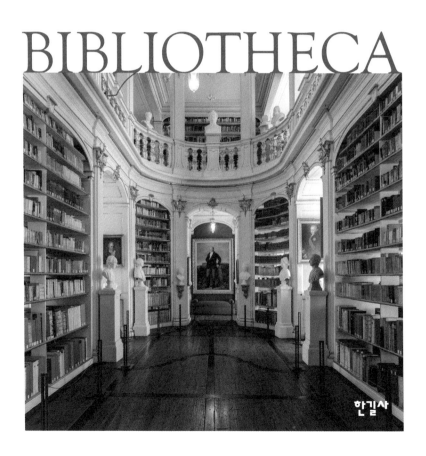

BIBLIOTHECA

한길사

헌 사

우리 인간의 지혜는 곧 사라지고 마는 기억을
오래도록 간직하고자 문자를 발명하여 기록한 다음 책을
만들었습니다. 그리고 책과 기록물로 도서관을 세워
누구나 쉽게 이용할 수 있도록 세상에 내어놓았답니다.
그곳에서는 어린이책에서부터 인류 최고의 지식까지
저장하여 자유롭고 평등하게 제공해주며, 우리가 원하는
보물을 언제나 아낌없이 안겨줍니다.
이러한 도서관이 있기까지는 탄생의 원형이 되는
'영혼의 요양소'ΨΥΧΗΣ ΙΑΤΡΕΙΟΝ가 있었습니다.
이를 창조한 고대 이집트의 위대한 파라오 람세스 2세와
그 이름을 '비블리오테카'Bibliotheca라고 처음 불렀던
옛 그리스·로마인들에게 마음속 깊이 경의를 표합니다.

1 우리 곁에 숨 쉬고 있는 책 그리고 도서관

어릴 때 읽은 책 한 권

대학에서 정년을 즈음해, 그동안 공부해온 전공서적을 모두 대학 도서관으로 넘겨주면서 그중 어릴 때부터 간직해오던 낡고 해진 책들은 학교에서 더 이상 필요가 없을 것 같아 죄다 내다 버렸다. 그때 버린 여러 책 중에서 낡고 손때 묻은 책 한 권이 아직도 내 마음속에 남아 있다. 그것은 단행본으로서 내가 처음 읽은 책이기도 하지만 책 속에 있었던 '도서관'의 존재가 지금도 기억에서 사라지지 않고 있기 때문이다.

프랑스의 공상과학 소설가 쥘 베른Jules Verne 원작 『해저 2만 리』라는 책이다. 청소년을 위해 쉽게 번안한 판타지 소설인데, 잠수함 '노틸러스'호의 함장 네모가 바닷속 깊숙이 종횡무진 활약하는 무용담을 그린 내용이었다. 네모 함장이 잠수함을 타고 대륙의 해저 터널을 뚫고 오대양을 누비면서 바닷속의 온갖 재료로 산해진미를 해 먹는 장면이 나올 때마다 배곯던 시절, 가난 속에 살던 아이는 침을 삼키면서 책장을 넘긴다.

깊고 깊은 바다 밑, 잠수함 안의 궁전 같은 서재에서 푹신한 의자에 파묻힌 털북숭이 함장이 책 읽는 모습에 취해 넋을 놓을 때도 있었다. 온갖 전쟁을 겪으면서 적을 무찌르는 통쾌한 장면과, 전쟁에서 전사한 대원을 깊은 바다 밑바닥에서 장례식을 치르는 모습을 보면서 호기심 많은 소년은 그만 책 속에 흠뻑 빠지곤 했다.

사실, 책에는 그보다 더 큰 감동이 있었다. 육지와 단절된 바닷속에서 함장 네모가 많은 역경을 이겨내고 끝내 승리를 이끌어낸 비결은 바로 잠수함 안에 설치된 1만 2,000권에 달하는 규모의 도서관이 있었다는 데 있다. 육지가 아닌 '바다 밑 2만 리8,000킬로미터'에 지식을 저장해둔 도서관이 곧 지상과 함장을 연결해주는 끈이라는 사실이 드러났을 때, 어린 소년이었던 나는 또 다른 세계에서 문화적 충격culture shock을 받을 수밖에 없었다.

그때만 해도 '도서관'이라는 단어는 신화에나 나올 만큼 희귀해서 그곳이 무엇을 하는 곳이며 어떤 곳인지, 또 1만 2,000권이라는 책이 얼마나 되는지, 개념도 모르는 상태였다. 오직 도서관에는 만사를 해결해주는 지식이 다 모여 있어 그것이 사회와 연결해주는 끈이라는 사실 하나만이 내 머릿속에 그대로 각인되었다. 당시 우리나라에는 도서관이 거의 없었고 어쩌다 골목길에서 조그만 책방이나 만화가게를 구경할 수 있는 정도여서, 그때 소년이 놀랐던 심정에 이해가 간다.

여기에 더해, 나는 사실과 허구fiction 사이에 엄청난 오류가 있다는 것도 몰랐다. 실제로 온 세계에 퍼진 바다의 평균 깊이는 3,700미터 정도이고, 지구에서 가장 깊다는 마리아나 해구도 기껏해야 1만 1,000미터밖에 되지 않는다. 그리고 보통 전투용 잠수함이 바다표면 50~150미터 사이에서 주로 활동하고, 세계 최대의 핵추진 잠수함 미시건호도 최대 240미터 범위 안에서 활동하고 있을 뿐이다. 그러니 장서 1만 2,000권의 수량도 오늘날의 관점에서 보면 별것이 아닐 수도 있다.

중요한 것은 소설가 쥘 베른이 상상 속에 그렸던 바닷속 대륙 밑을 뚫고 종횡무진 활약하는 허황된 잠수함 이야기가 실제 미국에서 그대로 실현되었다는 데 있다. 1954년에 진수한 세계 최초의 핵 잠수함 노틸러스Nautilus가 소설 속의 이름을 그대로 가지고 북극점을 횡단했다는 사실을 알았을 때, 현실의 도서관과 마음속의 도서관도 같은 궤도 안에서 존재하지 않을까 하고 생각해보기도 했다.

미국 땅에서 처음 본 북녘의 책

나는 학위취득을 위해 긴 외국유학은 못했지만 짧은 기간으로 외국에 있는 도서관을 구경하기 위해 여기저기 꽤 많이 돌아다닌 편이다. 맨 처음 간 곳이 1976년 미국 〈아시아재단〉의 지원을 받아 1년간 머문 버클리의 캘리포니아대학 동아시아도서관East Asian Library이다.

도서관에 가면 으레 책을 보게 마련이다. 책을 보면 도서관 이야

저녁 무렵에 보는 미국 최고 명문대학의 하나인 버클리 캠퍼스. 세이더타워(Sather Tower)와 도서관을 중심으로 캠퍼스 건물들이 환상적으로 펼쳐져 있으며 저 멀리 석양에 비치는 샌프란시스코 '골든게이트브리지'가 한눈에 들어온다.

ⓒ서터스

기가 나오고, 거기에 또 책이 엮여서 결국 하나가 된다는 것을 여러 번 경험했다. 그때 미국 대학도서관에서 난생처음 북조선에서 발행한 선전잡지 『조선』과 『로동신문』을 보았다. 글자를 마주하자 아주 어렸을 때, 무서운 전장의 곁에서 인민군들이 뿌린 '삐라'를 몰래 주워 읽어본 기억이 문득 떠올랐다. 같은 세종대왕의 한글이면서도 이상한 글씨체로 쓴 붉은 인쇄물에 대한 레드콤플렉스red complex가 남아서인지, 보지 말아야 할 것을 숨어서 본 아이처럼 가슴이 뛸 수밖에 없었다.

왜 가슴이 뛰었는지 그 배경을 아는가? 지금 이 시간, '국가보안법'이 시퍼렇게 살아 있는데도 개인이 『김일성 회고록』까지 출판해 마음대로 시중에 뿌리는 상황이 되었지만, 그때만 해도 적성국의 간행물은 물론 그림이나 음반 등 어떤 표현물을 운반, 판매 또는 소지하거나 보는 것만으로도 무거운 족쇄가 늘 따라다녔기 때문이다.

이렇게 두근거리는 가슴으로 서가에 꽂혀 있는 북녘의 책을 여기저기 뒤적이다가 새삼스레 거기에는 총을 든 '인민군' 말고 평범한 사람이 살고 있다는 사실에 다시 놀라면서 그때부터 북한을 새롭게 인식하기 시작했다. 그러면서 이 책들이 이국땅 대학도서관에는 있는데 왜 우리나라 도서관에는 없을까 하는 의문과 함께 착잡한 생각까지 들었다.

책이란 인쇄되어 전파됨으로써 비로소 생명력을 가진다. 책의 생명력은 그것을 전파하고, 또 받아들이는 주체가 누구인가에 따라 그 모습도 달라질 수밖에 없다. 다시 말하면, 국가 또는 개인 출판사가 책을 국민 개개인의 지적 욕구를 충족시키기 위해 경쟁적으로 발행하는 것인지, 아니면 어떤 독재국가가 그들이 지향하는 정치적 목적에 따라 일방적으로 발간하는 것인지에 따라 책의 진화양상도 달라질 수 있다는 것이다.

이렇게 나는 미국의 한 도서관에 눌러앉아서 분수령으로 나누어진 남과 북의 책들을 비교하면서, 앞으로 시간이 지나면 서로가 많이 달라질 것이라는 기대의 꿈을 버리지 않고 수년간 지내왔다.

그런 경험을 한 후 북한의 책들은 모두 잊고 지내던 차 새로운 밀레니엄^{Millenium}을 한 해 앞두고, 일본 도쿄에 있는 '코리아북센터'에서 그동안 잊어버렸던 풍경 하나를 목격했다. 4반세기 전 버클리에서 눈에 익었던 누렁색 '누런색'의 북한어 종이에 조잡하게 인쇄된 바로 그러한 책들이 털끝만큼도 달라지지 않은 채 책방 한 귀퉁이 서가에 그대로 꽂혀 있는 것이다. 그동안 수많은 세월이 흘렀음에도 어쩌면 이렇게도 변하지 않을 수 있을까? 서글픈 생각과 반가운 마음에서 책장을 훑어보다가 마침, 내 전공과 관련된『조선출판문화사: 고대-중세』^{평양, 1995}라는 국판^{菊判}형의 조그만 책 하나를 발견했다. 작고 볼품이 없는 책이었지만 그것이 나에게는 보물처럼 느껴져 지금 서재 깊숙이 간직하고 있다.

타이타닉의 비극이 하버드도서관으로

도서관 여행은 그 후에도 이따금씩 이곳저곳 계속되었다. 1980년대 말, 방문교수^{Visiting Scholar}로서 미국 동부의 몇 대학과 보스턴 애서니움^{Athenaeum} 그리고 하버드 와이드너도서관^{Widener Library of Harvard University}, 하버드 옌칭도서관^{Harvard-Yenching Library} 등에서 2개월간 머물게 되었다.

10년 전 못다 본 캠퍼스도 구경할 겸 학위논문에 쓸 마지막 자료 수집을 위해서였다. 이렇게 도서관을 들락날락하던 중, 마침 가까운 분으로부터 와이드너도서관 탄생에 관한 흥미로운 얘기를 듣게 되자 나의 호기심이 그대로 발동되었다. 주인공의 모교에서 그와 관련된 책을 찾는 것은 너무 쉬운 일이다. 책은 세계 최대의 호화유람선 '타이타닉'호가 1912년 4월 14일 밤, 불의의 사고로 인해 새로운 도서관이 생겨나게 된 이야기를 줄거리로 하고 있다.

당시만 해도 하버드대학은 세계에서 별 존재감이 없었고, 도서관이 독립건물로서는 조그만 고어홀Gore Hall 하나만이 외롭게 있었을 뿐이다. 20세기에 들어와 도서관은 마침내 장서 100만 권을 확보했지만 좁은 건물에 많은 책을 다 수용하기에는 턱없이 부족했다. 한 도서관에서 100만 권의 장서를 소장한다는 것은 지금도 드문 현상이지만 당시로서는 아무나 이룩할 수 없는 기념비적인 기록이었다. 그래서 하버드대학이 세계에 두각을 나타낸 것은 바로 '장서 100만 권'을 달성한 이후부터 시작되었다고 흔히들 말한다.

이렇게 도서관에는 책이 계속 늘어나고 있지만 부족한 공간 때문에 모두가 크고 새로운 도서관을 바라고 있을 무렵, 운명적으로 미국에서 가장 크고 웅장한 도서관이 탄생한 것이다.

그 계기는 와이드너Harry E. Widener라는 한 젊은 청년이 캄캄한 바다에서 일어난 유람선의 침몰로 큰 비극이 있었기 때문이다. 그는 필라델피아에서 전차를 제작하는 엄청 부유한 집안에서 태어났다. 어릴 적부터 아버지를 따라 열심히 일만 했다는 그는 1903년 하버드에 입학한 후 모든 것에 관심을 가졌지만 특히 책을 유난히 사랑했다고 한다.

나이가 들자 스스로 개인문고를 만들어 여기에 구텐베르크의 『성서』와 셰익스피어의 초간본2절지 등 귀중도서 3,500권을 수집할 만큼 장서가藏書家였고 애서가Bibliophile이기도 했다. 마침 그는 영국

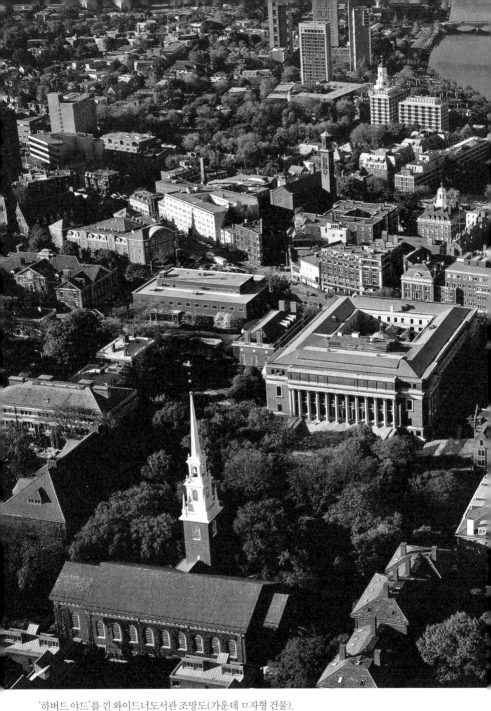

'하버드 야드'를 낀 와이드너도서관 조망도(가운데 ㅁ자형 건물).
세계 최대, 최고의 대학도서관으로 1년 예산이 2억 5,000만 달러(한화 약 2,800억 원)에 달한다.
이 가운데 도서구입비만 3분의 1에 달하는 1,000억 원에 가깝다. 이 돈은 우리나라 전체 공공도서관
1,160개(2020.12.기준)를 모두 합한 도서구입비 1,000억 원과 맞먹는 금액이다.

하버드 와이드너도서관 입구 바로 우측에 위치한 와이드너 기념홀.
와이드너는 책을 많이 간직한 장서가이자, 희귀한 책들을 모으는 애서가였다.

에 가서 프랑스의 사상가 몽테뉴Michel de Montaigne의 『수상록』Les Essais
초판본1580년 간행을 어렵게 구해서 돌아오는 길에 부모님과 함께 운
명의 타이타닉호를 탑승하게 된다.

타이타닉 안에는 두 개의 도서관이 있었다. A갑판에 있는 일등석
승객용 도서관과 C갑판에 있는 이등석 승객을 위한 도서관이다. 일
등석 승객 도서관은 베르사유궁전에서 루이 15세가 좋아했던 스타
일로 최고급 장식으로 꾸몄고, 이등석 승객용 도서관은 가로 12미

터, 세로 18미터 규모의 양탄자를 깐 방에 유리문을 둔 장식장까지 갖춘 식민지 시대의 최고 양식으로 만들었다. 그러나 승선 인원의 대부분을 차지하는 삼등석 승객을 위해서는 도서관 자체가 아예 없었다. 지금으로부터 100여 년 전, 그때만 해도 도서관은 일부 특수층들의 전유물이었지 일반 서민들에게는 그림의 떡이었을 뿐이다.

사고가 난 그 시간에 해리 와이드너의 부모는 배의 선장을 초대하여 한창 무르익은 파티에 참석해 있었고, 해리는 최고급 도서관 특실에서 책을 읽고 있었다고 한다. 밖은 아수라장이었음에도, 도서관에는 일등석캐빈C-80~82 승객을 위한 구명정이 별도로 있었기 때문에 충분히 탈출할 수 있었지만 영국에서 어렵게 구한 책을 읽느라 해리가 탈출할 때를 놓친 거라고, 일설은 전하고 있다.

책에서는 아버지의 생사 여부는 말하지 않고 있지만 결국 혼자만 살아남은 어머니 엘리너Eleanor는 27세 젊은 나이로 세상을 떠난 아들의 애절한 영혼을 달래기 위하여 당시로서는 어마어마한 금액인 200만 달러를 기부하여 세상에서 가장 크고 좋은 도서관을 짓도록 했다.

그것이 하버드 와이드너도서관이다. 그날의 비극이 없었다면, 그리고 도서관을 지극히 사랑했던 어머니가 없었다면 전 세계 5대 도서관에 속하는 오늘날의 웅장한 와이드너도서관은 없었을지도 모를 일이다. 오늘날 세계 최고의 대학 하버드가 존재하는 것은 절대 침몰하지 않을 크고 우람한 도서관이 있기 때문이라는 말이 지금도 그대로 적용되고 모두가 이 말에 동의한다.

지금 이 도서관은 500만 권의 장서를 가득 채우고 하버드 캠퍼스 안의 90여 개 도서관을 이끌고 있다. 그래서인지 사람들은 이곳을 하버드의 플래그십Flagship. 선두 깃발을 달고 앞에서 지휘하는 사령함정이라고 부른다.

한 젊은이의 목숨과 바꾼 책 한 권

젊은 청년 와이드너의 귀한 목숨과 바꾼 『수상록』은 과연 어떤 책이고, 글쓴이 몽테뉴는 누구이기에 한 젊은이가 그 책 한 권 구하려고 저 멀리 영국까지 찾아가야 했을까? 이미 고전이 된 프랑스의 책 한 권을 구하러 영국까지 찾아간 와이드너의 독서 안목과 호기심이 궁금했다.

나도 그의 순수한 마음에 이끌려 얼른 책을 구해 읽지 않을 수 없었다. 100년 전만 해도 책 한 권을 구하기 위해 이렇게 먼 여행을 해야 했는데 지금은 그 책이 세상 어디에 있든 휴대폰으로 손가락 하나만 움직이면 간단히 집 안방까지 배달되는 세상이다.

이 책은 지금도 계속 판을 거듭하여 '세상을 움직이는 책 34권'으로 인정받고 있다. 현재 우리나라에서도 10여 개 출판사가 같은 책을 계속 펴내고 있는 것을 보면, 역시 고전이란 우리 인류의 영원한 보물이면서 당시 와이드너 또한 책을 탐미하는 눈이 얼마나 대단했는지 이것만으로도 짐작이 간다.

저자 몽테뉴는 1533년 프랑스 남부 도르도뉴에서 태어났다. 할아버지는 자신의 성castle과 영지를 가진 귀족이었고 아버지 또한 그

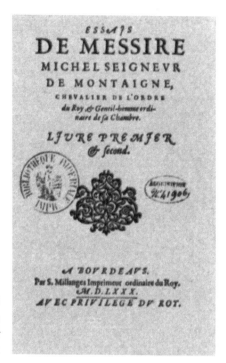

1580년 프랑스에서 출간된
『수상록』초판본.
몽테뉴가 독서로 터득한
여록을 모은 산문집이다.

곳의 시장까지 역임한 부유한 집안이었다. 그는 성장해서 서른여덟 살[1570년]까지 법관생활을 하다가 고향의 할아버지가 살았던 미셸 성[Chateau Michel]으로 돌아와 독서생활과 문필활동에 집중했다. 마침 내 프랑스의 전형적인 지성인으로서 문학과 사상에 뿌리를 내려 르 네상스 최고의 거목이 되었다.

우리가 문학형식으로 흔히 쓰고 있는 수필[隨筆, Essay]이라는 장르 는 바로 몽테뉴가 개척한 에세[essais]에서 나왔다. 이러한 그가 평소 독서로 터득한 여록을 모아 시작한 산문집[散文集]이 '에세'이고, 『수상록』隨想錄이다. 초판은 1580년 그의 고향 도르도뉴에서 단권으로 출판했지만 1588년 파리에서 제3권까지 발행하여 1592년 그가 죽을 때까지 퇴고를 거듭해 모두 107장, 전 3권으로 구성된 두꺼운 책이 되었다.

그는 평생을 서재에 파묻혀 산 진정한 독서인이었다. "이 서재야 말로 나의 성이다. 내 생애의 전부와 하루의 대부분 시간을 모두 여기서 보낸다"고 할 정도로 애착을 가졌던 곳이다. 명칭은 거창하게 샤토Chateau, 성로 부르지만 별로 크다고 할 수 없는 고전적인 성이다. 건물 중앙에 타워가 벽면에서 돌출된 집으로 서재라고 해봐야 천장에 들보가 그대로 드러난 중세 가난한 수도원의 기도처를 빼닮은 허름한 곳이었다. 그 한가운데 있는 조그마한 3층 방, 원형으로 둘러싼 흰 벽면에 창가 사이 세워둔 5단 책장의 소박함이 그대로 드러나고 있지만 거기에 앉아 늘 책을 읽는 것만으로도 그는 인생의 큰 보상으로 생각했던 것이다.

그의 좌우명은 소크라테스의 "너 자신을 알라"는 명구에 화답한다는 의미로 "나는 무엇을 아는가?"로 정했다. 그의 관심은 언제나 삶의 근본문제와 인간의 진실을 탐구하는 일이어서 글 또한 인간과 인간의 관계를 다루고 있어 누구나 부담 없이 읽을 수 있다. 이 책 여기저기 쏟아내는 그의 글을 읽어보면 그가 독서인으로서 얼마나 진솔한 언어를 구사하는지 금방 알 수 있게 된다. 어떤 글인지 몇 줄 읽어보기로 하자.

나는 젊어서는 남에게 자랑하려고 공부했다. 그 뒤에는 나를 만족시키기 위해서 했다. 지금은 재미로 공부한다. 무슨 소득을 바라고 하는 것은 결코 아니다.

내가 책을 좋아하는 것은 책은 언제나 내가 가는 곳에 함께하고, 어디에서도 나를 섬기기 때문이다.

독서는 내가 인생항로에서 발견한 최상의 재산이다. 이런 즐거움을 누리지 못하는 사람들을 보면 나는 늘 안타깝게 생각한다.

나는 매일 많은 사람들의 책을 읽으면서 산다. 그런데 그들의 학식과는 아무 관심이 없다. 오직 그들의 사람됨을 알고 싶을 뿐이다.

언제나 그의 곁에는 책이 항상 따라다녔고, 삶과 동떨어진 사유를 가진 학문은 모두 '거짓 학문'으로 비웃었다. 프랑스의 산문이 세계적 수준으로 도달한 것은 바로 몽테뉴의 수려한 문장이 담긴 『수상록』에서 기인한다고 한다.

결론적으로 영국의 운문韻文이 셰익스피어에 힘입어 세계 최고의 언어로 대접받고 있듯이, 몽테뉴가 있음으로 인해 프랑스의 산문이 세계적으로 평판을 받을 만큼 『수상록』은 기본이 되는 책이라 할 수 있다.

책 한 권이 젊은 청년 와이드너의 귀한 생명과는 도저히 견줄 수는 없을지라도 이렇게 세상은 뒤늦게나마 몽테뉴의 저력과 그의 책 『수상록』을 인정해준 것이다.

이런 책들을 읽으면서 나는 도서관에 관심이 더 커지고 신문이나 잡지 또는 책 등에서 자료를 모으는 재미를 붙였다. 그리고 호기심과 집념이 겹쳐 국내외 가리지 않고 가능한 곳이면 도서관을 직접 찾아가 확인해보아야 직성이 풀렸다. 이런 기질과 연분 때문인지 나는 사서 활동을 십수 년 해보고, 또 문헌정보학 교수 노릇까지 수십 년 경험해봤다. 여기서 얻은 결론은 인류가 어쩌다 고안해낸 책과 도서관이 '지식'과 '사람'을 연결해주는 매개자로서 우리 인간에게 더없이 귀하고 가치 있는 존재라는 것을 확인한 것이다.

최고의 지식은 어디서 얻는가?

일찍이 영국의 대학자 베이컨Francis Bacon은 "지식은 힘이다" Knowledge is Power라는 명언을 남겼다. 우리는 어릴 때부터 '아는 것이 힘'이라고 해서 '지식=힘'이라는 등식을 배워왔다. 그러나 베이컨이 그의 경험철학에서 보아왔던 대로 모든 사물을 귀납법으로 해석하자면 '지식은 권력이다'라고 해야 더 옳을 것 같다.

그는 철학자이면서 유명한 정치가이고 또한 학문분류를 창안해서 '학문분류의 아버지'라고 불리기도 한다. 그의 경험적 철학에 의하면 사람들이 저마다 타고난 지각으로 기억memory과 상상imagination 그리고 이성reason을 기본적으로 가지고 태어난다고 했다. 이 세 가지 지각활동에서 파생된 것이 곧 기억→역사, 상상→시, 이성→철학으로 전이된다고 생각하고, 이 세 개의 대주제main subject를 학문의 기본으로 삼았다. 그래서 지금 우리가 배우고 있는 '학문분류'는 대

학문분류의 아버지
프랜시스 베이컨의 초상.

개 여기서 출발했고, 오늘날 도서관에서 취급하는 '문헌분류' 또한
이것을 모태로 하고 있다.

"지식이란 무엇인가?"라고 다시 묻는다면, 그것은 추상적인 힘이
아니라 적어도 중세 암흑기에는 하나의 권력이었음이 분명하다. 이
를테면, 움베르토 에코Umberto Eco의 『장미의 이름』에는 지식을 알려
고 하는 한 수도사가 권력에 의해 죽임을 당하는 내용이 있다. 지식
은 아무나 가질 수 없는 오직 권력을 쥔 일부 특권층만의 소유물이
었기 때문이다. 사람이 안다는 것은 모두 책에 있기 때문에 권력을
가지지 못한 자가 책을 가진다는 것은 곧 죽음을 의미했다. 다만 책

은 권력자만이 가질 수 있는 무서운 칼날과 같은 것이어서 아무나 함부로 가지지 못하도록 했다.

그러나 지금은 아니다. 세상이 변하고 변했다. 누구나 도서관에 가면 얼마든지 책을 만지며 원하는 지식과 정보를 구할 수 있다. 사람들과 서로 대면하지 않은 언택트 상황에서도 마음대로 최고의 지식을 얻을 수 있는 곳이 되었다. 나는 그 상징이 되는 팻말을 프랑크푸르트에 있는 독일국립도서관에서 똑똑히 보았다. 이 말이 아직도 내 가슴을 설레게 하는 것은 무슨 까닭인지도 잘 모르면서.

사람들은 어디에서 최고의 지식을 얻는가?
Wo hat man den besten Durchblick?

메멘토 비블리오테카

우리 곁에 살아 있는 석학 이어령 교수는 최근 생명의 탄생을 주제로 '메멘토 모리'Memento Mori, 죽음을 생각하라라는 짧은 언어로 젊은 이들을 향해 경고하고 있다. 모든 인간은 누구나 움womb, 자궁에서 태어나 툼tomb, 무덤으로 가니까 탄생과 죽음은 결국 하나가 되는 것이다. 그러므로 우리가 언제든 죽음을 기억할 때만이 자신의 생을 가장 창조적으로 살아갈 수 있고 보람차게 시간을 보낼 수 있다는 것이다.

나는 노학자가 제기한 인생의 거대한 담론을 흔쾌히 수긍하면서 내 주위에 있는 젊은 동지들을 위해 더 보태고 싶은 말이 있다.

청년들이여! 창조적인 생활을 하고 보람찬 나날을 보내려면, '메멘토 비블리오테카'Memento Bibliotheca, 도서관을 생각하라를 마음속에 간직해보라. 여기서 메멘토Memento는 라틴어로 기억하라, 생각하라는 뜻이다.

세상을 살아가면서 마음속에 무언가 하나쯤 간직한다는 것은 의미 있는 삶이라고 할 수 있다. 그 안에 인류의 위대한 스승인 책 몇 권이나, 도서관 하나쯤 마음속에 품고 산다면 그는 행복한 인생을 사는 것이 아닐까 하고 생각해본다.

옛날 로마로 한번 되돌아가본다. 고대 로마에서 시민들에게 가장 인기 있는 사회적 시설은 경기장, 체육관 그리고 대중목욕실이었다. 그중 젊은이들이 가장 선호했던 시설은 경기장이나 체육관이 아니라 큰 목욕실이었다고 한다. 어디서나 목욕 시설에는 도서관이 함께 부설되어 있었다는 점이 청년들을 불러 모았을지 모를 일이다. 그것도 한 개가 아니고 좌우대칭으로 그리스어와 라틴어 자료를 보관하는 두 개의 독립된 도서관을 둔 것이다.

특히 젊은이들에게 도서관은 자신의 교양과 지식을 구하는 최고의 장소로 여겨져 거기서 틈틈이 책을 읽고 토론하는 재미 때문에 많은 사람이 모였다고, 후세 사가들은 전하고 있다.

오늘날 서구인들이 휴양지 또는 여가시간에 때와 장소를 가리지 않고 늘 책과 함께 있는 것도 그때의 습관이 2,000년을 그대로 이어왔다는 설이 확증처럼 들린다. 결과적으로 로마제국이 세계문화를 이끌고 1,000년을 이어온 것은 아마도 '메멘토 비블리오테카'

를 외쳤던 국가 지도층과 책 읽는 젊은이들의 힘에서 나온 것이 아닐까 싶다.

그렇다. 책은 동서고금을 막론하고 늘 우리 곁에서 숨을 쉬면서 기다리고 있다. 그러나 아무리 가치 있는 책이라도 그대로 내버려 두면 곧 숨을 멈추고 만다. 그 생명을 오래도록 연장시키고 보전하기 위해 나타난 것이 바로 도서관이 아닌가?

그래서 나는 지금부터라도 '도서관을 생각하라' '도서관을 기억하라' 이 말을 마음속에 간직하려고 한다. '도서관'이란 세 음절, 이 얼마나 장엄하고 매혹적인 이름인가? 도서관의 역사를 보라. 이력만 해도 그곳^{Library}은 세상에서 가장 오래된 기구의 하나라 했고, 그 안에서 활동하는 사서^{Librarian}는 세상의 가장 오래된 직업인 중의 하나라고 말하지 않았던가?

지구의 역사에서 그만큼 쓸모가 있고 유익했기에 아직까지 사라지지 않고 우리 곁에 존재하고 있는 것이다. 그렇다면 그 미래도 영원히 인류와 함께 공존할 것으로 나는 확신한다.

책을 펴내는 마음

이러한 확신을 다짐받기 위해서 나는 도서관이란 정체부터 알려고 했다. 그러려면 문을 열고 그 속으로 들어가야 한다. 고대 도서관부터 그것이 어떻게 생성되었고 중세 암흑기를 지나는 동안 어떤 과정을 거쳐 현대까지 성장해왔으며, 지금 도서관은 제자리를 잡고 있는지 직접 찾아가서 두루 살펴보는 것이 순리일 것 같다.

도서관을 관찰하고 잘 살피는 방법은 먼 데 있지 않았다. 관련되는 책이나 자료를 미리 섭렵한 다음, 그동안 지목해둔 도서관을 찾아가 직접 보고 들으면서 사서들의 눈빛만 보면 대강 알 수 있다. 거기서 얻은 소득을 다시 정리하고 해석하여 여러분과 함께 나누어보려는 것이다.

사실 지금껏 책이랍시고 몇 권을 쓴 뒤 이제는 그만두기로 작정하고 십여 년을 절필해왔다. 그런데 내가 스스로 정한 약속을 어기는 구실이 생긴 것이다. 하고 싶은 말을 해 그동안 묵혀 있었던 응어리를 풀기 위해서가 아니라 조그만 이유가 또 있다.

아주 오래전 일이다. 학과에 부임한 지 얼마 지난 어느 날 누구를 만났는데 그는 겸연쩍게 나를 쳐다보더니 "선생이 지금까지 공부한 도서관도 긴 역사가 있고, 거기에도 뭐 신화 같은 이야기가 존재하는가?"라고 물어본 것이다.

이 말 한마디에, 당시 나는 수치심을 느꼈고 수십 년간 공부해온 내 학문에 대한 모욕으로 받아들였다. 그래 말해줄게 하고는 결국 그 자리에서 긴 이야기를 나누지 못했다. 그때 못다 한 답변을 언젠가는 말해주리라 다짐하고서도 그만 너무 늦어버리고 만 것이다.

최근 어느 날, 울산도서관으로부터 새 청사 개관과 더불어 발행하는 계간지 『글 길』 창간기념호^{2018. 7}에 게재할 원고를 청탁받았다. 그 원고의 주제를 그때 못한 숙제로 생각하고 「도서관에도 신화가 있는가?」로 글을 보냈다. 하지만 그 글이 무엇인가 미덥지가 못해서 늘 찜찜하던 차에 한 번 게재되었던 글을 꺼내 퇴고해보았다.

저녁 무렵 불을 환하게
밝히고 있는 와이드너도서관.
책의 궁전 하버드 와이드너도서관으로 올라가는
길. 하버드 대학 내 90여 도서관을 이끌고 있는
플래그십을 탐방하려면 30계단을 밟고 12개
석조기둥을 뚫고 들어가야 한다.

그래서 부정문으로 쓴 '있는가?'를 '있다'로 다시 고쳐 때늦은 답장을 겸해 앞으로 쓸 책 속에 넣기로 했다.

그런데 참 이상하다. 이 글을 시작하자마자 한동안 잠자고 있던 내 영혼이 다시 깨어난 것 같았다. 그동안 마음속에 묻어두었던 도서관이 어디서 다시 살아나고 있었다. 급기야 회고록^{memoir}이 될 만큼 '어릴 때 읽은 책'과 '옛 도서관'에서 본 추억까지 들추어내고, 이런 것과 관련된 내 자전적^{Auto-biographic} 이야기까지 나올 수밖에 없었다.

따라서 이 책은 도서관에 흥미가 있고 이해하는 분이 읽어주었으면 좋겠지만, 이런 데 별 관심이 없더라도 또 도서관 근처에도 못 간 분이라도 상관없을 것 같다. 누구든 시간이 남아돌 때, 또는 허튼 망상이 떠오를 때 책을 찾아가자. 이 책이 아니면 어떠랴? 구도求道하는 자세로 책을 만나보고, 책과 도서관이 우리에게 과연 무엇인지 이 기회에 한 번쯤 생각해준다면 더없이 좋을 것 같다.

이번 도서관 탐방은 모두 해봐야 십여 곳에 불과하지만 모두가 우리 사회와 그 지역에서 대표성을 갖추고 있는 곳이다. 처음에는 도서관을 보는 관점을 기행문 형식으로 밖에서 찾으려 했지만 막상 안으로 들어가자 그동안 가려져 있었던 것들이 내 눈에 들어왔다.

예를 들면 이런 것들이다. 1950년까지 창경궁 장서각에 소장하고 있었던 『조선왕조실록』 적상산 사고본이 북한의 6·25 남침 후 서울이 함락되자마자 바로 북한군에 의해 모두 약탈당하고 만 것이다. 그 후 70년이 지나도록 아무도 이 사실을 밝히지 못하고 있을 뿐만 아니라 사실 규명은 물론 회수까지는 꿈도 꾸지 못하고 있다.

그다음, 서울 수도 한복판에는 10년 전까지 서울특별시가 사용했던 옛 청사가 있다. 그 이전 일제강점기 경성부청으로 사용하던 건물이다. 이것을 대한민국정부와 서울특별시가 국내외에 문화강국의 이미지를 표방하기 위해 2012년, 같은 자리에 '서울대표도서관'Seoul Metropolitan Library을 만들었다.

이런 용단은 서울의 도서관인뿐만 아니라 전국의 모든 문화인과 도서관 관계자들에게 큰 기대와 희망을 부풀게 했음은 물론이다. 그러나 지금에 와서 보니, '문화강국으로서 도서관은 과연 어디에 있는가?'라는 의문이 든다. 도서관으로서 그 존재감이 보이지 않고 '서울대표도서관'으로서 이름값을 못하고 있기 때문이다.

그리고 전 세계에서 우리나라에만 있는 통합된 '대통령기록관'이 개관2016년한 지 햇수로 5년밖에 되지 않았다. 그럼에도 벌써 용량이 넘친다고 하여 개인이름의 새 대통령기록관을 세우려고 거액의 예산까지 편성한 바 있었다.

이것 말고, 또 전국서울에 한정되었지만에는 세 개의 '대통령도서관'이 별도로 각각 설치되어 있다. 이 도서관의 설립 과정을 하나하나 들여다보면, 대통령도서관의 기능이 무엇인지도 모르고 마음대로 호도하고 있지만 전문가의 시선에는 그대로 드러난다.

꼭 글을 쓰기 위해서가 아니다. 역사는 기억의 싸움이고 기록은 기억을 기반으로 성립된다는 것을 누군들 어찌 모르겠는가? 이런 것들이 모두 관련된 자 이외에는 비록 대수롭지 않더라도 역사적 사실에는 그대로 남을 것이어서 이 기회에 밝히지 않는다면 세상에서 영원히 묻혀버릴 것이 뻔하다.

나는 도서관을 탐방할 때마다 희열과 함께 서글픔도 같이 느낀다. 특히 대통령도서관을 들여다보면, 순진무구한 그곳에는 언제부터인지 정치적 입김이 스며들고 있었다. 도서관이 어떤 곳이기에 재임 정권에 불리한 내용은 애써 감추려 하고 유리한 일거리만 부각시키려는 것을 보면 마음은 늘 답답하기만 하다.

도서관은 원래 지성소Sancta Sanctorum의 이름으로 세상에 태어났다. 지성소는 지극히 성스러운 집을 말한다. 파라오 람세스는 이곳에 잡귀들이 범접하지 못하도록 미리 울타리를 친 것이다. 문명국가에서 아직도 이런 데까지 정치적 계산이 들어가고 이념의 잣대가 적용된다면 어찌 도서관이라 할 수 있겠는가?

이와 같은 것들을 그대로 보고 들으면서 눈감고 가만히 있는 것도 학자적 양심으로 그리고 지식인의 한 사람으로서 부끄러운 일이다. 하지만 나는 여기에 어떤 정치적 색깔을 입힐 마음은 추호도 없다. 혹시 이런 글들이 독자에게 어떻게 비칠지 몰라도 누군가와 공유하려는 순수한 마음을 헤아려주면 좋겠다.

긴 원고를 탈고한 다음 우리 학계의 석학이며, 내 학문의 도반들에게 많은 조언을 받았다. 돈독한 인정에 앞서 문장을 살찌우게 해준 계기가 된 것이 고마울 따름이다. 거기에다 글의 문맥과 오탈자

등을 세심히 봐줄 협력자까지 얻은 것도 나에겐 큰 복이라 할 수 있다. 학부 초기부터 30년을 넘게 인연을 맺어온 제자 김경숙 박사가 글을 더 반듯하게 잡아주었기 때문이다. 지면을 빌려 이분들께 고마움을 전하고자 한다.

그리고 좋은 책은 좋은 비주얼이 있기에 더 빛이 난다고 했다. 귀한 사진과 자료를 손수 챙겨주신 각 도서관의 관장님과 담당사서님께 고마운 말씀도 드리고자 한다. 아울러 지금 우리나라는 출판사 한길사를 비롯하여 모두가 사정이 어렵고 힘듦을 알고 있다. 그럼에도 쾌히 출판을 허락하시어 이렇게 좋은 책자를 만드신 김언호 대표님께 감사와 존경의 말씀을 여기에 적어두고자 한다.

2021년 8월
해운대 문수헌^{文修軒}에서

2 도서관, 비블리오테카를 생각해본다

이 시대에 왜 도서관인가?

나는 지금 내 마음속에 안고 있는 도서관을 가지고 여러분과 함께 이야기를 나누어보려고 한다. 내가 어쩌다 도서관에 입문foot in the door한 것이 그만 내 자신의 전부를 쏟은 평생의 업業이 되고 말았다. 그럼에도 도서관은 과연 나에게 무엇이고, 우리 인류에게는 어떤 의미를 주고 있는지 마땅히 알아야 함에도 나는 아직도 이곳의 정체성과 숭고한 가치를 다 모르고 있다.

지금 도서관은 급변하는 세월과 함께 많이 달라졌다. 그 기세는 그칠 줄 모르고 계속 진화하면서 성장해가고 있다. 그러나 나는 도서관을 확신하면서도 이 역사가 앞으로도 끊임없이 이어질 것인지, 아니면 어디서 멈추지는 않을지 다시 한번 생각해보게 된다.

도서관이 원래 지니고 있는 이념과 사명이 결코 변하지 않을진대, 그것이 어느 날 갑자기 사라지지는 않겠지만 언젠가 우리 앞에서 모습을 보이지 않는다면 어떻게 할 것인가? 일부 미래학자들이 전하는 담론에서 아무리 도서관을 어둡게 보더라도, 나는 결코 동의하지 않겠지만 그래도 마음 한구석에는 초조감이 사라지지 않고 있고, 지금도 그 조바심은 남아 있다.

그래서 나는 도서관을 이야기하고 싶은 것이다. "이 시대에 왜 하필 도서관인가?"라고 누군가 묻는다면 나는 답할 준비를 하고 있다. 지금 우리의 생활은 이미 21세기를 넘어 미지의 세계로 무섭게 질주하고 있다. 3,000년도 훨씬 전에 태어난 도서관이 아직도 우리 곁에 건재하고 있지만, 그것이 앞으로 어떻게 순응해가며 살아남을 것인지, 아니면 이 세상에서 영원히 사라지고 말 것인지 미래를 가늠하기가 쉽지 않기 때문이다.

지구의 역사에서 인류가 걸어온 사회는 원시 수렵시대를 지나 농경시대, 산업화시대를 거쳐 지금은 정보화시대 그것도 초정보화시대를 맞이하고 있다. 지금 우리는 글로벌 인터넷 환경에서 생활하면서 인간의 지식기반을 넓혀준 빅데이터가 지배하는 가상공간에서 지식을 구하고 있는 상태다. 사회는 이미 아날로그시대에서 디지털시대로 진입한 지 오래인데, 도서관은 어떤지 그 상황부터 살펴보자.

우리는 어느덧 '종이 없는 시대'에 근접했다. 전자책e-book이 등장한 지 한참 되었고, 시와 소설을 휴대폰을 통해 속독할 수 있는 시대가 되었다. 내 자신만 해도 종이책으로 된 각종 언어사전이나 백과사전은 이미 내 방에서 퇴출된 지 오래다. 심지어 라틴어 호환까지 가능한 디지털사전으로 대체하고 있으니 편리함이야 견줄 데가 없다.

하지만 여기서 의문이 든다. 과연 디지털 매체를 통해 시인의 심성을 차분히 이해할 수 있으며, 평생 간직할 밑줄 쳐둔 어록을 쉽게 꺼내 마음대로 교감할 수 있겠는가? 그리고 거기서 삶의 지혜를 구하고, 또 우리가 원하는 '최고의 지식'까지 얻을 수 있겠는가?

그럼에도 불구하고 세상은 어느새 벽이 없는 사이버도서관Cyber Library에서 활동하고 있다. 이 경우, 정말 종이책이 사라지고 장벽이 무너진 도서관에서 산다고 한다면 '편리하다는 것' 이외에 정말 우리가 꿈꾸는 파라다이스라고 할 수 있을까?

혹시 그곳이 파라다이스가 아닐지라도 앞으로 도서관이 지식과 정보의 플랫폼으로서 계속 우리와 함께할 것인지, 아니면 인류의 레거시legacy, 정보시스템 안의 유산로 흔적만 남아 있을지 다시 한번 생각해봐야 할 것 같다.

모두가 알고 있듯이 지구상의 모든 지식과 정보는 이미 '구글'과 '유튜브'가 하나의 온라인으로 연결되어 있어 우리가 애용해온 도서관을 대신하려 하고 있다.

"만약 외계인이 여기에 와서 지구를 알고 싶어 한다면 구글을 보여주겠지만, 인간을 알고 싶다면 유튜브를 보여주겠다"고 한 『유튜브 컬쳐』2018를 쓴 알로카Kevin Allocca의 말은 그저 해보는 농담이 아닐 것이다. 그렇다면 앞으로 도서관이 할 일은 무엇인가?

이러한 시대에 지금 인류는 600년 전 그 잔혹했던 흑사병을 넘어, 100년 전에 겪었던 스페인 독감 이후 한 번도 경험해보지 못한 코로나 수렁에서 헤매고 있다. 일상이 파괴된 팬데믹^{Pandemic} 시대에 우리 사회는 이미 비대면^{untact} 생활에 익숙해져가고, 학생들은 점차 인터넷 강의에 숙련되어가는 모습을 바라볼 수밖에 없다.

"AC$^{After Corona}$ 시대 인류는 완전히 다른 삶을 살게 될 것이다"라고 한 어느 과학자의 말도 허투루 들어서는 안 될 것 같다. 어쩌면 우리가 알지 못하는 다른 삶을 경험하게 될 경우 그 파장은 도서관도 결코 예외가 아니기 때문이다.

이처럼 사회환경이 변하고 간접체험이라는 현실이 일상생활로 진입하고 있는데 도서관은 여기서 어떤 기여를 할 것이고 또 어떤 방법으로 자생할 것인지 한번 생각해봄직하다.

이 세상의 어떤 곳도 다 어려움이 있게 마련이지만, 지금까지 도서관이 지나온 역사를 보면 미래의 불확실성 속에서 많은 시련의 고비를 넘기면서 성장해왔다. 그 성장의 배경에는 아마도 그때마다 기본을 지켰고, 정도^{正道}를 유지해왔기 때문에 오늘의 도서관이 서 있는 것이 아닐까 한다.

그럼 지금부터 먼 미래의 불안은 떨쳐버리고 색다른 책 이야기와 함께 도서관을 찾아 그 옛날로 한번 들어가 보기로 하자.

인류의 위대한 발명품

아주 먼 옛날, 광대한 우주 속에 조그만 행성, 지구라는 별에서 인간이 등장한다. 긴 세월이 지나 그들은 두 발로 서서 걷게 되자$^{Homo Erectus}$ 두 손을 사용해 무엇이든 들고 사냥을 해 목숨을 유지해왔다.

시간이 더 흘러 도구를 이용해^{Homo Faber} 연장과 농기구를 만들어 먹거리를 장만하고 때로는 한곳에 모여 놀이도 즐기면서^{Homo Ludens} 공동체를 이루어 의식주를 해결했다. 마침내 이 지구상에 지혜를 가진 현생인류^{Homo Sapiens}가 출현한 것이다.

그들은 이성理性을 가지고 사리를 판단할 줄 알았으며, 자신들의 생각을 언어를 사용해 쉽게 전달할 수 있었다. 그리고 신에게 구원을 청하고 자신들의 뜻을 전달하는 등의 목적을 위해 그림 또는 기호로 암굴과 석벽에 메시지를 남겼다.

그러나 그림이나 기호로 전달하는 의사전달 방식은 아무래도 미진해 그들은 한 단계 더 나아가 기어코 문자를 발명했다. 인류의 문명이 한걸음 진화한 덕분이다. 그 후 인간은 이 신비한 문자를 오래도록 남기기 위해 그것이 돌이든, 나무든, 동물의 뼈든 어떤 물체라도 쓰기에 편하다면 가리지 않고 기록하여 드디어 책冊을 만들고 만다.

처음 나온 책은 진흙판이었다. 파피루스, 대나무껍질 등 여러 매체를 거친 다음, 숱한 세월을 보낸 후 종이를 발명한 것은 기원^{Anno Domini}이 시작되고부터다. 기원후 한참 지난 15세기 중엽, 그 종이 위에 활자를 입혀 인쇄의 기술로 오늘날과 같은 책다운 책^{codex}을 만들게 된다. 이것은 인류가 일구어낸 엄청난 혁명인 동시에 세계 문화를 획기적으로 변화시킨 원동력이 되었다.

책은 인간의 생각과 지식을 무한대로 담아둘 수 있는 세상에서 가장 큰 그릇이라고 흔히 말한다. 이를 통하면 동서고금의 성현은 물론 이름난 그 누구도 만날 수 있으며, 세상의 모든 정보를 구할 수 있어서 값을 따질 수 없는 자산의 하나다.

책을 물리적 형태로 말한다면 움베르토 에코의 말이 먼저 떠오른다. "가위와 바퀴는 어떤 소재로 만들어도 자르고, 구르는 형태를 띨 수밖에 없듯이, 책은 쉽게 가지고 다니면서 편하게 읽을 수 있도록 만들어 그 생김새만큼은 앞으로도 변하지 않을 것이다. 그리고 전자책과 종이책을 높은 건물에서 떨어뜨려보라. 전자책은 곧 박살이 나지만 종이책은 흠집만 날 뿐이다." 생전에 5만 권의 개인장서를 가지고 있었다는 그는 세상에 수많은 전자책이 곁에 있음에도 종이책 읽기만 고집하며 일생을 살았다.

이렇듯 책은 헤아릴 수 없는 장점을 가지고 있다. 예컨대, 창작활동과 생산과정에 투입되는 비용에 비해 가격이 저렴하다. 별도의 에너지 없이도 언제, 어디서든 때와 장소를 가리지 않고 이용할 수 있으며, 사용한 뒤에도 원형이 쉽게 손상되지 않는다. 또한 가볍게 휴대할 수 있고 대량으로 이동하기도 쉬우며 아무 곳이나 보관해 장기간 보존해도 무방하다. 그리고 누구든지 혼자 독점할 수 없을뿐더러 함께 공유하면서 같이 나누어볼 수 있다는 것만으로도 특유의 장점이라 하겠다.

책이란 우리에게 무엇인가

책은 이처럼 우리에게 특별하고 소중하다. 책이 우리 인류에게 얼마만큼 영향을 주고 또 내용이 얼마나 중요한지 이를 해석하고 평가하는 능력은 나에게는 없다. 내 전공영역이 아니기 때문이다. 다만 책이 가지고 있는 형태적·서지학적 관점에서 그 중요성을 살펴보고 있는 것이다.

한 국가가 주관하여 인류에게 꼭 필요한 책을 구비한다는 것은 그 나라의 국격을 말해준다. 유네스코는 2년마다 전 세계에 흩어져 있는 '세계기록유산'을 발굴하여 온 세계에 알린다. 유네스코가 '세계자연유산'과 '세계문화유산'을 찾아내 이와 비슷한 개념으로 보존에 힘쓰고 있지만 기록물archives 유산과는 이런 점에서 차이가 난다.

유네스코가 추구하고 지향하는 기록물의 정의는 막연한 세계기록유산이 아니고 반드시 '인류가 기억해야 할 기록물'을 말하는 것으로, 원문에는 유산Heritage으로 쓰지 않고 기억Memory으로 적어 '세상의 기억'Memory of the World으로 표현하고 있다. 그 핵심은 기록물의 내용보다 기록물 자체에 초점을 두고 있다. 내용이 아무리 훌륭한 기록물이라도 불경이나 성경같이 당대에 기록한 것이 아니고 나중에 쓴 것이면 등재되지 못하는 이유다.

이런 점을 감안하면, 일찍이 우리나라는 기록문화의 으뜸국이었다. 유네스코가 지정한 '세계기록유산'에서 2019년 현재 우리나라는 『조선왕조실록』을 비롯해서 16건의 책과 기록물을 가지고 있어 독일 24건, 영국 22건, 폴란드·네덜란드 17건에 이어 전 세계의 5위국 순위에 있다. 이 얼마나 장한 일인가?

비록 백성들을 위한 조직적인 도서관은 없을지라도 책만큼은 우리처럼 사랑하고 좋아하는 민족이 이 세상 어디에도 없을 것이다. 조선시대 교육기관인 향교와 서원에는 늘 글 읽는 소리가 그치지 않았고, 웬만한 고을마다 골목 어귀에 들어서면 언제나 글 읽는 소리가 낭랑하게 들려왔다. 실제 나도 어릴 적 고향마을 '한밤'大栗에 갈 때마다 들려오던 형님들의 글 읽는 소리가 아직도 내 귀에 쟁쟁히 남아 있다.

구한말, 프랑스인 모리스 쿠랑Maurice Courant은 2년 동안 조선에 머물면서 팔도전역에 흩어져 있는 책들을 조사하여 장대한 목록『조선서지』Bibliographie Coréenne, E. Leroux, 1894~96, 1901 보유판 포함, 전 4권를 만들었다. 책 서문만을 뽑아 별권으로 발행한『조선문화사 서설』김수경 옮김, 범장각, 1946과『조선서지학서론: 서양인이 본 한국문화』정기수 옮김, 탐구당, 1989 두 역본을 보면 조선인들은 비록 가난하지만 책 읽기를 좋아하고 책을 사랑한다고 했다.

그러나 당시 조선에 오래 체류하고 있는 거류민이나 좋은 관계에서 조선 토착민들의 말을 배우는 사람들마저도 이 나라에 '서적'이 있는지 거의 모르고 지냈다고 한다. 하지만 쿠랑의 시선은 남달랐다. 그는 침침한 방에서 또는 저잣거리에서 좌판 한구석에 늘 책을 펼쳐놓고 판매하는 것을 직접 목격한 것이다. 감추어둔 귀한 책과 진열해둔 값싼 책, 그리고 이를 판매하는 상점 주인들의 별스런 모습을 지켜본 당시 서양인들의 눈과 오늘날 우리가 대하는 눈은 별로 다름이 없을 것 같다. 이렇게 공개된 서점이 없고, 설치된 도서관이 없었던 나라에서 책이 귀하다보니 세책가貰冊家라는 책 대여업을 하는 집이 한양 도성에 많았다고 한다.

그래도 이건 약과다. 대여업은 저리 가라고 하는 직업이 또 있었다. 주로 여인들을 중심으로 빌린 책을 들고 가서 직접 책을 읽어주는 책비^{冊婢}라는 직업이다.^{이 사실을 수년 전 조선일보 이규태 논설위원이 발굴했다.} 세상에! 책을 빌려주는 곳뿐만 아니라 책을 읽어주는 직업까지 있었다니. 이런 나라가 우리 말고 세상 어디에 또 있었더란 말인가? 이 직업이 도대체 어떤 것인지 한번 들어보자.

책비(冊婢): 조선조 말기, 필사본 이야기책을 가지고 양반 댁 마님을 찾아가 책을 읽어주는 것을 직업으로 하는 여성. 시장에서 빌린 이야기책 서너 권을 보자기에 싸들고 예약된 안방마님을 찾아가면 본처인 큰 마님은 아랫목에 눕고 첩인 작은 마님은 그 발치에 무릎을 세우고 앉아서 듣는다. 세책(貰冊)에는 우는 대목과 웃는 대목이 나오는데, 우는 대목에는 소리를 죽여 가며 우느냐 목 놓아 우느냐 등등 약속된 36가지 부호가 표시되어 있어 36가지 목청을 달리해 가며 울리고 웃기는데 슬픈 대목이 나오면 마님들은 치마에 얼굴을 파묻고 울어댄다. 책비에도 등급이 있다. 한 번 울리는 책비는 '솔찐보', 두 번 울리면 '매화찐보', 다섯 번 울리면 '난초찐보'라 했다. 찐보란 눈물로 적셔 짜게 찌든 치마를 뜻한다. 세책에도 금서(禁書)가 있었는데 이를 어기면 팔거지악(八去之惡)으로 쫓겨난다.^{최정태 외 엮음, 『기록관리학사전』, 한울아카데미, 2005}

갖가지 모습으로 나온 책

오늘날과 같은 코덱스codex형의 책이 처음 이 세상에 등장했을 때, 대부분의 책이 너무 크고 무거워 들고 다니기에는 매우 불편해 어디 한곳에 고정해두고 거기서 관리하면서 몇 사람이 함께 모여 같이 읽거나 윤독해야 해서 책들은 항상 지정된 자리에 둘 수밖에 없었다.

그 후, 한 단계 진화하여 누구나 손쉽게 휴대할 수 있도록 책을 작게 만들었다. 이른바 '손 안의 책'Book in hand이 된 것이다. 오늘날 우리가 가지고 다니는 일정 규격의 손에 쥘 수 있는 책은 이미 정점을 찍었다. 그러나 인간의 욕망은 점점 색다른 책을 원해 더 크고 더 작은 책을 소장하는 데 욕심을 낸다. 이를테면, 미니북Mini book이고, 자이언트북Giant book이다.

미니북은 보통 가로세로 30밀리미터 내외의 크기로서, 작고 보석같이 아름답다고 하여 비주북Bijou book 또는 미니어처북Miniature book이라고 한다. 이를 중국에서는 건상본巾箱本이라 하고, 일본에서는 콩같이 작은 책이라고 하여 마메혼豆本, まめほん이라고 지금도 그렇게 부른다.

조선시대에는 이 작은 책을 보석처럼 옷소매 속에 넣고 다닌다고 해서 이름도 고상하게 수진본袖珍本, 옛날 성균관 유생들이 과거시험을 보러 갈 때 소매(袖) 속에 몰래 넣어 커닝 페이퍼로 보배(珍)처럼 사용했다고 하지만 사실이 아니기를 믿는다이라고 했다.

오래전, 국내에서도 1969년 '시사영어사'가 『미니 영한사전』639

책 전체를 금속으로 덮고 자개 바탕 위에 돌출된 십자가를 장식한 좁쌀책 『성경』.
커버를 열면 표제지가 나오고 서명 아래에는 목차가 작게 보인다(실물 크기의 사진임).

페이지, 『미니 한영사전』619페이지을 출판했지만 마땅한 용어가 없었는데, 마침 서지학자 안춘근 선생이 멋진 표현인 '좁쌀책'으로 명명했다. 그의 기발한 조어실력이 일본어 '콩책'보다 한 수 앞섰다는데 적극적으로 동의하면서 앞으로 나도 그렇게 부르려고 한다.

나는 아주 특별한 인연으로 지금 좁쌀책 한 권을 더 간직하게 되었다. 수년 전, 여수에서 '세계해양박람회'가 열렸다. 거기에 십년지기十年知己 페터Fischer Peter 선생이 자원봉사자 자격으로 한국에 오면서 귀한 선물을 가지고 왔다. 독일 도깨비시장에서 우연찮게 발견한 책이라며 특히 나를 생각하면서 구입했다고 한다.

가로 31밀리미터, 세로 34밀리미터, 두께 8밀리미터에 220페이

지나 되는 작고 조그마한 책, 『성경』이다. 책은 아크릴로 만든 두꺼운 보호막을 두르고 책의 내용을 알아볼 수 있도록 보호케이스 상단부에 정밀한 돋보기까지 끼워놓았다. 케이스 앞에 부착된 설명용 판에 큰 글씨로 '영어판 기념 홍콩에서 제작한 신약성서'라고 독일어로 적혀 있다.

잠겨 있는 나사를 세 개나 풀고 조심스럽게 드러낸 책 커버는 종이가 아닌 금속 표지에 노란색 십자가가 돋을새김으로 부조되어 있다. 표제지標題紙, 도서의 본문 앞에 있는 면으로 완전한 서명이 기재되어 있는 곳, 목록 작성 시 주정보원이 되는 곳이다에 쓰인 글이 너무 작아 첨부된 돋보기로는 부족하여 커다란 돋보기를 두 개 곁붙여야 겨우 읽을 수 있다.

서명title이 『우리 구세주 예수 그리스도의 신약』The New Testament of Our Lord and Saviour Jesus Christ으로 쓰여 있고, 같은 페이지 아랫단에는 목차가 적혀 있다. 목차에는 더 작은 글씨로 성聖 마태오St. Matthew, 성 마르코St. Mark, 성 루카St. Luke, 성 존St. John 네 분의 이름이 적혀 있다. 즉 기독교 4대 복음서인 「마태복음」 「마가복음」 「누가복음」 「요한복음」인 것이다.

220페이지 분량 얇은 종이 양면에 워낙 작은 글씨로 인쇄된 것이라 성서 어느 부분을 발췌한 것인지 불분명하다. 그리고 책 어디에도 판권기copyright가 없어 실제 책이 언제 간행되었는지 알 수가 없다. 다만 책의 형태나 종이의 재질로 보아 적어도 1800년대 초기에 제작한 것으로 보인다. 작아도 책으로서 갖출 것은 다 갖추고 있어서 서지학적 가치는 물론 희소성에서 귀한 책이라는 사실은 틀림없다.

펼쳐놓은 대각선 길이가 3.6미터인 세계에서 가장 큰 지도책.
독일 국립도서관 특별실에 보존되어 있다.

책의 22개 첩을 연결해 만든
세계에서 가장 넓은 책
『대동여지도』. 서울대학교
규장각 로비에 복제본을 원본
크기의 액자로 만들어
걸어두었다.

　세상에는 이렇게 작은 책이 있는가 하면, 휴대가 아예 불가능한
자이언트북이 있다. 일정한 곳에 보관해두고 전시용으로 사용하거
나 필요 시 원하는 페이지를 찾아내 실무에 참고하기 위해서다. 지
금까지 공식적으로 알려진 세계에서 가장 큰 책은 영국 국립도서
관The British Library 특별실에 보존하고 있다. 펼쳐놓은 대각선 길이가
무려 3.6미터가 되는 지도책이다. 두 사람의 키 높이와 비교해보라.

　또 알려지기로는 19세기 중엽까지 세계에서 제일 큰 책이 있다.
제임스 오듀번J. Audubon 이 손으로 그려서 만든 가로 75센티미터, 세
로 105센티미터가 되는 『미국의 새』Birds of America를 미국의 로스앤

젤레스 근교 헌팅턴도서관에서 한 번 본 일이 있다. 이 책, 228쪽 『미국의 새』 표지 참고.

하지만 그 기록은 20세기에 들어와서 곧 깨지고 만다. 디지털 기술에 의해 미국의 미카엘 홀리Michael Hawley가 HP 대형프린트로 출력한 『부탄』Bhutan: A Visual Odyssey Across the Kingdom이 가로 1.5미터, 세로 2.1미터, 무게 60킬로그램이 되어 세계에서 가장 큰 책으로 등재됐다고 2006년 『기네스북』은 전하고 있다.

다른 형태의 큰 책이 또 있다. 부피와 무게로는 비교할 수 없지만 펼쳐놓은 넓이로 보면 세상에서 가장 큰 책이 우리나라에 있다. 서울대학교 규장각에 소장되어 있는 『대동여지도』다. 1861년철종12년 고산자 김정호가 목판본으로 제작한 우리나라 전체를 그린 전도로서 축적 약 1:160,000 규격의 절첩식絕帖式으로 만든 병풍 같은 책이다. 책의 22개 첩을 펼쳐 연결하면 가로 4.1미터, 세로 6.6미터로 우리나라는 물론 세계에서 가장 면적이 넓은 책이 된다. 지도에는 높고 낮은 산 이름과 작은 연못까지 들어가 있고, 도로는 10리마다 거리를 가늠할 수 있도록 눈금을 표시했으며, 각종 범례를 사용해 많은 지리정보를 주고 있다. 목판으로 대량 인쇄하여 대중적 보급에도 큰 기여를 해 우리나라 지도 역사에서 커다란 이정표를 만든 우리나라의 큰 보물보물 850-3호이다. 참고로, 2021년 한국조폐공사에서 우리 문화유산을 재조명하는 '조선의 인문학 시리즈' 제1차로 김정호의 뜻을 기리고자 1861년 책 간행, 160주년을 맞이하여 '기념 금메달·은메달' 3종을 제작해 시중에 출시했다.

한길사에서 출간한 '큰 책 시리즈'
『귀스타브 도레의 판화성서』.
프랑스의 위대한 미술가 도레가
그린 아름다운 성화와
성서 구절이 함께 담겨 있다.

크기와 무게는 이에 미치지 못하지만, 최근 도서출판 한길사가 국내에서 가장 큰 책을 간행한 것도 눈여겨볼 만하다. 우리나라에서 '큰 책 시리즈'를 시도한 최초 케이스인 이 책은 프랑스의 위대한 미술가 귀스타브 도레Gustave Doré의 『판화성서』다. 그가 자신의 혼을 불태우며 그렸다는 성화 241점을 디지털 기술이 흉내 낼 수 없는 아날로그로 종이책의 미학을 살려 대형 책으로 만들어낸 것이다. 가로 28.5센티미터, 세로 42.3센티미터의 크기로 무게만도 5.5킬로그램이 되어, 책값 33만 원이 결코 아깝지 않을 만큼 누구나 가보로 간직할 정도로 탐나는 책이라 할 수 있다.

비블리오테카로 부른 도서관

이렇듯 책이 귀한 만큼 이를 가지지 못한 자들은 빌려서 보거나 귀동냥으로 만족할 수밖에 없었다. 하지만 권력자들은 책을 소지하는 것이 세상을 가지는 것이라고 생각해 전쟁을 불사하며 쟁탈전을 벌였다.

그 후 인지^{人智}가 계몽되고 인쇄의 힘으로 책이 대량생산된다. 점점 많아지는 책을 어떻게 처리하고 관리할 것인가? 이를 슬기롭게 활용하고 조직적으로 관리·보존하기 위하여 지정된 곳에 모아서 다 함께 이용할 수 있는 시스템을 고안한 것이다. 그렇게 시작한 것이 바로 도서관이다.

그렇다. 도서관은 인간이 창조해낸 지혜의 산물임이 틀림없다. 이 도서관을 라틴어로 'Bibliotheca'비블리오테카라고 부른다. 이 말은 고대 그리스어 'Βιβλιοθήκη'에서 따온 것으로, 책의 원형인 파피루스 두루마리를 뜻하는 'Biblio'와 거기에 쓴 글을 모아둔 장소 또는 집을 말하는 'theca'를 합성한 것이다.

라틴어에는 이것 말고도 파피루스와 유사한 나무의 속껍질, 즉 종이의 원료를 뜻하는 'Liber'리베르란 말이 있다. 여기서 파생된 단어는 영어권에서만 'Library'가 쓰이고, 라틴어에는 더 이상 없는 것을 보면 아마도 도서관을 지칭하는 최초의 언어는 'Bibliotheca'였음이 분명하다.

기원전 288년, 나일강 하구 이집트 수도 알렉산드리아에 세계에서 가장 크고 웅장한 신전이 세워졌다. 신전은 원래 박물관^{Museum}

근대 도서관의 요람인 알렉산드리아도서관의 위치를 그린 지도.
이곳은 오래전 전쟁과 외부의 침략으로 자취를 감추었다.

을 어원으로 만들었지만 그 존재는 이내 희미해지고, 함께 설립한
도서관이 세계 최고, 최대의 규모로 왕성히 활동했다. 이렇게 고대
이집트를 움직이는 싱크탱크가 여러 국가의 도서관에서 롤 모델이
되었지만 그 후 잦은 전쟁과 외부의 침략으로 약 700여 년을 머물
다 홀연히 사라지고 만다.

그러나 흔적도 없이 사라진 도서관이 1,400여 년이 지난 2002년
유네스코와 세계 여러 나라의 지원으로 새로운 모습의 최첨단 인텔
리전트 건물로 변모해 옛 알렉산드리아도서관Bibliotheca Alexandrina 이
름을 가지고 그대로 세상에 다시 태어난 것이다.

새로운 도서관이 거기에 다시 태어날 수 있었던 것은 옛 도서관

알렉산드리아도서관의 외관 상상도. 국제무역과 문화의 중심지에
위치한 이곳은 학술과 배움의 전당이었다.

이 '근대 도서관의 요람'으로 후세의 모두에게 기억되고 있어서이
다. 알렉산드리아도서관은 우리에게 세계 최초로 근대적인 도서관
의 역할과 사명을 가르쳐주고 그대로 실천했으며 도서관이라는 이
름 'Bibliotheca'를 이 세상에서 맨 처음 사용하고 많은 나라에 전파
했기 때문이다.

　지금 유럽 각국에서 그리스가 Bibliotheca, 네덜란드가
Bibliotheek, 노르웨이와 스웨덴이 Bibliotek, 독일이 Bibliothek,
에스파냐와 이탈리아가 Biblioteca, 프랑스가 La Bibliothèque, 그
리고 러시아까지 Biblioteka로 부르고 있어서, 이 모두가 라틴어
Bibliotheca에 뿌리를 두고 있다는 것을 증명한다.

세계 최대 규모였던 알렉산드리아도서관의 내부 상상도. 학자들이 방대한 자료를
수집하여 연구 활동을 한 이 도서관은 근대적인 아카데미 역할을 했다.

　한편, 종이가 발명되기 훨씬 이전에 중동 지방과 아프리카에서
설형문자楔形文字, cuneiform, 상형문자象形文字, hieroglyph 등으로 점토판,
양피지, 파피루스에 글자를 옮겨 쓰고 있을 때, 고대 중국에서는 거
북의 등짝이나 죽간竹簡 등에 한자를 적고 있었다. 그 글을 한데 모
아 읽기 좋게 묶어놓으면 한 권의 책이 된다.물론 훗날로 오면 기록 매체는

종이로 옮겨와 책 모형이 지금처럼 달라졌지만.

이 책圖書을 한곳에 모아 관리하고 보존하는 집館을 중국에서 투슈깐圖书馆이라 부르자, 일본은 중국의 한자를 그대로 받아서 도쇼 칸図書舘으로 불렀다. 하지만 한 세기 전의 우리는 대부분 도서관이 무엇인지조차 몰랐다.

여기서 우리가 '도서'와 '도서관'의 의미를 이해했다면, 한자 '도서관'의 어두語頭가 되는 '圖'자의 의미도 소급해서 한번 알아보기로 하자. 누구는 '圖'자를 '입口이 네 개나 되는 큰 그릇'이라고 말하기도 하지만, 경성대학교 한국한자연구소 교수단의 정의를 들어보면 의미심장하다. 즉 '圖'는 창고 기단에 곡식을 쌓아둔 모양을 한 '인색할 비啚'자와 그 곡식이 흩어지지 않도록 둘러친 담장을 뜻하는 '에워쌀 위口'자를 합성한 것이라고 한다. 여기서 나온 파생어로 마음에 어떤 일을 도모圖謀하고, 기도企圖한다는 말과 땅의 위치를 기록해놓은 지도地圖라는 단어도 모두 이와 관련된다는 것이다.

정말 '圖'자의 어원이 곡식을 쌓아둔 창고였고, 양식을 모아둔 커다란 성곽이었다면, 도서관의 '도'자는 인류의 지식을 쌓아둔 곳간이라는 사실을 의심하지 않아도 될 것 같다.

구한말 개화기 유길준이 서양을 탐방하고 펴낸『서유견문』西遊見聞, 1885에서는 당시 200만 장서를 소장하고 있는 프랑스국립도서관을 도서관이라고 말하지 못하고 서적고書籍庫로 칭하며 놀라는 장면이 나온다. 모두가 도서관을 모르고 있으니 정해진 명칭 없이

문고^{文庫}, 서관^{書觀}, 서적포^{書籍舖}, 종람소^{縱覽所} 등으로 제각기 부를 수밖에 없었다. 그러니 서울 종로에 있었다는 '신문종람소'가 무엇이었는지 지금 언어로 쉽게 이해가 안 되는 것은 당연하다 하겠다.

도서관이 걸어온 길

이와 같이 도서관이 우리 앞에 등장한 시기는 나라마다 차이가 있지만 태어난 동기와 이념은 동·서양이 다르지 않았다. 처음에는 권력을 가진 자가 자신의 권력 유지와 통치수단 목적으로 지식을 저장하는 데서 출발했지만 시간이 지남에 따라 지식을 구하는 자를 위한 봉사와 이용이라는 사명으로 쓰임이 이동된다.

시대에 따라 도서관이 고대와 중세를 지나 오늘에 이르는 과정이 마냥 순탄치는 않았다. 특히 중세에서 근세로 진입할 동안 도서관은 암흑기였다. 그것은 부당한 권력을 가진 독재자나 종교를 정치에 행사하던 자가 세상을 지배하면서 도서관을 적대시했기 때문이다. 그들에게 책이란 단지 대중을 현혹케 하는 악이고, 도서관이란 내 편이 아닌 적들의 생각과 사상을 모아둔 쓰레기 창고 같은 것이라고 생각했던 것이다.

"책을 가진 자가 세상을 가진다"고 해서인가? 아니면, "나의 적이 가진 책이 곧 나의 적"이라고 했기 때문일까? 그래서 적들이 가진 책과 이교도가 보는 책들은 언제나 사냥감의 대상이었고 적들의 도서관은 반드시 불태워버려야 할 응징물 같은 것이었다.

실제로, 파리의 마자린도서관과 오스트리아 아드몬트 수도원도서관에서 책으로 가득 차 있는 서가 바로 뒷벽에 '비밀의 문'이 달려 있는 것을 보았다. 서가를 앞으로 당기자 지하비상구로 통하는 비밀통로가 연결된 것을 목격하고 놀라지 않을 수 없었다.

도서관이 도대체 무슨 대역죄를 저질렀기에, 사서가 책을 다룬 것 말고 무슨 반역을 꿈꾸었기에 그리고 수도사가 기도하고 독서하고 필사하는 일 외에 또 무엇을 음모하고 있었기에 그들은 이렇게 생명의 위협을 받으면서 도서관을 지켜냈을까? 그 섬뜩했던 장면이 오래도록 잊히지 않는다.

그 후 세상은 변했다. 지혜가 발달하고 지식의 공유시대가 왔다. 누구나 도서관을 언제든 자유롭게 오갈 수 있고 평등하게 이용할 수 있게 되었다. 마침내 도서관이 시민 앞으로 다가온 것이다.

고백하자면, 나는 고대 도서관에 관해서는 깊은 지식이 없다. 대신에 중세에서 근대사회로 진입하면서 "그때 우리가 도서관에게 요구했던 이데아Idea가 무엇인가?"라고 누가 묻는다면 나는 서슴없이 '자유'와 '평등'이라고 말할 것이다.

예를 하나 들고 싶다. 1600년 프랑스에서 태어난 위대한 사서 가브리엘 노데Gabriel Naudé는 그의 마자린도서관 정문에 "읽고 싶은 자, 모두 이리로 오라"는 글을 써 붙여두었다고 한다. 지금이라면 당연히 훌륭한 슬로건으로 선정될 수 있지만 400년 전 당시로서는 이 말이 쉽게 용납될 수 있는 사회가 아니었다.

그때만 해도 도서관은 귀족 또는 특수층만이 누리던 그들만의 장

보스턴공공도서관의 머릿돌. 바로 위에는 '모든 사람에게 무료'를 공표하고,
그 아래 메두사의 가면을 쓴 미네르바 얼굴이 조각되어 있다.

소가 아니던가. 그럼에도 노데는 '위대한 도서 수집광'에서 '포악한 책 사냥꾼'까지 온갖 소리를 들어가며 골목길을 누비면서 책을 모았고, 때로는 노략질까지 해서라도 도서관에 장서를 채웠다. 그는 누구나 평등하고 자유롭게 이용할 수 있는 이상형의 도서관을 추구했지만 실제 실현되기에는 불가능해 일반 서민에게는 오직 그림의 떡이었을 뿐이다.

이러한 정황은 노데가 살았던 시대를 지나 근세까지 왔지만 실제 도서관은 누구나 바라고 원하던 그런 공간은 아니었다. 일반 대중에게는 금단의 문이 가로막았고, 설령 책이 공개된 것일지라도 귀한 책들은 거의가 깊은 지하창고 속에 깊숙이 숨겨져 있거나 쇠사슬에 묶여 있었기 때문이다.

지금까지 내가 관찰한 대로 말한다면, 도서관이 완전히 해방되어 평등과 자유가 우리 눈앞에 등장한 시기는 불과 100여 년 전후, 그 언저리로 본다. 예컨대, 1888년 미국 보스턴공공도서관Boston Public Library이 당시 최고 시설의 도서관을 신축개관하면서 도서관 건물 한복판, 그 머릿돌에 "FREE TO ALL"'모두에게 무료'/'모두가 자유롭게'로 해석하기도 한다을 새겨, 온 시민들이 보도록 만방에 선언한 것이다.

모두가 누리지 못했던 도서관을 아무런 가식 없이 "누구나 공짜로 이용할 수 있다"라고 공개할 수 있는 그들의 자부심이 얼마나 대단했으면 그 말을 있는 그대로 돌에 새겨두었겠는가? 비록 늦었지만 돌에 새긴 한마디의 글이 비로소 미국의 힘을 보여주는 것 같았다.

100년 전까지 우리에게는 도서관이 없었다

당시 세계 선진국이라는 미국의 현실이 이러했으니 우리의 사정은 비교할 바가 못 되었다. 도서관은커녕 도서관이란 용어가 이 땅에 처음 등장한 것은 서구의 근대적 개화사상이 온 나라에 퍼진 대한제국시대였다. 여기서 '도서관'이라 함은 조선시대 창덕궁의 규장각, 성균관의 존경각 등 특수층을 위한 전각은 예외로 하고 대중을 위한 공공도서관을 말한다.

국내에서 도서관을 볼 수 없었던 시절, 깨어 있는 유지들이 1906년광무 10년 '대한도서관' 설립을 발기하면서 그때부터 도서관이란 말이 일상용어가 된 것이다.

그 후 4년 뒤인 1910년 우리는 일제로부터 굴욕적인 한일합병을 당했다. '경술국치' 10년 전, 아니 그 이전부터 이미 한반도에는 일본인들이 밀물처럼 몰려들기 시작했다. 일제는 부산에 이주해온 거류민들을 위해 1901년, 일본과 가장 가까운 항구 부산에 '부산도서구락부'를 만들었다. 이를 두고 우리나라 몇 학자는 한국 최초의 공공도서관으로 지칭하기도 하지만 이는 잘못된 설정이다.

일제는 식민지배의 수단으로 많은 일본인들에게 한반도 이주를 독려하고, 그들만의 소통공간으로 도서관을 생각한 것 같다. 그것으로 우리에게 어떤 시혜를 베풀고 함께 쓰기 위해 만든 것은 결코 아니었다. 우리의 관여가 없고, 우리 이용자 한 사람 없는 도서관이라면 그것은 아무리 이 땅에 있어도 우리 것으로 볼 수 없는 것이다.

그리고 엄밀히 말해 그들이 이 땅에 설립한 것은, 글자 그대로 도

조선시대에 어명을 받고 김홍도가 그린 「규장각도」.
정조는 왕실도서관인 규장각을 학문 연구의 중심기관으로 삼았다.

지금도 성균관대학교에 남아 있는 성균관의 존경각 도서관.
당시 존경각의 장서가 2만여 권에 달해 세계 어디에 내놓아도 손색없는 도서관이었다.

서 또는 독서구락부俱樂部는 일본말 '클럽'이란 뜻으로 낚시·등산구락부와 같이
독서를 바탕으로 한 친목모임다. 이는 시설의 이름이 아닌 하나의 단체 이
름이어서 도서관으로 볼 수 없는 것이다. 그 후에도 일제는 부산을
기점으로 1902년 강경에 '강경문고'와 1909년 서울과 목포에 '경
성문고'와 '목포독서구락부' 등 전국에 4개를 만들었다. 하지만 우
리는 이것들을 죄다 무시해버리는 것이 옳다고 본다.

우리나라 최초의 공공도서관을 거명한다면, 1906년 평양에 있는
우리 선각자들이 자발적으로 만든 '대동서관'大同書觀을 등재하는
것이 온당하다 하겠다. 그 후에도 우리는 자치적으로 도서관 설립

운동을 몇 번 추진한 적이 있지만 경술국치 후 자치권을 다 빼앗김으로써 모든 도서관 활동은 중단될 수밖에 없었다. 그러니 도서를 체계적으로 관리할 조직이나 교육받은 사서 또한 전무했음은 물론이다.

일제 말기에 태어난 소년이 도서관의 존재를 모르고 자랐음은 어쩌면 당연한 일인지 모른다. 해방을 맞이하고, 6·25 전쟁의 참사를 겪으면서 중·고·대학을 거쳐오는 동안 도서관의 존재와는 거리가 멀었다. 도서관이 부실하고 부족했던 청소년기는 말할 것도 없고 청년시절이었던 1960~70년대만 해도 그곳은 언제나 피안의 세계 같은 곳이었다. 당시 공공도서관은 한 번 출입하려면 극장표를 사듯 입장표를 구입해야만 이용할 수 있었던 그런 곳이었다.

이렇게 암담한 시절은 1980년대까지 그대로 이어졌다. 당시 내가 재직했던 국립대학마저 도서관은 자유로운 이용자의 공간이 아니라 서고 또한 함부로 들락거릴 수 없는 가두어진 책의 창고였을 뿐이다. 오죽했으면 부산대학교 문헌정보학과 학생들을 중심으로 시작한 '도서관 개혁운동'이 일어났고, 그 조그마한 불씨가 전국으로 들불처럼 피어올랐겠는가?

도서관이 이 지경으로 된 이유가 있다. 일제강점기 피식민지 국가가 겪은 질곡의 세월은 사람들을 오직 생명을 유지하기에도 급급하게 만들었고, 광복 이후에도 민족 분단에서 오는 아픔과 3년간의 끔찍한 전쟁으로 인해 삶 자체가 초토화되었기 때문이다.

온 나라가 너무 가난했기에 국가와 국민이 도서관의 존재가치를 의식하지 못했던 것이고 위정자들의 무관심과 관리자들의 방기도 일조했다. 따라서 세계에서 가장 가난한 나라에서 처음 들어본 '도서관'은 먼 나라에 있는 남의 이야기였을 뿐이다. 도서관을 한낱 사치품으로 간주하던 시절에 지금 우리는 그저 눈감을 수밖에 없다.

도서관을 다시 생각해보니

도서관은 살아 있는 생물이라고 했다. 유기체처럼 변해가는 사회 구조와 연결하여 이에 순응해야 계속 생명을 지속할 수 있다는 말이다.

하버드대학 도서관의 중견 사서 메튜 배틀스Matthew Battles는 『도서관, 그 소란스러운 역사』지식의숲, 2016에서 도서관을 하나의 살아 있는 인체human body로 비유했다. 실제로 도서관에서 학기 초 썰물처럼 빠져나갔다가 학기가 끝나면 밀물처럼 몰려드는 책들을 보면, 여기에 있는 모든 책들은 어둠 속에서 마치 신체의 기관처럼 서로 밀착되어 있다고 한다. 이용자의 중력에 따라 조수처럼 밀려왔다가 빠져나가는 책들을 보면 도서관은 실제 숨 쉬고 있는 것과 같다는 것이다.

도서관은 언제나 이런 생태적 환경에 놓여 있다. 그것이 어떻게 숨을 쉬면서 죽지 않고 살아남을 것인가? 그 해답은 어쩌면 단순할지 모른다. 생명의 끈을 놓치지 않고 이 사회와 밀착하여 사회가 무엇을 원하고 있는지 간파해야 한다. 그들이 도서관으로부터 어떤 것을 구하고자 하는지 탐색할 능력을 키우는 것도 한 방법일 것이다. 그야말로 하나의 인체가 되어 '지식의 등불'을 꺼뜨리지 말고 생동하는 도서관이 되는 것도 하나의 응답이 될 수 있을 것이다.

되돌아보면, 앞으로 다가올 미래에 도서관도 기본으로 돌아가면 창조 당시의 사명과 이념이 결코 다르지 않음을 알게 된다. 그곳에 종이책이 있든 없든, 벽이 있든 없든, 여기에 생명을 불어넣어 건강하게 관리하고 유용하게 사용하면 계속 성장할 것이고, 그렇지 못하면 어느새 노쇠해버려 속절없이 사라지고 말 것이다. 지금 우리가 해야 할 사명은 무엇인지 다시 점검해보고 준비할 때다. 그에 대응하는 자세와 마음은 순전히 우리에게 달려 있다고 본다.

3 도서관에도 신화가 있다

외계인이 본 지구

우주를 무대로 하는 어린이 동화나 공상과학소설에서 자주 등장하는 안드로메다^{Andromeda}는 상상 속의 별이 아니라 우리 은하수와 같이 또 다른 은하계의 하나로 존재하고 있다. 지구에서 광속으로 약 250만 년을 계속 날아가야 만날 수 있는 이 별무리는 나선형으로 생겨 우리 은하와 유사한 점이 많다고 해서 오래전부터 우리에게 친근감을 주어왔다.

이 갤럭시^{galaxy}는 실제 우리와는 이렇게 멀고 먼 거리에 있음에도 워낙 밝아 눈 좋은 사람은 육안으로도 보여 사진 전문가가 아니라도 얼마 동안 훈련을 하면 사진을 찍을 수 있다. 실제로, 내 첫째 아이가 긴 시간 동안 안드로메다를 찍어 네이버블로그에 '퀵실버'로 공개하고 있어서 촬영 팁을 간단히 소개하기로 한다.

광대한 우주에는 크고 작은 은하계가 헤아릴 수 없이 많다. 우리

안드로메다 은하(Andromeda Galaxy).
Nikon D7200, 250mm, f/5.3, 10분 노출
(샌프란시스코 교외, 인공 빛이 없는 집 뒷마당에서 2020년 10월 촬영).

가 밤하늘에서 늘 보고 있는 이 은하계는 대우주 속에서 볼 때 아주 미미한 존재에 불과하지만 1,000~4,000억 개의 수많은 항성으로 이루어진 또 다른 우주 속의 하나라고 한다. 그 많고 많은 우주 속에서, 우리가 속해 있는 이 우주에는 또 깨알보다 작은 태양계가 있어서 지구를 포함한 8개의 행성^{Planet}들이 45~46억 년을 그 주위에서 맴돌고 있다.

지구별에 사는 우리는 무시로 밤하늘의 별을 쳐다보며 "저 별은 나의 별, 저 별은 너의 별"이라고 하면서 낭만을 즐기는가 하면, 화가 고흐는 「별이 빛나는 밤」을 그리고, 시인 윤동주는 「별 헤는 밤」

을 노래하며 아름다운 우주를 바라보고 있다. 하지만 정작 우리 지구는 먼 우주에서 볼 때 캄캄한 하늘 속에서 창백한 푸른 점pale blue dot으로 보여 하찮은 존재로 인식된다고 한다. 그런데 더 앞으로 다가가면 티끌 같은 점이 수박같이 커져서 파란 보석처럼 유난히 아름답다고 우주를 다녀온 사람들은 한결같이 전하고 있다.

예전에 우주를 테마로 다룬 동화나 소설을 읽다보면 언제나 신비스런 이야기들이 사실처럼 내 귀를 솔깃하게 했다. 이를테면, 우리보다 지능이 한 차원 높다고 하는 안드로메다에 사는 외계인들은 오래전부터 보석처럼 아름다운 지구별을 지켜보면서 지금도 흥미롭게 관찰해오고 있다는 것이다.

시간이 한참 흘렀다. 외계인들은 우주선을 타고 멀고 먼 지구 행성에 마침내 도착한다. 그들이 와서 제일 먼저 본 것은 무엇일까? 파란색 때로는 에메랄드빛을 띤 바닷물로 지구 전체의 약 70퍼센트가 덮여 있음을 보았고, 바다에서 솟아오른 크고 작은 섬들과 황갈색을 띤 대륙이 돌출해 있다는 것도 확인했다. 대륙의 가장 높은 곳에는 항상 흰 눈이 쌓여 있고, 숲으로 덮인 산과 계곡, 황량한 모래언덕 그리고 키 큰 나무와 얕은 풀들이 자라고 있는 들판도 살펴보았다.

지구 나이로 약 45억 년 전에 생성된 한 덩어리의 큰 자석체에는 온실 같은 공간 속에 이미 대기가 형성되어 있어서 생명체를 유지하는 데 아무런 문제가 없음도 알아냈다. 수시로 내린 비가 크고 작은 강을 통해 바다로 흘러 그 물이 태양열로 다시 순환하여 다종의 생물체가 번식하고 있다는 것을 우주인들은 경이로운 현상으로 인식했다.

지구 전역에는 이미 문명을 가진 지구인^{인간}들이 오래전부터 기후가 온화한 평지를 중심으로 높고 낮은 건축물을 지어 그 속에서 옹기종기 살고 있는 장면도 목격했다. 인간들은 그 안에서 생활에 불편함이 없게끔 신체구조가 잘 발달되어 있을 뿐만 아니라 수많은 동물 가운데 지능이 가장 높은 생명체임을 확인한 것이다.

그런데 인간들은 언제부터인지 지구 안에서 무소불위의 지배자가 되어 이미 지상의 모든 동식물을 장악했고, 오직 자신들 생활의 이익과 편리를 위해 물불을 가리지 않고 지구환경을 파괴하면서 일종의 문명세계를 이루고 있다는 사실까지 자기 나라 우주기지국에 그대로 보고했다.

무엇을 보았기에?

그다음 외계인이 본 것은 무엇이었을까? 지구에 있는 모든 생명체들은 수천만 년을 지내는 동안 이렇다 할 발전이나 진화의 모습이 보이지 않고 지구의 본모습을 지키고 있었다. 하지만 유독 인간이라는 괴물이 불과 1,000~2,000년, 눈 깜짝할 사이에 삶의 질이 급속히 변화하고 있음을 확인한 것이다.

호모사피엔스가 어느 날 갑자기 어떻게 세상의 지배자가 되었을까? 여기에는 분명히 어떤 동기가 있을 것이다. 그래서 그 원인은 무엇이고 어디서부터 시작된 것인지 연유를 관찰하기로 했다.

지구인들은 어릴 때부터 책을 매개체로 하여 체계적이고 지속적인 교육을 통해 새로운 지식을 받아들이고 있었던 것이다. 결국 인간들의 문명은 교육의 힘으로 지식을 쌓아 과학과 기술을 발전시킨 결과에서 비롯된 것이라고 우주인들은 결론을 내린다.

그런데 여기서 빠트릴 수 없는 원동력은 지구인들이 스스로 창조한 문자가 있었기 때문이라는 것이다. 나아가 문자를 쉽게 활용하고 대량생산할 수 있는 인쇄기와 여기서 나온 책이 없었다면 오늘날의 지구문명은 상상할 수 없다고 했다. 이와 같이 우주인들이 관찰해낸 결론은 지금 21세기를 살고 있는 지구의 대다수 지식인들이 생각하고 있는 의견과 그대로 일치하고 있다.

지구인들이 만든 최고의 발명품

우주인들의 의문은 여기서 멈추지 않았다. 인쇄의 힘으로 대량생산된 책은 누구든 원하면 손쉽게 가질 수 있을 만큼 온 세계에 흩어져 있다. 그러나 어느 누구도 이렇게 다종다양하고, 그 많은 책을 모두 소유할 수 없으며 또한 그럴 필요도 없다. 그 대안으로 등장한 것이 바로 도서관이다. 그렇다면, 도서관은 무엇이고 최초에 어떤 모습으로 언제부터 지구에 등장했는지 궁금하지 않을 수 없었다.

사실은, 우주인들이 생각하기 훨씬 이전부터 지구인들은 자신들의 기억을 오래도록 간직하려고 동굴 속이나 암벽에 글과 그림을 남겼다. 단지 한 장소에 새겨둔 기억을 그들만이 독점하지 않고 서로 나누기 위해 진흙덩이로 점토판을 만들었고, 대나무 쪽이나 갈

세계에서 가장 큰 미국의회도서관. 세계 470개 언어로 된 3,000만 권 이상의 책과 100만 편의
미국정부간행물, 그리고 3세기에 걸쳐 발행된 세계 각국에서 나온 100만 편의
신문을 3만 3,000권이나 제책해두고 480만 점의 지도 및 270만 장의 음반 등을 소장하고 있다.

댓잎을 말려 거기에 뜻하는 바를 기록했다. 그러나 이것으로 부족했다. 더 많이, 더 편하게 글을 쓰기 위해 염소 또는 양의 가죽이나 심지어 사산死産된 송아지 가죽에까지 기록해보았지만 양이 차지 않았음은 물론이다.

마침내 종이를 만들고, 활자를 고안해 인쇄의 기술을 입힌 것이다. 인쇄의 힘은 드디어 책의 혁명을 가져왔다. 이렇게 많이 만들어진 기록물이 점차 늘어나다 보니 이를 어느 한곳에 모아 관리하고 갈무리할 장소가 꼭 필요했다. 지금으로부터 3,200년 전에 시작한 이 공간을 우리는 도서관이라고 부른다.

다시 말하면, 도서관은 인간이 쌓아온 지식을 한곳에 모아 필요할 때마다 유용하게 나누어 쓰는 인류의 지식창고라고 할 수 있다. 그래서 도서관은 우리 지구인들이 만든 최고의 발명품이자 최대의 걸작품이라고 서슴없이 말하는 것이다.

지금 이 도서관에는 인간의 지식과 지혜를 담아놓은 동서고금의 이름난 책을 비롯하여 인간이 필요한 모든 정보가 담긴 컴퓨터로 가득 차 있다. 여기에 더하여, 전문교육을 받은 사서가 필요한 지식과 정보를 원하는 자에게 제공하는 도서관이 있었기에 오늘날 이만큼의 문명사회가 이루어졌다는 사실은 저 멀리 안드로메다 외계인뿐만 아니라 여기에 사는 지구인들도 이미 잘 알고 있는 상식에 속한다.

지금까지 기술한 글은 필자의 주관에 따라, 어떤 과학자의 시각으로 우주에서 관찰한 사실을 모티프해서 도서관의 존재와 가치에 대하여 가상^fiction^ 으로 다루어본 것이다.

제4차 산업혁명이 진행되고 있는 21세기, 1인당 GNP 3만 달러가 넘는 세계 경제 10위권에 진입한 경제대국 대한민국이지만, 아직도 많은 사람들은 '도서관'이라고 하면 시원찮은 건물 안에 퇴색한 책들이 잠자고 있는 풍경을 떠올린다.

한 해 동안 기껏 한두 권밖에 책을 읽지 않는 우리나라 성인들은 어쩔 수 없다 하더라도 항상 책과 함께 공부를 하는 학생이나 책과 관련된 직업을 가진 사람들도 도서관의 참모습을 이해하지 않으려고 한다. 그것이 왜 생겼으며 언제부터 출발했고 어떻게 발전해왔는지 별 관심이 없다. 심지어 "도서관에도 신화神話가 있고 깊은 역사가 있는가?"라고 묻기까지 한다.

신화가 머물고 있는 도서관

신화가 아니어도 무방하다. 나일강 중심부 이집트의 아부심벨에는 기원전 1,200년에 암굴로 만든 위대한 파라오 람세스 2세^Ramses II^의 신전이 있다. 내부에는 정방형으로 사방을 둘러싼 석재기둥들이 120미터 길이로 도열해 있다. 신들에게 제물을 바치는 그림과 글들이 새겨진 60미터 길이의 통로를 지나면 큰 방이 있고 안으로 들어가면 람세스 2세의 석관과 마주친다.

그 옆에는 세상의 모든 진미를 넣어둔 여러 개의 벽감 사이, 금과

지성소가 있는 람세스 2세 신전. 정문 좌우에 높이 20미터의 좌상 2개는 본인이고,
나머지는 부인 네페르타리와 그의 딸들이 부조되어 있다.

보석을 바치는 부조와 맞닿는 곳에 호화로운 방이 또 나온다. 이 방
은 오직 파라오만이 드나들 수 있는 유일한 방이다. 람세스는 생전
에 자신의 몸과 마음을 치유함은 물론 영혼이 돌아와서 책을 읽으
며 요양하는 지극히 성스러운 장소라고 해서 지성소至聖所, Sanctum
Sanctorum라고 불렀다.

　이 지성소 한쪽 벽 선반 위에는 '죽음의 길을 안내'하는 파피루스
로 만든 『죽은 자의 책』Book of the Dead 등 두루마리 책들이 쌓여 있고,
입구 문틀 위에는 "ΨΥΧΗΣ ΙΑΤΡΕΙΟΝ" '영혼의 요양소'라는 고대 그리스
어 문패를 달고 '신성한 도서관'이라고 불렀다고 한다.

　이 전설 같은 '영혼의 요양소'는 단순히 입으로만 전해온 것이 아

파피루스로 만든 『죽은 자의 책』. 책에는 사후세계를 가기 위한 죽은 자의
심장을 다는 의식 등이 그려져 있다. 당시 기법으로 파피루스에 그린 그림을
이집트박물관에서 판매한다.

니다. 도서관 문설주에 붙여두었다는 간판이 숱한 역경 속에서도
사라지지 않고 실제 수도원도서관에 남아 있다. 지금 스위스의 장
크트갈렌 수도원도서관Abbey Library of Saint Gall 정문과 그리스의 성
요한 수도원Monastery of Saint John the Theologian 도서관 석벽에 같은 글자
가 새겨져 있어 우리는 그것을 마음대로 볼 수 있다.

최고 권력자인 파라오 람세스는 책이란 권력의 위엄을 보여주는
도구이고, 그 권력을 지탱하는 힘이라고 생각했다. 그래서 책은 항
상 자신의 곁에 두어야 하고, 도서관은 지식을 지배하고 관리하는
데 꼭 필요한 장치가 되어 늘 가까이 있어야만 했다.

때문에 책은 단지 취미생활용이나 장식용품이 아니라 자신의 통
치를 위한 필수품이었다. 도서관은 권력의 힘을 모아둔 사령실이었
으며 동시에 자신의 몸과 영혼을 치유하는 다목적 공간이었다.

사실, 그가 66년 동안 이집트를 통치할 수 있었던 것은 도서관을
통해 얻은 제례와 철학, 고문헌에 대한 지식이 풍부했기 때문이라

성 요한 수도원도서관 석벽과 장크트갈렌 수도원도서관 입구 문틀 위에
새겨진 "ΨΥΧΗΣ ΙΑΤΡΕΙΟΝ"(영혼의 요양소).

고 학자들이 증언한 것을 보면, 도서관의 유용성은 옛날이나 지금이나, 동양이나 서양이나 한결같았음을 알 수 있다.

'지혜의 여신' 미네르바와 부엉이

시간이 흐르면 모든 것이 사라지는 것 같지만, 역사는 신화 속에서 다시 태어나게 마련이다. 기원전 3세기 알렉산드로스 대왕은 동서 문명의 교차로였던 나일강 하구에 이집트의 수도로 근대적 도시 알렉산드리아를 건설하고, 뒤를 이어 데미트리우스^{Demetrius}가 여신 뮤즈^{Muse}를 위해 큰 신전을 지었다.

이 신전은 무세이온^{Museion} 이름 그대로, 뮤즈를 위한 공간이었다. 뮤즈는 그리스·로마의 신화 속에 등장하는 아홉 여신을 말하는데, 저마다 특기를 하나 또는 몇 개씩 가지고 있다. 이를테면 지혜, 사랑, 음악, 미술, 예술을 비롯해서 생업을 위한 농사와 전쟁까지도 여신들의 몫이었다.

그 뮤즈 중의 한 여신을 그리스에서 아테나^{Athena}라 했다. 아테나는 단순한 여신을 넘어 그리스의 운명을 좌우할 만큼 영향력이 대단해 수도 이름까지 아테네^{Athens}로 부르고 있다.

이 아테나가 로마에 오면 바로 미네르바^{Minerva}가 된다. 미네르바는 주피터$^{Jupiter, 그리스에서는 제우스Zeus라 부름}$의 머리에서 태어난 아름답고 정숙한 처녀로 '지혜의 여신' 또는 '지식의 여신'이라 한다. 이 외에 직물과 방적 및 공예를 담당하고 전쟁까지 관장하기 때문에 '전쟁의 신'으로 부르기도 했다.

여신은 보통 때에는 괴물 메두사의 가면을 쓰고 거기에 어울리는 투구에다 갑옷을 입고 창과 방패로 무장을 해서 항상 부엉이를 데리고 다닌다. 오래전부터 서구에서는 이런 모습을 한 미네르바와 부엉이를 지혜로운 동물로 생각해 철학, 법학 등의 학문과 지식의 모델로 삼기도 한다.

헤겔Hegel은 그의 책『법철학』에서 "미네르바의 부엉이는 황혼의 땅거미가 짙어져야 비로소 날개를 펼칠 준비를 한다"고 했다.

한 철학자의 어록이 어떻게 지식인에게 영향을 미쳤는지 잘 모르겠지만 지금도 학문하는 많은 사람들이 이 말을 인생의 좌표로 삼는 것 같다. 그래서인지 전통 있는 대학이나 학회에서는 미네르바를 로고로 많이 사용하고, 오래된 도서관이나 식자층이 모이는 클럽 등에는 부엉이를 장식한 조각이나 그림을 흔히 볼 수 있다.

세계에서 가장 크고 가장 화려하다는 미국 의회도서관 제퍼슨관 Jefferson Building 중앙 로비 한가운데에는 '지식의 등불'을 24시간 켜들고 있는 '미네르바 여신상'이 서 있다. 그 건너편 벽에는 여신상과 이미지가 전혀 다른 프레스코 화법으로 여신을 그린 큰 그림 하나가 또 있다. 처음엔 "무슨 그림이 여기에 왜?"라고 의문이 갔지만 알고 보니 그림의 주인공은 모양과 이미지는 달라도 의미가 같은 '미네르바'였다.

미네르바 바로 등 뒤 하늘에서 태양신 솔Sol이 짙은 구름을 헤치고 세상을 밝게 비추고 있다. 여신은 웬일인지 평소 쓰고 있던 방패와 투구를 바닥에 내려놓고 갑옷까지 벗어버렸다. 그 옆에 있는 대

미네르바 부엉이. 지혜의
여신 미네르바는 창과
방패로 무장을 하고 항상
부엉이를 데리고 다닌다.

보스턴공공도서관 출입구 문에
새겨진 미네르바. 다니엘 프렌치가
여섯 개의 문짝에 각각
다른 형태의 여신을 부조해놓았다.

미국 의회도서관 제퍼슨관 중앙 로비에 놓인 도서관의 상징 미네르바 여신상.
약 2미터 높이의 여신상은 월계관을 쓰고 '지식의 등불'을 24시간 밝히고 있다.

NIL INVITA MINERVA QUAE MONUMENTUM
ÆRE PERENNIUS EXEGIT

제퍼슨관에 프레스코화법으로 그린 미네르바 여신. 방패와
투구를 내려놓고 두루마리에 적힌 학문의 주제를 유심히 들여다보고 있다.

형 트로피는 '승리의 여신' 나이키^{Nike}가 지구본 위에서 월계관과 월계수를 양손에 들고 있어 이미 지구에는 평화가 찾아온 것을 묘사했다. 미네르바는 오른손으로 창을 들고 있지만 왼손에는 방패 대신에 파피루스 두루마리에 적어둔 농업, 상업, 교육, 역사, 지리, 음악, 조각, 의학 등 학문의 주제를 유심히 쳐다보고 있다.

이 주제들은 모두 도서관 소장품일지 모른다. 그런데 그림 맨 아래에 라틴어로 옛 로마의 시인 호라티우스의 비명^{碑銘} "미네르바가 영원히 이 건물을 지켜줄 것이다"라는 글을 새겨두었다. 우리는 평소 미네르바를 '지혜의 여신'으로 '전쟁의 여신'으로 알고 있는데 여기 그림 속의 미네르바는 아마도 미국 의회도서관의 '사서'이거나, 아니면 도서관을 지켜주는 수호신 또는 파수꾼으로 둔갑한 것 같기도 하다.

이런 사례를 보면, 미네르바는 도서관과 서로 상생할 수밖에 없는 무언의 상징처럼 느껴지기도 한다. 오스트리아 국립도서관은 1800년부터 200년에 걸쳐 축조한 노이부르크^{신왕궁}와 100년간의 공사를 거쳐 1220년에 완공된 호프부르크^{구왕궁}로 구성되어 있다. 그중 구왕궁의 처마 장식은 이륜전차를 타고 무질서와 질투를 지배하는 미네르바 조각상과 그 옆에 지구를 들고 있는 많은 여신들을 모두 쳐다보려면 고개가 아플 지경이다.

1807년 미국 보스턴에 설립된 고급문예클럽이면서 사립도서관인 보스턴 애서니움^{Athenaeum}도 마찬가지다. 지은 지 200년이 훨씬 지난 도서관의 이름 자체가 아테나^{Athena}의 신전^{um}이기 때문이다.

오스트리아 국립도서관. 구왕궁의 처마에는 이륜전차를 타고 있는
옛 로마의 미네르바 모습이 위협적으로 장식되어 있다.

주로 보스턴의 상류층 시민들이 사용하는 회원제 도서관이다. 안으
로 들어가면 고풍스러운 분위기에 벽이나 문짝 등에 아테나 심볼을
조각해두었고 서가들 사이에 그 형상 내지 부엉이 장식물이 눈에
자주 띈다.

　1970년 새로 건축된 보스턴공공도서관의 존슨관^{Johnson Building}도
예외가 아니다. 정문 머릿돌은 메두사 가면을 덮어쓴 미네르바의
얼굴로 장식했다.^{60쪽 사진 참조} 안으로 들어가면 여섯 개의 고전적인
중문마다 각기 돋을새김으로 뮤즈들의 부조물을 새겨두어, 신비감
마저 자아내고 있다.

　특히 이런 그림을 어둠침침한 데서 혼자 볼 때면 경외감을 넘어
가벼운 공포감까지 드는 것은 무슨 까닭일까? 나는 비교적 마음이

약해 소설 또는 영화에서 괴기한 일이나 살인사건 등 무서운 일이 벌어지면 가슴이 뛰어 눈을 감는 버릇이 있다. 특히 도서관을 무대로 하는 소설이나 영화를 볼 때는 참지 못하고, 사슬에 묶인 고서들을 배경으로 지하 깊숙한 서고에서 일어나는 도서관 이야기엔 몸에 전율마저 느낀다. 움베르트 에코의 『장미의 이름』, 매튜 스켈턴의 판타지 소설 『비밀의 책: 엔디미온 스프링』, 먼지 낀 도서관에서 벌어지는 영화 「해리포터」도 예외일 수 없다.

중세 수도원도서관 현장에 가면 신화 같은 이야기와 함께 순교자와 관련된 피 묻은 책도 보게 된다. 깊은 고성에 파묻힌 도서관에서 일어난 『드라큘라 백작의 잔혹사』에서도 도서관은 언제나 현실과 신화 속에서 아득한 먼 세계를 들숨 날숨으로 왕복하는 신비한 존재로 항상 내 앞에서 어른거린다.

도서관 글자에 새가 있다

이집트 상형문자에서 '도서관'을 뜻하는 단어에는 새^{bird}가 들어가 있다. 상형문자에서 새는 영혼^{soul}을 의미한다. 왜 도서관 글자에는 영혼이 들어가 있을까?

이집트 상형문자 '도서관'을 뜻하는 단어에 새가 있다.

일찍이 이집트의 파라오 람세스 무덤 속에 있던 지성소를 '영혼의 요양소'라고 했다. 도서관이 영혼이 머무는 쉼터라면 새는 도서관과 숙명적으로 깊은 관계가 있는 것 같다.

헤르만 헤세Hermann Hesse의 『데미안』에는 이런 글이 나온다.

새는 알에서 나오려고 몸부림친다. 알은 세계다. 태어나려고 하는 자는 하나의 세계를 깨트리지 않으면 안 된다. 새는 신에게로 날아간다.

동시에 알은 새이자 도서관이다. 도서관은 하나의 세계여서 알을 깨고 밖으로 나와야 한다. 알을 깨고 나온 새는 곧 날개를 달게 된다. 날개를 가진 새는 하늘과 땅의 중재자가 되어 내 영혼과 함께 신God에게로 다가간다. 도서관은 곧 인간과 지식을 서로 연결해주는 중재자이고 한 마리의 새다. 새는 내 영혼을 신 앞으로 데려다주는 메신저이기 때문이다.

힐링의 공간

옛 이집트 사람들이 상처받은 자신의 영혼을 도서관에서 요양하고, 치유하는 힐링의 공간healing center으로 생각했다는 것은 조금도 이상하지 않다. 실제로 고대 사원도서관의 몇몇은 치료소였음이 밝혀졌고, 다른 사원에서 발견된 많은 파피루스 책에는 신에 관한 이야기가 아니면 내 마음을 치유하거나 내 몸의 질병을 치료하는 '의학'에 관한 정보가 상당수 차지하고 있다고 한다. 왜 도서관을 영혼

거북의 등에 새겨진 갑골문.
팔괘(八卦)로 점(占)을 쳐서
인간의 길흉을 조절했다.

의 요양소라 부르고 마음을 치유하는 장소로 부르는지 비로소 납득
이 가는 대목이다.

서양의 사실이 그렇다면 동양에서는 어떠했을까? 기원전 2,000
년, 하夏나라 우禹왕은 낙수의 거북 등에서 얻은 글을 하도낙서河圖
洛書라 했다. 이 말이 시초가 되어 도서圖書란 말이 생기고 그 도서
를 모아둔 집館이 바로 오늘날 우리가 쉽게 말하는 '도서관'인 것

이다.

그 후 은^殷나라 때도 거북의 등에 문자를 새겼다. 왜 하필 거북의 등일까? 거북은 하늘의 메시지를 전달하는 메신저이기 때문이다. 거북의 등에 찍힌 문양을 보고, 문자를 새겨 팔괘^{八卦}로 점^占을 쳐서 인간의 길흉을 조절하고 마음을 다스림으로써 신을 향하여 구원을 빌었던 것이다.

거북은 지금 바다 깊은 곳에 살고 있지만 원래 하늘에서 내려온 신령스러운 동물이었다. 그래서인지 바다에 목숨을 걸고 있는 많은 어부들에겐 지금도 거북이가 그물에 걸리면 잡아서 집으로 가져가지 않고 살려서 하늘나라 용궁으로 돌려보내주는 풍습이 그대로 남아 있다.

신화를 만들어낸 도서관

지금도 전통 있는 국가는 저마다 건국의 신화^{Myth}를 가지고 있다. 한반도가 5,000년 전 시조 단군왕검의 건국신화를 간직하고 내려오듯이 고대 이집트는 물론 그리스도 로마도, 동양의 중국도, 모두 신화 속에 태어나 오늘의 국가를 유지하고 있다.

그 밖에도 오래된 유적이나 높은 산, 깊은 계곡, 큰 바위 할 것 없이 특이한 자연물에도 아름다운 전설과 함께 신화 같은 이야기가 얼마든지 전해져온다. 그렇다면 탄생한 지 3,000여 년의 역사를 가진 도서관이 신화가 없다면 그것은 이미 살아 있는 도서관이 아니고 생명이 정지된 하나의 화석일지 모른다.

창덕궁 어수문, 오직 용이 된 잉어만 다닐 수 있는 문이다.
그 뒤에는 규장각인 주합루(宙合樓)가 있고, 왼쪽에는 서향각(書香閣)이 있다.

신화로 말할 것 같으면, 도서관을 능가하는 곳이 어디에 또 있을
까 싶다. 고성古城에 파묻힌 유럽의 수도원도서관을 찾아가보라. 그
곳에 필경사가 졸면서 한 땀 한 땀씩 써 내려간 필사본 단 한 권만
이라도 꺼내보라. 거기에 얽힌 신화 같은 이야기가 있을 것 같지 않
은가?

지은 지 800년이 지난 영국의 옥스퍼드와 케임브리지 대학도서
관의 먼지 낀 지하터널을 지나 서고에 한번 들어가보라. 거기에 가

게 되면 쇠사슬에 묶인 손때 묻은 낡은 책을 어루만져볼지어다. 신화 속에 깊숙이 감추어둔 책에서 비밀의 음모, 전설 같은 이야기가 숨어 있을지도 모르니까.

굳이 국외 도서관이 아니어도 좋다. 창덕궁에 가면, 꼭 규장각奎章閣에 들러볼 것을 권유하고 싶다. 정조대왕이 만든 규장각과 이와 관련된 전설을 보기 위해서다. 대왕은 규장각 앞뜰에 정자각 부용정을 세우면서, 천원지방의 원리에 따라 사각형의 연못에 둥근 섬을 만들고 부용지 연못에 잉어를 키웠다.

거기서 자란 잉어가 마침내 승천하게 되면 대왕을 알현하기 위해 규장각 주합루에 올라가게 된다. 그런데 부용지에서 규장각으로 오르려면 아름다운 문을 통과해야 한다. 바로 어수문魚水門이다. 이 문은 잉어 등 물고기의 전용 문으로 오직 용龍이 된 물고기만 다닐 수 있는 문이다. 바로 인재가 과거시험에 급제하여 왕을 친견할 때 이용하는 '등용문'登龍門인 것이다. 때문에 평시에도 아무나 드나들 수 없어 어수문 옆 좌우에 별도로 있는 조그만 협문을 이용해야 한다.

세상에! 사람은 다닐 수 없고 물고기만이 다닐 수 있는 이런 문이 이곳 말고 어디에 또 있던가? 문 자체가 아름답기도 하거니와 지붕을 받치는 공포栱包는 정교한 예술품이고 문인방 위에 남겨둔 투각과 창방 아래 있는 낙양각 또한 천하의 일품이라고 칭송받는 그러한 문이다. 이름조차 신비로워 이것만으로도 한 편의 신화를 보는 것 같지 않은가? 정조대왕은 이런 마음으로 규장각을 창설해서 인재를 등용하고 그만큼 아끼면서 사랑했다.

　이렇듯 정조대왕은 규장각을 통하여 아름다운 신화 한 편을 지금 우리들에게 선물해주고 있는 것이다.

4 태화강에 태어난 고래도서관

강과 도서관

2018년 4월 26일, 대한민국 남도 태화강의 지류 여천천을 바로 앞에 두고 울산 시민들의 간절한 염원을 담은 아름다운 도서관이 탄생했다. 도서관이 이런 강가에 설립됐다는 사실은 거기에 새로운 문명의 씨앗이 발아했다는 증거이며 그 주위에 문화가 새롭게 꽃을 피울 수 있다는 징조다.

울산의 젖줄, 태화강의 선물로 탄생한 울산도서관은 여느 도서관과는 달리 강과 깊은 인연을 맺고 있는 색다른 도서관 중의 하나다. 바로 앞에 강을 껴안고 있어서가 아니다. 건물 모양새가 강물과 어우러져 한 몸을 이루고 있는 것이 그대로 보이기 때문이다.

미덥지 못하다면, 잠시 강을 건너가 거기서 비치는 도서관을 한 번 쳐다보라. 그것은 철강과 콘크리트로 만든 현대식 건물이 아니라 살아 숨 쉬고 있는 한 마리의 영락없는 고래다. 큰 고래의 등뼈와

고래를 닮은 울산도서관 야경. 태화강의 선물로 탄생한
울산도서관은 강과 깊은 인연을 맺고 있다.

사진제공: 울산도서관

갤러리 하늘을 날고 있는 향유고래 조형물.
도서관을 찾는 시민들이 즐겁게 관람하고 있다.

한 벽면 전체가 책으로 가득 차 있는 도서관 내부.
이용자가 맨 위에 있는 책을 검색했을 때 어떻게 꺼낼지 궁금하다.

배지느러미 같은 건물 지붕과 처마의 유연한 곡선이 그대로 노출되어 있어 용연향을 풍기는 덩치 큰 향유고래가 분명하다.

그런데 왜 하필 장대한 고래가 깊은 동해바다가 아니고, 우람찬 태화강 본류에서 떨어진 여천천 앞에서 머무르게 된 것일까? 그것은 아마도 한반도 남녘 동해에 살고 있던 향유고래의 마음이다. 어느 날 고래는 모험심이 발동하여 태화강 상류로 거슬러 올라 대곡천이 흐르는 반구대 암각화를 보러 가는 길이었다. 자연에 심취한 고래는 가는 도중 그만 길을 잘못 들었다. 대곡천으로 올라가야 할 것을 그만 여천천으로 빠져 결국 이 자리에 오게 된 것이다. 그러나 이곳은 고래가 택한 최선의 선택지가 되어 도서관이라는 영광을 뒤늦게 누리게 되었다.

여기는 아직 울산의 외각, 그만큼 도시의 화려한 불빛이 덜 미치는 지역이다. 땅거미가 지고 사방이 어둑해질 무렵, 도서관 앞산에 있는 '미네르바 부엉이'가 마침내 날개를 펼칠 때 한번 찾아가 보자.

고래도서관이 가장 멋있게 보일 때는 한겨울철의 저녁나절, 사람의 형체를 분간할 만할 때 앞산마루에 둥근달이라도 뜨면 더욱 좋을 것이다. 사방이 모두 어둑해진 뒤 조명에 비치는 도서관 불빛과 그 근처를 배회하는 연어 떼 같은 이용자들의 모습을 들여다보라.

도서관을 드나드는 사람들의 실루엣은 도서관 이용자라고 하기보다 먹이를 찾아 돌아다니는 깊은 바닷속의 싱싱한 연어 같다. 그

연어들이 지식을 찾아 시도 때도 없이 도서관을 이렇게 분주히 드나들고 있다. 이런 그림은 다른 도서관에서 흔히 볼 수 없는 천혜의 명장면이 아닐까 싶다.

나는 이 아름다운 도서관 앞에 잠시 앉아 상상의 나래를 펴본다. 고래가 머무는 도서관 밖에는 자연 암반을 이용한 인공폭포가 있어서 쉼 없이 흘러내리는 폭포수 소리가 언제나 귀를 즐겁게 해준다. 뒤뜰에는 고래가 책을 보다 잠시 나와 놀면서 자맥질할 '미러 폰드' Mirror Pond, 거울 연못가 있고, 고래의 전용 놀이터인 '향유마당'까지 다 갖추어져 있다.

이런 조건이라면 동해의 고래가 즐기면서 크게 성장하는 데 지장이 없을 것 같다. 성공의 여부는 순전히 우리 시민들의 몫이고 이용자들의 마음이다. 고래는 그것을 원한다. 도서관 안에서 책을 읽던 향유고래와 함께 지식을 나누고 대화를 나눌 수 있도록 우리는 도서관을 열심히 이용할 일만 남아 있다.

인류문명을 꽃피운 문자

울산도서관이 강에서 태어났듯이 인류문명도 강에서 태어났다. 티그리스·유프라테스강의 메소포타미아문명, 나일강의 이집트문명, 갠지스·인더스강의 인도문명, 황하 유역의 중국문명 등 지구문명의 4대 발상지는 모두 강가에서 시작된다.

강은 인간이 거주하는 데 넉넉한 생명수를 제공하고 걱정 없이 농사를 지을 수 있는 삶의 젖줄이 된다. 강이 있으므로 교통이 발달하고 물류가 풍부해져 사람이 모여들고 상호교류가 잦아질 수밖에 없다. 이래서 강은 정신적·물질적 풍요로움을 주고 지식과 정보를 집결시켜 지혜가 발달함으로써 문명을 깨어나게 한다.

이렇게 사람들이 모여들면 자연스럽게 마을이 생기고 마을이 모이면 크고 작은 도시가 형성된다. 도시가 더 확장되면 조그만 도시국가 내지 체제를 갖춘 국가가 태어나게 마련이다. 그런데 어떤 국가든 권력을 행사하고 일구어낸 업적역사을 지우지 않기 위해서는 반드시 문자가 필요하다. 문자가 발명된 중요한 이유가 여기에 있다. 문자 없이는 전형적인 국가체제를 유지할 수 없었고, 다만 원시적인 집단 공동체제로 유지되었을 뿐이다.

재레드 다이아몬드Jared Diamond는 『총·균·쇠』에서 우리 사회가 야만에서 문명으로 진행되는 과정의 특징을 농업, 야금술, 복잡한 기술, 중앙 정치체계 그리고 문자의 사용이라고 정의한다. 앞선 요소들이 아무리 성공해도 문자 없이 인간의 역사는 거기서 정지되고 말 것이다. 오죽해서 문자는 신이 인간에게 준 첫 번째 선물이자 마지막 선물이라고 했겠는가? 인류가 지구상에서 살다 죽어간 200만 년 동안 인간들은 문자가 무엇인지 모르고 살아왔기 때문이다.

지금으로부터 약 2만~1만 5,000년 전, 프랑스 도르도뉴 지방의 라스코 동굴과 에스파냐의 알타미라 동굴 벽에 누군가 갖가지 동물 그림 등을 새겨두었다.

그 후 시간이 흘러 약 7,000년 전, 신석기시대 한반도 남녘 태화강 지류인 대곡천 상류 대곡리 사람들이 반구대 암벽에 200여 점

반구대 암각화. 높이 2.5×너비 9m 크기의 넓은 화판에 사람과 여러 마리의 고래를
비롯해서 200여 점의 갖가지 동물 그림이 새겨져 있다.

의 다종다양한 그림을 그려두어 지금도 우리 앞에 그대로 남아 있
다. 전체 높이 약 70미터, 너비 20미터의 둔덕에 높이 2.5미터, 너
비 9미터 암반을 화폭으로 삼아 크고 작은 고래 그림과 이를 사냥
하는 사람을 비롯해 호랑이, 사슴, 멧돼지 등 육상동물이 그려진 특
색 있는 그림판이다. 무엇을 보여주려고 이 많은 그림을 이렇게 한
곳에 모아두었을까? 단지 그림으로 뜻을 전달하려고 했겠지만 수
수께끼를 다 풀지 못해 아직도 그 해석이 분분하다.

반구대 암각화 말고도, 저 멀리 중동지방의 여유 있는 일부 농경
마을에서는 그들이 키우는 소나 양의 수와 그해 수확한 곡물의 양
을 그림이나 단순한 기호로 나무기둥에 긁어 새기며 수천 년 동안
기록해왔다. 그러다 마침내 가장 놀라운 문자를 만들어낸 것이다.

세상에 처음 나온 문자

지구에서 인류가 처음으로 사용한 문자는 기원전 3,000년경^{기원}전 2,500~2,000년으로 추정하는 학자도 있다 인류문명의 발상지, 티그리스강과 유프라테스강 사이에 있는 메소포타미아 비옥한 분지의 초승달이 뜨는 야트막한 언덕^{fertile crescent}에서 만들어졌다고 한다.

인류가 처음으로 문자를 만든 곳은 다른 곳도 아니고 초승달이 뜨는 언덕이라고 했다. 왜 초승달이라고 강조했을까? 초승달은 음력 매월 초하루부터 며칠간 이른 새벽에 잠시 떠 있는 눈썹 같은 달을 가리킨다. 오직 슬기롭고 부지런한 사람만이 초승달을 볼 수 있기 때문에 바로 그러한 사람들이 문자를 발명했다는 것으로 해석된다.

부지런한 사람들은 문자만 사용한 것이 아니었다. 점성술을 발전시켜 달이 차고 기우는 것을 기준으로 해서 지구상에서 처음으로 태음력^{太陰曆}을 사용했다. 우리가 단군 이래 100년 전까지 줄곧 사용했던 그 음력이다. 그들의 모든 생활과 역사는 밝은 태양 속에서만 이루어진 것이 아니라 이른 밤 초승달과 함께 움직이고 진행된 것이다.

현재 터키, 파키스탄, 말레이시아 등 상당수의 이슬람국가에서는 국기의 문양에 달이 그려져 있다. 하지만 그들이 국기 속에 넣을 만큼 사랑하는 달은 '쟁반같이 둥근달'이 아니라 한쪽이 기울어진 초승달이다.

그들의 먼 조상들은 옛적부터 액운을 막기 위해 자신의 몸에 문신으로 초승달을 그려 넣었다. 이 문양이 인류가 지구에서 사용한 최초의 심벌마크로 알려져 있는 것도, 지금 이슬람 문화권에서 바라보는 초승달처럼, 새로 시작하는 달新月은 다가올 미래의 새 희망으로 생각하고 있기 때문이다.

그러나 자연의 현상에서 크고 작아지는 달의 모양을 가만히 쳐다보면 헷갈리는 것이 있다. 아랍지역에서 보이는 왼쪽이 밝은 초승달◑은 우리가 볼 때, 첫 달이 시작되는 초승달이 아니라 한 달이 저무는 그믐달이다. 반대로 오른쪽이 밝은 아랍의 그믐달◑을 여기서 보면 새로 시작하는 초승달이 된다. 다만 대다수의 사람이 모여 사는 북반구 사람들의 일반적인 상식과 맞지 않음을 어떻게 정리해야할지 모르겠다.

어쨌거나, 거기에 사는 수메르인Sumerian들은 비교적 일찍 문명화가 이루어져 대도시 주변에서 크고 작은 공동체를 이루며 평화롭게 살았다. 그들은 어떤 통치자에 의해 다스려졌고, 종교적으로 수호신들의 보호도 받으면서 하루하루 살아왔다. 이러한 반복되는 삶의 연속에서 그들은 일상의 생활을 기록으로 남기려 했다.

강 주위의 점토를 재료로 사용해서 진흙판 위에 갈대 줄기나 나뭇조각으로 그해 생산된 곡식의 포대 수와 가축 수를 새겨서 굽거나 햇빛에 말렸다. 그러다가 발명한 것이 설형문자다. 쐐기모양을 한 문자는 곧 체계를 잡아 그들이 사는 주위의 여러 지명과 지배자의 이름을 적고 신의 이름과 신에게 바치는 공물 내용까지 기록했다.

기원전 2040년, 고대 수메르인들이 만든 점토판 책.
미국 의회도서관에 소장되어 있다.

기록의 진화는 결국 일반인에게까지 전파되어 점토판을 가진다는 것은 하나의 권력을 가진 것이 되었다. 수메르의 부자들은 점토판에 기록해놓은 곡식의 양을 추수할 때 소작농들로부터 빠지지 않고 거두어들였고, 반면에 점토판을 갖지 못한 가난한 소작인들은 부자들이 적어놓은 보리와 밀의 값을 꼼짝없이 다 치러야만 했다. 그러니 점토판은 하나의 재산이고, 기록한다는 것은 권력을 행사하는 도구일 수밖에 없었다. 이 점토판은 곧 지구상에서 인류가 만든 최초의 문자로 기록되어, 지금 미국 의회도서관에 그 샘플이 보관되어 있다.

메소포타미아 일대에서 설형문자가 점차 퍼져나가고 있을 무렵, 인근 이집트에서는 나일강 유역에서 자생하는 파피루스의 연한 줄기를 펴서 말린 다음 암벽이나 돌에 새겨왔던 상형문자를 여기에 그대로 적었다. 글을 쓰는 데는 한쪽을 베어낸 뾰족한 갈대에 진한 검은색 먹이나 산화납으로 만든 붉은색 잉크를 주로 사용했다. 응집력을 높이기 위해 아라비아 고무와 유사한 접착제를 사용해 양질의 상품을 만들어 한동안 독점으로 지중해 연안에 수출까지 했다는 사실이 최근에 밝혀지기도 했다.

한편, 여기서 멀리 떨어진 중국에서도 황하 유역을 중심으로 거북의 등이나 짐승의 뼈에 문자를 기록하여 서로 의사소통함으로써 문명의 발전을 더욱 촉진시킬 수 있었다. 이를 바탕으로 고대 중국 삼황三皇이 천체와 자연, 생물, 특히 동물의 형태를 형상화해서 상형문자를 만들었는데 이것이 오늘의 한자漢字다.

이런 한자를 배우는 데 입문서가 되고 기본 텍스트라 할 수 있는 『천자문』千字文은 중국 양梁나라의 주흥사周興嗣가 1,000개의 글자를 사용해 1구句 4자字로 구성하여 모두 250구로 이루어져 있다.

안동에 민속촌 '한자漢字마을'이 있다. 거기에 가면 고택을 되살려 새로 조성한 전통 리조트 '구름에'가 나온다. 리조트 안에는 한옥 스테이로 시작한 옛 가옥 앞에 '천자마당'을 만들어놓은 것이 금방 눈에 띈다. 가로 12미터, 세로 19미터에 펼쳐놓은 넓은 마당에 1,000개의 네모꼴 대리석으로 모자이크한 바탕 위에 가로 25자, 세로 40자의 '천자문'을 아름다운 명조체로 한 자 한 자씩 새겨놓은 글씨를 보는 것 자체만으로도 여행 온 보람이 될 것 같다.

여기까지 왔다면 한번 살펴보기로 하자. 마당 상단부 맨 오른쪽에서 세 번째 열, 첫줄에 '始制文字 乃服衣裳'시제문자 내복의상 여덟 글자를 금방 찾아낼 수 있다. 찾았다면 무슨 뜻인지 꼭 알아보아야 한다. 사람들이 '비로소 문자를 만들고 이어서 의상을 갖추어 입다'라는 말이다. 의역하자면, 인간이 먼저 문자를 만든 다음 벌거벗은 몸을 가릴 수 있는 옷을 걸침으로써 문명이 깨어났다는 뜻이다.

인류가 오늘의 문명으로 진화하는 데 문자는 필연적이어서, 만일 우리에게 문자가 없었다면 오늘의 의상도, 예의도 있을 수 없다는 것을 그 옛날에 천자문은 우리에게 가르쳐준 것이다. 이로써 당시 중국인들도 그때의 이집트인들처럼 문자야말로 우리 인간이 만들어낸 것이 아니라 신이 내려준 선물이라고 생각한 것이다.

이렇게 문자는 곧 인류문명이 탄생하는 데 열쇠가 되고 기폭제가

안동 '한자마을' 천자마당에는 '천자문'이 새겨져 있다.
'천자문'을 아름다운 명조체로 한 자 한 자씩 1,000개의 대리석에 새겨놓았다.

되었다. 인류문명이 아무리 좋은 조건과 유리한 환경에서 태어났더라도 문자가 없는 문명은 상상할 수 없다. 그래서 역사를 선사시대先史時代와 역사시대歷史時代로 크게 양분하는 것도, 문자의 유무를 기준으로 삼을 수밖에 없기 때문이다.

문자가 책을 만들고, 마침내 도서관까지

사실대로 말하면, 인류가 처음 점토판에 쓴 문자나 거북의 등에 새긴 기호 또는 죽간竹簡에 쓴 그림이나 문자는 일종의 상징이었지 실생활에서는 별 쓸모가 없었다. 고작 증거자료로 남기거나 주술적 부호로 극히 한정된 사람에게만 사용되었을 뿐이다.

여기서 한 단계 진화한 것이 두루마리 즉 스크롤scroll, 권자본이라고도 한다이다. 이는 한 장으로 연결된 두루마리 책으로 파피루스나 양피지 또는 송아지 가죽 등에 필사하여 항아리 속이나 시렁 위에 얹어 두고 벽감壁龕 또는 벽에 비둘기집pigeon holes을 만들어 보존했다.

종이가 발명되기 훨씬 이전, 책冊의 원형은 한자로 '죽간을 꿰맨 모형'을 하고 있지만, 실제 지금도 우리가 고서점이나 오래된 족보 등에서 흔히 볼 수 있는 권자본두루마리 형태가 인류가 처음으로 만든 책의 원래 모습이었다. 이런 형태의 책은 우선 한 면밖에 사용할 수 없고, 부피가 커서 휴대가 불편할뿐더러 문장을 찾아보기가 불편하고, 보관조차 쉽지 않다는 단점이 있었다.

이를 해결하는 방법으로 두루마리를 일정 규격으로 잘라 적당한 두께로 엮어 각 장 모서리마다 쪽번호를 매기고, 목차와 색인을 넣어 위의 불편함을 제거했다.

그것이 지금 우리 모두가 한 손으로 들고 다니는 일반적인 책, 코덱스codex다. 코덱스는 우선 모양이 단순하고 규격화되어 한 손으로 쥘 수 있도록 부피를 줄인 책이었다. 읽고자 하는 내용도 쉽게 찾아볼 수 있도록 페이지가 표시된 혁신품이었다.

그러나 스크롤 또는 코덱스는 필경사들이 일일이 손으로 옮겨 적었기에 오랜 시간이 필요했고, 작업이 너무 힘들었으며, 생산 수량도 매우 한정될 수밖에 없었다. 이를 한 번에 해결해준 것이 바로 인쇄술의 발명이다.

세계 최초의 금속활자로 만든 책은 고려 말, 1377년 청주 근교의 한 사찰 흥덕사에서 인쇄한 『직지』直指였다. 그러나 당시의 인쇄물은 대중화하는 데 실패하고 만다. 이곳의 인쇄기술 발명은 애당초 대중을 위한 보급과는 무관하고, 단순한 이용과 대량생산을 위해 활자를 만든 것이 아니었기 때문이다.

결국 1440년대 중반1444~46년경 독일에서 구텐베르크가 발명한 인쇄술이 온 세계를 지배했다. 이른바 책의 혁명이 일어난 것이다. 금속활자로 찍은 책이 대량으로 보급됨으로써 전 국민이 문맹을 벗어나 누구나 책을 읽을 수 있는 시대가 열렸기 때문이다.

그 첫 번째 인쇄물은 라틴어 필사본을 저본으로 해서 찍은 『성서』다. 그래서 사람들은 바이블Bible이 곧 책book이고, 책이 곧 바이블이라고 말한다.

그는 포도주를 짜는 기계를 인쇄기로 사용해 첫판을 인쇄했다.

구텐베르크의 42행『성서』, 1886년 라이프치히에서 발행된 복제본 샘플(저자 소장).

실제『성서』는 가로 29.5 × 세로 40.5cm지만 복제본은 그보다 작은 가로 24 × 세로 39cm 크기로 제작되었다.

인쇄에 사용된 고딕체의 라틴어 활자와 부호 335만 개를 사용해 처음 찍은 『성서』는 대형 판에 2절로 인쇄한 것으로 모두 두 권으로 구성되어 있다.

제1권 324장, 제2권 319장을 양면으로 찍어서 총 1,286페이지가 된다. 크기는 라틴어 필사본 원본보다 더 줄여 가로 29.5센티미터, 세로 40.5센티미터로 만들었지만 너무 커서 함부로 휴대할 수 있는 책이 못 되었다. 크기뿐만이 아니다. 책 무게만 해도 종이로 만든 책이 13.5킬로그램, 양피지 책은 22.5킬로그램이 되어 비교하자면, 우리나라 여섯 살 어린이의 평균 몸무게만 하다.

종이로 140부, 양피지와 송아지 가죽으로 40부, 모두 180부 180~200부라는 학설도 있다를 찍었다. 처음부터 많이 찍었다고 생각했지만 책은 순식간에 불티나게 팔렸다고 한다. 양피지본은 큰 수도원이나 부유한 추기경과 귀족들 그리고 해외로 팔렸고, 종이본은 작은 교회와 공동체 기금으로 구입하는 단체에 주로 판매되었다.

당시 필사해서 만든 『성서』보다 글자가 작지만 정상 시력으로 1미터 거리에서 볼 수 있어서 멀리서도 책을 보며 설교하는 데 별 지장이 없었다고 한다. Christopher de Hamel, *The Book, A History of the Bible*, Phaidon Pr., 2001.

책이 세상에 처음 나왔을 때, 대부분의 책들은 형태상 오늘날 우리가 흔히 쓰는 책보다 훨씬 컸다. 책을 필사한다는 것 자체가 힘들고 고단한 작업인데 손으로 하나하나 작은 글씨로 기록한다는 것은 큰 글씨보다 더 힘들고 불편했다. 그래서 큰 글자의 대형 책은 수 세기 동안 그대로 이어질 수밖에 없었다.

그러던 중 15세기 후반 유럽출판계에서 요람본이 한참 성행할 무렵, 베네치아에서 학자이자 출판활동을 하던 마누티우스^{Aldus} ^{Manutius}가 책을 다운사이징^{downsizing}하는 방법을 고안했다. 책의 규격을 줄여 한 번에 1,000부 이상 인쇄하는 방법을 도입함으로써 책값을 파격적으로 떨어트린 것이다.

이를 두고 어떤 학자는 '제2의 책의 혁명'이라고도 한다. 이와 같이 책이 축소지향화한 결과가 바로 오늘날 우리가 보편적으로 들고 다니는 '손 안의 책'이다. 그것은 오래전부터 인류가 꿈꾸어왔던 로망이었다. 그 꿈을 마침내 르네상스시대를 이끌던 마누티우스가 실현한 것이다.

이렇게 인쇄혁명이 성공을 이룰 수 있었던 것은 뒤를 이어 각지에서 또 다른 책을 인쇄하여 판매한 '요람본'이라고 부르는 인큐내불러^{incunabula, 구텐베르크 인쇄기술로 생산된 15~16세기 초간본}가 활성화된 것도 크게 작용한다. 이런 초기 인쇄간행물이 없었다면 책의 혁명은 더 멀어졌을지 모를 일이다.

당시 유럽의 인구가 러시아를 포함하여 1억 명 정도였을 때 유럽의 주요 도시는 인쇄공장으로 변하여 그때 생산된 요람본의 수가 인구수와 맞먹었다고 하니 지식혁명의 파장이 그만큼 클 수밖에 없었다. 이로써 서양에서는 르네상스가 일어나고, 급기야 종교개혁까지 불러와 세상을 변하게 하는 기폭제가 된 것은 우리가 다 아는 사실이다.

그렇지만 여기에 또 후속조치가 남아 있다. 인류문명의 발전은 단지 문자와 책의 발명만으로는 설명이 안 되기 때문이다. 기록물이 수없이 많고 책이 아무리 넘쳐나도 문명은 더 나아갈 수 없다.

기록물과 함께 책을 보존하고 관리할 장소와 사람이 반드시 필요했던 것이다. 문자가 있어도 이를 갈무리할 사람이나 시설이 없다면 모든 기록은 그대로 흩어지거나 사장되고 만다. 그래서 문자가 없고, 책이 없고, 도서관이 없는 인류문명은 이 지구상에서 상상할 수 없다.

비교해보라. 세계 4대 강인 북미의 미시시피강이나 남미의 아마존강 유역에서 문명의 꽃이 피었다고 아무도 말하지 않는다. 설령 거기에 인류문명이 발아할 조건을 다 갖추고 있었다고 해도, 문명의 씨앗이 싹트지 못한 것은 거기에는 문자가 없었고, 기록^책이 없었으며, 도서관이 없었기 때문이라고 확신할 수밖에 없다.

물과 가까운 도서관

지금으로부터 2,300년 전, 지중해를 낀 나일강 하구에서 태어난 알렉산드리아도서관은 결국 사라지고 말았지만 2002년, 바로 그 자리에 국제사회의 지원으로 최첨단 도서관을 다시 지었다. 이 도서관을 설계할 때 주위에 연못을 만들어 파피루스를 심도록 했다.

파피루스^{papyrus}는 페이퍼^{paper}의 원료로서 지금도 박물관에 가면 그 종이를 직접 만들어 시연을 보여주고 거기서 인쇄한 책자를 관광객에게 직접 판매하고 있다. 이렇듯 옛 이집트인들에게 파피루스

2002년 10월에 새로 지은 알렉산드리아도서관.
도서관의 외벽에는 인류가 만든 120개의 문자가 새겨져 있다.
11층으로 된 도서관 건물 주위 연못에는 파피루스가 자라고 있다.

도서관학의 시조 칼리마코스(Kallimachos) 발코니에서 바라본 알렉산드리아도서관 내부 모습.
유네스코를 중심으로 세계 각국이 분담 지원하여 2002년 완공한 첨단 도서관으로
천장의 창문을 꽃 모양으로 디자인하고 철제기둥을 파피루스 줄기 형태로 설치했다.

는 없어서는 안 될 생활용품이었다. 큰 줄기를 이용해 배를 만들고, 다른 줄기는 지붕과 벽에 사용하고, 밧줄, 매트, 돛 따위를 만들어 실생활에 조달했다. 심지어 연한 싹은 음식으로 이용되어 요람에서 무덤까지 가는 데 없어서는 안 되는 귀한 자원이었다.

영화 「십계」를 보면 강보에 싸여 파피루스 바구니에 담긴 채 나일 강으로 떠내려오는 아기를 파라오의 공주가 구해내 왕궁으로 데려와 키우는 장면이 나온다. 그 아이가 바로 『구약성서』「출애굽기」에 나오는 이스라엘 민족의 지도자 모세다. 이처럼 파피루스는 이집트인들에게 이미 종교로서 신격화되어 고적지 룩소르의 카르나크 신전에 있는 커다란 돌기둥까지 파피루스 기둥을 형상화했다. 어딜 가나 주위에서 파피루스를 흔히 볼 수 있고 신전의 형태까지 파피루스를 원용하는 것을 보면, 파피루스는 그들의 삶의 도구였고 생활의 필수품이었다.

그 전통으로 알렉산드리아도서관 안팎은 파피루스로 꽉 차 있다. 밖의 연못 속 말고도 실내에도 꽃 모양이 하늘 창에 각 조각으로 어우러지게 하고 이를 지탱하는 철제기둥은 파피루스 줄기 형태를 부각시키는 것을 보면 그들의 집착은 알 만하다.

알렉산드리아도서관에 심어둔 파피루스가 종이와 책을 상징하는 것이라면 도서관 외벽에 새겨둔 문자는 기록을 말하고 도서관을 의미한다. 지구에서 가장 먼저 파피루스 종이를 사용하고, 세계 최초로 도서관을 세웠다는 그들의 자부심을 보여주고 싶었을 것이다. 그래서 외벽 전체에 인류가 창조한 문자를 새겨 넣었다.

세계의 문자
속에서 한글
'강'자가 선명한
머그잔.
알렉산드리아도서관
갤러리에서
판매한다.

그중에 우리 '한글'을 포함한 120개의 문자가 이곳 대리석 벽면에 적혀 있다. 많고 많은 글자 중에 고맙게도 큼직하게 새긴 한글 몇 글자가 눈에 띈다. 한글이 얼마나 아름답기에 그들이 쓰는 도자기 컵에도 문양을 넣었을까? 컵 한가운데 예쁜 궁서체로 쓴 '강'자를 말하는 것이다. 왜 하필 강일까? 그 강이 나일강을 말한다면, 여기 도서관도 역시 강에서 출발했다는 신호는 아닐까? 이렇게 물과 도서관의 관계는 울산의 고래도서관도 다르지 않다. 근세에 지은 세계

평양시에 위치한 북한 3대 건축물의 하나인 인민대학습당.
북한 최대 규모의 중앙도서관으로 도서와 자료를 제공하고 있다.
도서관 앞 연못에서는 연일 분수가 쏟아진다.

©위키미

의 국립도서관을 비롯해 이름난 공공도서관이나 대학에 가보면 물과 친하게 강이나 호수를 끼고 있는 곳이 많다는 것을 느낄 수 있다.

이와 비슷한 사례로, 북한의 3대 건축물의 하나인 인민대학습당
한국의 국립중앙도서관에 해당은 단일 건물로서 세계에서 가장 큰 도서관으로 알려지고 있다. 갑자기 평양의 한 도서관을 지칭하는 것은 바로 그 옆에 아름다운 연못이 있기 때문이다. 연못에서 항상 뿜어져

나오는 분수를 보면 이데올로기를 떠나 '물과 도서관'을 생각하는 그들의 정신에 마음이 닿아 언제든 꼭 한 번 들러보고 싶은 곳이었다. 그러나 한때 방문수속을 다 해놓고도 가보지 못해 아쉬운 버킷리스트bucket list의 하나가 되었다.

이 도서관은 김일성이 70회 생일을 기념해 1979년 착공해서 1년 9개월 공사 끝에 1982년 완공했다. 조선전통양식으로 34개의 지붕에 75만 장의 청기와를 덮어 높이 63미터, 너비 150미터, 길이 190미터 규모의 10개 동으로 된 10층 높이의 건물로서송승섭,『북한 도서관의 이해』, 2008 멀리서 찍은 사진만으로도 우람하게 보인다.

그럼에도 여기서 의문이 남는다. 자유와 인권이 철저히 억압되고 세상에서 가장 가난한 나라가 세계에서 가장 큰 도서관을 가지고 있다는 아이러니를 어떻게 해석해야 할 것인가? 그것도 도서관의 기능과 활동사항은 물론 세계적으로 역할이 전혀 알려지지 않고, 국제적인 통계조차 없는 도서관이 아닌가? 이처럼 큰 규모에 비해 적절한 장서와 시설 및 이용자를 위한 인프라 시스템은 제대로 작동되고 있는가? 궁금한 것은 한두 개가 아니다.

머리를 쓰는 자여! 물과 친하라

언제였던가. 대학 재임 시 나는 '도서관과 물'이라는 주제로 우리나라 공공도서관이 자리하고 있는 위치site 문제를 조사한 적이 있다. 지금은 많이 변화되어 잘 모르겠지만, 그 당시 많은 공공도서관은 주민들의 소통과 거리가 먼 외진 곳이거나 이용자의 동선을 무시한 곳, 아니면 자연과 덜 친화적인 장소 또는 주위환경을 전혀 고려하지 않은 곳이 대부분이었다. 특히 가까운 곳에 강이나 호수가 있는지를 확인했으나 근처에 물이 있는 쾌적한 장소에 존재하는 도서관이 내 눈에는 별로 띄지 않았다.

이와 같이 도서관이 위치한 곳은 주로 도시의 변두리거나 교통이 불편하고, 시민의 발걸음이 먼, 산 언저리 등 비교적 값어치가 낮은 땅이었다. 그러한 곳은 대부분 호수 또는 강과는 거리가 멀다는 것이 특징이다. 왜냐하면, 그런 곳은 대개 주위환경이 좋고 경치가 아름다워 땅값이 비싼 곳이기 때문이다. 굳이 이런 이유가 아니어도 도서관이 불 또는 물이나 강과는 상극이라 생각해 애써 피해왔던 것도 한 이유가 되었다. 그러나 도서관은 물과 가까워야 한다는 이론이 많고 실제로 서양의 유명 도서관을 가보면 그 가까이 물이 많다는 사실이 놀라웠다.

태초에 모든 생명체는 물에서 태어났다. 우리 인간들도 처음 잉태될 때 99퍼센트가 물이었다고 한다. 세상에 태어날 때 90퍼센트의 물로 구성된 인체는 나이가 들수록 수분이 줄어 중년 이상이 되면 몸속의 수분이 50퍼센트 이하로 줄어든다. 우리 몸은 물 없이는 단 하루도 생명을 유지할 수 없기 때문에 인체의 유전인자는 늘 물을 원하고 그리워하도록 진화해왔다.

생리학적으로도 물은 머리를 맑게 하고 열을 식혀주는 작용을 한다고 한다. 때문에 머리를 많이 쓰는 사람은 물을 자주 보아야 하고,

많이 대하는 것이 좋다고 했다. 그래서인지 정신분석학자들은 물 가까이에서 책을 읽으면 정신이 맑아지고 피로가 빨리 풀리는 효과가 있다고 한다. 책을 가장 많이 보고 대하는 곳은 바로 도서관이 아니던가.

그렇지만 도서관에서 책의 가장 무서운 적敵은 물과 불이다. 물은 높은 습도와 곰팡이를 만들어 책의 수명을 좀먹게 하고, 불은 무서운 화마가 되어 책 자체를 송두리째 태워버린다. 그럼에도 불구하고 예부터 물과 불은 그만큼 상극이면서도 물에 대해서는 관대했다. 동서양을 막론하고 도서관 가까이 물을 두고 물과 친해지려는 것을 보면 정신분석학자나 옛 성현의 말씀이 결코 틀리지 않은 것 같다.

노자는『도덕경』에서 "최고의 선은 물과 같다. 물은 선하여 만물을 이롭게 하면서도 서로 다투지 않는다"上善若水 水善利萬物 而不爭라고 말씀하셨고, 공자는『논어』에서 "지혜로운 사람은 물을 좋아하고, 어진 사람은 산을 좋아한다"智者樂水 仁者樂山고 말씀하시지 않았던가?

물이 지구의 모든 생물들에게 큰 덕을 베풀고 있듯이 인간이 만든 도서관도 우리 인류에게 얼마나 많은 덕을 베풀고 있는지 한번 생각해보면 어떨까? 그리고 이 세상에서 책을 계속 읽으며 머리를 많이 쓰는 곳은 과연 어디일까? 도서관을 다시 떠올리지 않을 수 없다.

5 관악에 가면 저 도서관을 보라

오늘의 도서관이 있기까지

그 누가 길을 묻거든 / 눈 들어 관악을 보게 하라 / … / 만년 웅비의 새 터전 / 이 영봉과 저 기슭에 어린 서기를 / 가슴에 서리 담은 민족의 대 학 / 불처럼 일어서는 세계의 대학 / … / 타오르는 빛의 성전 예 있으 니 / 누가 조국으로 가는 길을 묻거든 / 눈 들어 관악을 보게 하라.

지금으로부터 꼭 50년 전, 1971년 서울대학교가 관악캠퍼스를 조성하던 날, 시인은 그 연단에 서서 이렇게 시를 읊었다. 반세기 전 허허벌판 교정에서 보던 그대로 관악 정상은 지금도 한눈에 들어온 다. 이제 캠퍼스는 200여 채의 시설물들이 관악산의 큰 자락을 가 득 채우고, 그 중앙에 가장 큰 건물 도서관이 정좌하고 있다. 지금 그 누가 서울대학교를 묻는다면 나는 저 시인의 말을 빌려 "눈 들어

밤을 밝히고 있는 서울대학교 중앙도서관.
550만 권의 장서와 8,000여 개의 열람석을 구비하고,
200여 명의 도서관원이 활동하는 국내 최고, 최대의 도서관이다.

저 도서관을 보게 하라"고 먼저 권유하고 싶다.

한 대학의 수준을 알려면 그 대학의 도서관을 보라는 말이 오래 전부터 전해오고 있어서다. 세계 40위권 안의 대학이고, 대한민국 최고의 대학 서울대학교를 설명하려면 이곳 도서관을 빼놓고는 말할 수 없다.

1946년 8월 '국립서울대학교설치령'에 의해 대학과 함께 설치된 서울대학교 도서관은 현재 550만 권의 장서와 8,000여 개의 열람석8개 분관 포함을 구비하고, 200여 명의 도서관원이 활동하는 국내 최고, 최대의 도서관이다.

그러나 이 도서관은 지은 지 40년도 되기 전에 낡아버리고 수용 공간까지 넘쳐버렸다. 10여 년 전, 중앙도서관을 새로 지어보겠다고 '서울대 도서관 친구들' 모임을 결성했다. 새로운 도서관을 신축하기 위해 1,000억 원 모금 캠페인을 벌이자 서울대학교 동문을 비롯하여 현장에 있는 도서관 직원들 모두가 모금운동에 참여함으로써 역사는 다시 시작되었다.

이 뜻이 외부에 알려지자, 주유소에서 시간제로 일하는 젊은 청년까지 큰돈을 보내오면서 많은 사람들의 감동과 함께 사회에 큰 바람을 일으켰다. 무엇보다 이 숭고한 뜻을 지켜본 관정冠廷 이종환 선생이 평생을 모은 600억 원을 선뜻 내어놓고, 뒤따라 거액을 기부한 고마운 사람들과 도서관을 사랑하는 시민들의 성금을 모아 마침내 2015년 2월, '관정관'이라는 이름을 가진 큰 도서관을 세울 수 있게 되었다.

이렇게 완성된 건물은 8층 구조로, 앞에 있는 중앙도서관과 연결되어 새 건물이 앞의 건물을 껴안고 있는 모습을 하고 있다. 길이 165미터에 1만 7,468평이나 되는 단위면적으로 우리나라에서 가장 큰 도서관으로 기록되었다. 건물은 철근 메가트러스 구조에 현대적 아름다움이 드러나도록 했고 의장은 스틸 커튼월과 아노다이징 패널을 덮어 날씨 변화에 따라 다양한 색을 연출하면서 세련미까지 갖추고 있어서 이제는 세계 어디에 내놓아도 자랑할 만한 도서관이 된 것이다.

반세기 전과 그 후의 도서관

내가 서울대학교 도서관과 인연을 맺은 기간은 1969년부터 1981년까지 조교와 사서로 활동했으니 꼭 반세기 전에 보고 들은 일을 이야기하게 된다. 12년여 동안 절반은 낙산 밑의 낡고 비좁은 동숭동캠퍼스에서 보냈고, 나머지 절반은 1975년에 옮긴 관악캠퍼스에서 보내 아직도 내 마음은 두 곳을 번갈아가며 양쪽에 머물고 있다.

동숭동캠퍼스는 이미 사라지고 없으니 관악캠퍼스라도 보고 싶은 마음이 발동하여 오랜만에 친정 나들이하듯 길일을 잡아 그곳을 찾아갔다. 떠난 지 수십 년 만에 찾아본 아크로폴리스 광장 주변의 조그마한 나무들은 어느새 거대한 수목으로 자라났고, 그때 캠퍼스 한가운데 덩그렇게 자리한 도서관은 이제 주위의 건물들과 상응하고 있지만 벌써 노후화되어 벽 한쪽은 타일이 떨어져나갔다.

1974년 완공된 서울대학교 관악캠퍼스. 건물이 공장 건물처럼 무미건조하여 사람들은 '구로공단'을 빗대어 '관악공단'으로 불렀다. 한가운데 가장 큰 건물이 중앙도서관이다.

현재의 관악캠퍼스. 개설 50년 만에
중앙도서관 외에 8개 분관과 200여 채의 크고 작은 건물로 꽉 들어찼다.

12월, 영하 11도의 바깥 날씨가 옷깃을 여미게 했지만 몇십 년 만에 찾아간 도서관 안은 옛 친가처럼 훈김이 돌았다. 맨 먼저 나는 관정관 열람실 중 학부생들이 많이 머무는 '기억의 방'으로 안내를 받았다. 7, 8층에는 기억의 방 말고도 같은 규모의 상상의 방, 이성의 방, 진리의 방이 또 있다고 했다.

열람실 방 이름으로는 좀 독특한 것 같지만 '기억'은 그저 레토릭으로 쓴 말이 아니다. 일찍이 베이컨은 그의 경험철학을 기준하여 세상에 존재하는 학문을 크게 역사^{기억}, 시상^{상상}, 철학^{이성}으로 구분하고 이 셋을 학문의 어머니로 생각했다. 이것이 곧 오늘날 학문분류의 모태가 된다. 도서관은 여기에 학문의 원천이라는 진리 즉, '진리는 나의 빛'$^{VERITAS LUX MEA}$이라는 서울대학교 로고를 하나 더 보태었다. 이렇게 아름답고 쾌적한 열람실은 옛날 분위기와는 사뭇 달라 외국의 어느 장엄한 도서관에 와 있는 것 같았다.

나는 50년 전 기억을 더듬으며 서가 속 깊숙이 빨려 들어갔다. 발걸음을 재촉해 한참 들어가니 서가 중심 한 켠에 낮은 서가가 일렬로 배치되어 있었다. 바로 그 서가 위에 생각지도 못했던 선배 사서, 백린 선생의 명패가 놓여 있어서 잠깐 움찔할 수밖에 없었다. 이미 고인이 되신 분인데, 성함 아래는 '6·25 전쟁 중 규장각 도서를 보존한 사서'라고 조그만 글씨만 적어놓아 반가우면서도 서운하고 좀 야박하다는 생각이 들었다. 초창기 원로사서가 그의 신명을 바쳐 평생을 헌신했던 도서관이어서 후배들에게 전해줄 메시지도 많을 텐데, 달랑 두 줄로 고인의 업적을 소개하고 있다는 것이 아쉽고 한

관정관 열람실 기억의 방. 학부생들이 가장 많이
머무는 열람실이다. '기억'은 레토릭이 아니라
학문분류의 기초가 되는 말이다.

서울대학교 중앙도서관 서가 한 켠에 놓인
백린 선생의 명패. 백린 선생은 6·25 전쟁 중 규장각을
지키고 도서관을 이끈 초창기 원로 사서의 한 분이다.

'도서관 친구들' 방 안에 걸린 네이밍 패널. 도서관 기부자들의
명패와 함께 백린 선생의 명함도 새겨져 있다.

편으로는 죄송스런 마음이 앞섰다.

　선생님은 나한테는 개인적인 은사이셨고 당시 동년배 사서들에
게는 하늘 같은 멘토이셨다. 패널에 적힌 명패가 마치 고인의 영혼
을 모신 위패로 보여 갑자기 두 눈에 눈물이 핑 돌았다. 보고 싶은
마음을 못 채운 세월의 무상함을 느꼈기 때문이고, 이번 도서관 탐
방에 동행한 선생님의 따님 백경희 여사가 곁에 있었기 때문이기도
할 것이다. '도서관 친구들' 방 안에 네이밍Naming을 한 패널에도 선
생의 명함이 걸려 있어서 기부에 참여한 유명인사들의 명패와 함께
누구나 도서관을 통한다면 다 만날 수 있겠다는 생각이 들었다.

　나는 도서관의 화려한 서가와 집기들 그리고 공부하는 학생들의

면학 분위기를 뒤에서 지켜보면서 그동안 도서관이 참 많이 변했다는 것을 체감하고 있다. 변해도 이렇게 많이 변해 있을 줄은 몰랐다. 이전만 해도 직책이 과장이라면 연세가 많은 큰 어른들이었는데 오늘 나를 데리고 다니면서 안내해준 과장님은 아름답고 상냥한 젊은 여성이어서 더 놀라웠다.

와! 이렇게 세상이 변하다니. 꼭 50년 만인데, 내가 도서관을 처음 만났을 때와 지금의 도서관이 이렇게 변했을 줄이야!

센강을 건너가봤는가?

서울대학교가 동숭동에 있었던 시절, 중앙 광장 한가운데는 프랑스 파리 시내에서 가로수로 흔히 볼 수 있는 마로니에라는 큰 나무가 있었다. 4·19 기념탑과 함께 주위의 수목들과 잘 어울리는 아름다운 캠퍼스였다. 정문 앞 교정을 끼고 흐르는 개천오래전에 복개되어 지금은 도로로 변했다을 학생들은 '센강'이라 부르고, 정문 앞의 다리를 '미라보다리'라고 불렀다.

언젠가 시내버스를 타고 학교로 출근하는 길이었다. 종로5가가 종점이어서 대학이 있는 동숭동 근처에 오면 승객들은 얼마 남지 않는다. 이때 뒷자리에 있던 어떤 할아버지의 굵은 목소리가 크게 들렸다.

"너희들 센강을 건너가봤나? 미라보다리를 지나 도서관에 가서 학생들의 공부하는 모습을 봐라. 그 열기가 하늘을 찌르고 있지."

할아버지의 말씀은 위엄이 있었다. 할아버지가 어떻게 센강을 알고, 어떻게 미라보다리를 건너면 바로 도서관이 있는지 또 어떻게 그 도서관에 들어가서 학생들이 공부하는 모습을 보았는지 지금 생각해도 의문이 남는다.

이때만 해도 아무나 외국여행을 마음대로 못하는 시절이어서 프랑스 파리를 가로지르는 센강은 상상 속의 강이었고, 미라보다리는 꿈같은 다리로 느껴야만 했다. 이런 환경 속에 살았던 학생들은 꿈에서나 그리던 서양 선진국의 강과 다리를 쉽게 서울대학교 앞으로 옮겨버린 것이다.

그래서 외부에서 서울대학교에 들어오려면 반드시 센강을 건너는 미라보다리를 거쳐야 한다. 할아버지의 생각으로, 학생들이 이곳에 오려면 그만큼 어렵다는 말이고, 이 강을 건너 들어왔으면 서울대 학생들이 어떻게 공부하고 있는지 반드시 도서관을 가보아야 한다는 뜻이 담겨 있던 것 같다.

도서관은 이 다리를 건너면 바로 왼쪽에 연붉은색 벽돌로 단장한 2층 건물이었다. 일제가 만든 경성제국대학 부속도서관을 그대로 승계한 옛 건물로서 냉난방 시설이 없는 낡고 허접한 시설이다. 학생들은 대부분 팔뚝에 '열쇠' 마크가 붙은 교복을 착용했고 교복을 못 입은 학생도 허름한 옷차림이었지만 모두들 공부에 대한 열의가 열람실 온 방을 가득 채우고 있어 항상 긴장감이 감도는 곳이었다.

일제가 만든 도서관

일제는 1910년 8월 29일 우리 땅에 조선총독부를 설치한 후 1924년, 식민지 서울에 경성제국대학을 설립하고 다음 해에 부속 도서관을 설치했다. 광복 후 1946년 10월, 국립서울대학교 개교와 함께 일제가 만든 시설물을 그대로 이어받아 부속도서관을 만들었다.

장서는 규장각 도서 15만 권을 비롯하여 조선총독부에서 물려받은 조선 통치 관련 자료와 동경대학에서 넘겨받은 몇몇 교수의 개인문고 등을 중심으로 처음 출발했다. 시설은 비록 낙후되었지만 일제가 패망할 때까지 20여 년간[1924~45] 수집한 40만 권의 책도 함께 인수했다. 이 수량은 1945년 광복 당시 국립중앙도서관이 보유한 장서 28만 권의 곱절에 가깝다.

그때, 일제는 한 대학도서관에 40만 권이라는 엄청난 책만 모은 것이 아니었다. 이 기간에 총독부, 경성부 등 각 관련 기구와 도부道府 그리고 금융기관 등에서 식민지 조선과 관계되는 단행본 1,083권, 총서叢書 717종, 연보年報 402종, 잡지 60종을 발행했고, 별도로 통감부統監府와 총독부에서 직접 발행한 단행본만 1,157종에 이른다. 최정태 외 지음, 『20세기 한일간 지식정보의 생산과 흐름』, 2003.

글의 진행이 본 주제에서 잠시 비켜났지만, 위의 논문은 부산대학교 송정숙·이제환 교수, 경성대학교 박정길 교수, 일본 스루가다이대학 김용원 교수와 함께 3년간 심혈을 기울여 조사한 거대 프로젝트에 의해 완성된 것이다. 위 통계에서 요약문으로 정리된 발행

동숭동 시절의 서울대학교 부속도서관.
작은 공간에 200여 석이 채 안 되는 열람좌석이 빼곡히 차 있었다.

수량을 과소평가할 수 없는 것은 단행본 이외에 총서^{series}, 연보^{annual} ^{report}, 잡지^{journal} 1종^{item}을 낱권의 단행본으로 치면 각각 수십 내지 수백 책^{books}이 되어 그 수량이 기하급수로 늘어나기 때문이다.

나는 이 과제를 집중적으로 조사, 발굴했기에 그때 발행된 대부분의 목록이 눈에 선하다. 그들은 조선을 수탈하기 위해 토지, 광산, 농산물, 해산물에 관한 실리적 연구만 한 것이 아니었다. 얼마나 악착같았으면 『조선의 무속』과 『조선의 점占과 예언』 그리고 『조선의 귀신』까지 집요하게 캐내어 책으로 펴냈을까?

나는 그때 발행된 중요한 책 이름을 아직도 많이 기억하고 있다. 이런 책들을 어떻게 다 기억하느냐고? 아마 독자들은 의문이 들 것이다. 마침 나는 서울대학교 도서관에서 수서^{acquisition} 주무자로 오랫동안 있으면서, 어느 단체의 기금을 받아 조선총독부에서 발행했던 도서를 세밀히 조사한 일이 있다. 이때 조사한 목록의 대부분을 고서전문서점인 '통문관'을 통해 하나하나 목록을 대조하면서 구입할 수 있었던 것은 참으로 다행이었다. 『20세기 한일간 지식정보의 생산과 흐름』 '부록' 속 목록에 「조선의 귀신」을 수록한 것도 서울대학교가 그때 확보한 도서에서 영감을 받았기에 아직까지 잊히지 않는 것이다.

그들은 이렇게 식민지 땅에 있는 '귀신'까지도 궁금했던 것이다. 식민통치를 하는 데 귀신이 무슨 도움을 주고, '점과 예언'이 어떤 역할을 하고 있으며, 또 백성들의 '무속'까지도 꼭 알아야 하는가? 아무리 짐작하고 해석해보아도 명쾌한 답이 나오지 않는다. 이런 주제를 바탕으로 책으로 만들었던 그들을 생각하면 지금도 온몸에 전율이 돋는다.

식민지 땅에서 이처럼 다종다양하게 방대한 도서를 모으고 또 많은 종류의 책을 출판한 것은 식민지 나라를 자기들의 영토로 영구히 흡수한다는 것을 의미한다. 그 당시 유럽 어느 국가가 식민지 땅을 이렇게 집요하고 상세하게 조사하고 관찰했던 사례가 어디에 있었던가? 그들은 조선에서 권력 장악을 넘어 영원토록 통치를 하려면 책이 얼마나 큰 힘을 발휘하는지 진작부터 잘 알고 있었던 것이다.

해방이 되자, 그들은 물러가고 책과 집기는 그대로 인수받았지만 도서관이 부실하기는 마찬가지였다. 그나마 대학이 안정되기도 전에 북한군의 침공은 모든 것을 앗아갔다. 때문에 열악한 시설은 말할 것도 없고 우선 책과 열람좌석이 턱없이 모자라 도서관 명칭이 무색할 정도였다.

반세기 전, 나는 동숭동 법대도서관의 풍경을 지금도 생생히 기억하고 있어서 그대로 스케치할 수 있다. 초등학교 교실 두어 개를 합쳐놓은 것 같은 작은 공간에 100여 석이 채 안 되는 열람좌석이 빼곡히 차 있던 비좁은 열람실이었다. 먼저 자리를 독점한 열람석 주인은 누구도 침범하지 못하도록 자기가 준비한 책 수십 권을 첩첩이 쌓아두고 장기간 사용하는 것 같았다.

실내는 아무리 보아도 도서관 같지 않고 무법천지 그대로였다. 책상 좌우에서부터 머리 위까지 종이상자를 펼쳐 터널처럼 사방을 가림막을 해놓아 자리는 늘 불결했고 어둠침침한 분위기는 오늘날 어느 후진국에서도 볼 수 없는 진풍경이었다. 이런 괴기한 열람실에서 헐렁한 러닝셔츠 바람에 수건으로 머리를 질끈 동여매고 '열공'하던, 바로 반세기 전 서울대학교 법대 학생들의 지친 모습이 아직도 내 마음속에는 지워지지 않고 있다.

도서관 확장을 외친 젊은 지성의 소리

1인당 GNP 3만 불 시대, 신세대 사람들은 전쟁의 무서운 고통을 알지 못하고 가난의 뼈저린 아픔을 전혀 실감하지 못한다. 급작스럽게 당한 전쟁의 와중에서도 피란지 부산에서 서울대학교를 비롯한 10여 개 대학이 1951년 2월 전시 연합대학을 설립했다. 부산 대신동 구덕산 수원지 뒤편에 학생열람실 등 80여 평의 가건물에 임시도서관을 개관하여 학생들이 공부하는 데 뒷바라지를 했던 나이드신 노사서의 추억담은 아직도 내 귀에 그대로 남아 있다.

어렵고 힘든 피란시절을 끝내고 서울대학교는 서울 동숭동캠퍼스로 돌아왔지만 도서관이 빈약하기는 이를 데 없었다. 직원은 고작 16명 정도였고 열람실의 좌석은 200여 석에 불과했다. 그러니 학생들이 도서관 좌석을 하나 얻기 위해 새벽부터 장사진을 치고 기다려도 자리를 못 구해 돌아갈 수밖에 없는 심정은 얼마나 절박했는지, 지금 우리 젊은이들은 이해하지도 알아듣지도 못한다.

도서관에 책이 없으면 이용자는 항상 배가 고프다. 책 한 권이 한없이 귀하던 시절, 정부에서는 책을 구입할 돈이 없었고 건물과 시설을 구비할 수 있는 형편도 못 되었다. 온 사회가 가난했으니 도서관의 사정은 더 어려웠을 터이다.

이러한 시절, 1953년 5월 유엔한국재건단^{UNKRA}의 원조로 서울대학교에 1만 2,500권의 책이 도착했다. 기록상 미국에서 무상으로 받은 최초의 서양 책이었다. 도서관은 즉시 임시목록을 작성하고 학생들에게 공개했다. "마침내 기다리고 기다리던 圖書^{도서}가 왔다. 책이 없어 한탄하던 學徒^{학도}여! 이제 곧 싸매고 切磋琢磨^{절차탁마}할 날이 드디어 왔다!"고, 학생들의 감격 어린 말을 5월 18일자 『대학신문』은 그대로 전했다. 하지만 이 정도의 책으로 목마른 대

동숭동 서울대학교 부속도서관 입구. 아침 일찍부터 많은 학생이
도서관에 입실하기 위해 줄을 서고 있다.

학생들의 지식을 채우기에는 어림도 없었다.

여기서 글을 더 보태본다. 법대 학생 김 아무개의 절규를 들어보
면 애잔하기만 하다.

"나는 매일 7시에 이곳에 옵니다. 9시까지 가장 귀중한 독서시간을 이
곳에서 허비합니다. 제가 이곳에 오는 것은 공부할 방이 없고 책이 없
어서입니다."(『大學新聞』, 1954. 9. 29)

당시로서는 공부할 방과 책이 없는 학생이나 마련해줄 자리와 빌
려줄 책이 없는 도서관의 사정은 막막할 수밖에 없어 서로가 딱하
기만 했을 것이다.

이런 환경 속에서 학생들의 도서관에 대한 욕구가 얼마나 강렬했는지 큰 글씨로 쓴 벽보^{오늘의} '대자보'를 보면 그때의 사정이 대충 짐작이 간다. "도서관과 열람장을 확장하라"고 당당히 외치는 학생들의 소리에 다시 귀를 기울여보자.

"도서관은 육이오 이후 삼 년간이나 잠자고 있다. 도서관은 학생의 교수가 될 뿐만 아니라 교수의 교수도 되는 까닭에 실력 있는 교수와 학생을 낳기 위해 도서관의 어머니가 없을 수 없다. 운동장도 대강당도 필요하지만 도서 그리고 열람장이 우리에게 더욱 필요한 것이다. 서울대학교 7천 학도가 열람할 수 있는 장소를 설비하라! 최고학부를 움직이는 수뇌진이여, 7천 학생들 소리에 귀를 기울여라!"

이처럼 학생들은 부족한 책상과 책을 채워달라고 수시로 요구했지만 절대적으로 부족한 좌석 수 때문에 많은 에피소드도 생겼다. 그 가운데 상과대학 도서관은 다른 단과대학에 비해 비교적 좌석이 많았다. 그럼에도 좌석 쟁탈전은 하루가 멀다 않고 끊이지 않자 하루는 이런 쪽지가 나붙었다. "어린놈들은 여기에 앉지 마라"고 경고장을 붙인 노장파 학생의 좌석에 이튿날 반박문이 또 하나 붙어 있었다. "이러지 마시오, 나도 한 해 묵었수다"라고.

또 법대도서관은 많지 않은 열람좌석 중에서 '고시파' 학생들 사이에 한사코 선호하는 명당자리가 있었다. 누구든 고시에 합격한 자리는 그날부터 등급이 올라 곧바로 명당이 되어, 이를 서로 차지하려고 쟁탈전을 벌였다고 한다. 거기에 또 연달아 합격한 자리, 세 번 이상 합격한 자리는 특급 명당으로 승급하여 막걸리 자금으로는 엄두도 못 냈다는 대학신문 가십 기사를 읽어보면 당시의 사회현실 이 어쩌면 오늘에 그대로 오버랩 되는 것은 왜일까?

요즘도 시험 때가 되면 '도서관 메뚜기'들이 좌석을 독점하려고 판을 설치며 옮겨 다니고 있다는데, 그 당시 "이 자리는 타인 착석 불허함. 단 여학생은 환영함"이라는 경고문이 지금도 대학도서관 어디에선가 그대로 이어지고 있지는 않은지 모르겠다.

북한군에 약탈당한『조선왕조실록』

나는 그때 도서관과 처음 만난 이후, 이 일이 평생의 직업인 양 호 기심도 많았고 공부할 것도 많았다. 지금 세계기록유산으로, 대한 민국 국보로 지정된『조선왕조실록』등 귀중본에 대하여 관심이 많 았고 선배 사서들이 늘 이야기하는 도서와 관련된 무용담을 늘 흥 미진진하게 들었다.

이런 인연이 암묵적으로 연결되었기 때문일까? 내가 재직하던 대학에서 1999년, 국내 처음으로 기록학Archival Studies, '기록관리학'으로 부르기도 한다이 개설되고, 이듬해 주관교수로서 '기록물의 보존과 관 리' 문제를 집중적으로 다루게 된다. 이때 저서『기록학개론』아세아 문화사, 2001 과『기록관리학사전』한울아카데미, 2005도 펴내고 자연스럽 게 국가기록물을 접함으로써『조선왕조실록』등을 깊이 관찰하지 않을 수 없었다.

우리나라는 고려시대부터 조선시대까지 예문관 또는 춘추관을 설치하여 사관史官을 두고 날마다 시정을 기록했다가 당대 왕이 죽으면 다음 왕이 이전 왕과 관련된 사료를 편찬하여 깊숙한 곳에 보관해왔다. 이렇게 중요한 국가기록물은 후사를 위해 단 한 부만 작성하지 않고 네 부를 만들어 춘추관을 비롯해 충주사고, 성주사고, 전주사고 등 네 사고에 각각 봉안했다.

그 후, 잦은 전란으로 인해 네 사고 중 전주사고를 제외한 세 사고가 모두 소실되었고, 전주사고본을 저본底本으로 실록을 다시 만들어 춘추관사고를 비롯하여 강원도 오대산과 강화도 마니산, 경상북도 태백산 그리고 평안북도 묘향산 등 깊은 산속에 각각 안치했다. 이후 강화도 마니산사고는 병자호란 때 불타, 1678년숙종 4년 신축한 정족산사고로 옮겼다.

실록은 세월의 흐름에 따라 운명도 달라졌다. 춘추관본은 1624년 '이괄의 난'으로 또다시 소실되었다. 오대산본은 일제에 의해 도쿄대학으로 옮겨 보관하던 중 1923년 관동대지진 때 유실되었으나, 다행히 2006년 도쿄대학이 잔여분 47책을 서울대학교에 되돌려 줌으로써 국보 제151-3호로 지정할 수 있었다. 그리고 정족산본과 태백산본은 애초부터 조선총독부에서 계속 관할하다가 1930년 규장각 도서와 함께 경성제국대학으로 편입시켰다.

해방이 되자 정족산본은 경성제국대학으로부터 서울대학교가 그대로 이어받아 도서관 소속으로 관리해오다가 별도의 대학 독립기구로 규장각2006년 '규장각 한국학연구원'으로 명칭 변경을 설치하여 이상 없이 보존하고 있다. 한편, 태백산본은 한동안 서울대학교 도서관에 두었다가 1985년 국가기록원 부산역사기록관으로 넘겨 지금 거기서 보관하고 있다.

그러나 묘향산본은 병자호란 발발 두 해 전, 1634년 전라북도 무주 적상산으로 옮기면서 이름을 '적상산본'으로 고쳐 산속에 보관해오던 것을, 웬일인지 창경궁 내 장서각으로 다시 옮겨 관리해오다가 1950년 6·25 전쟁 바로 직후인 7월 어느 날 홀연히 사라지고 만다.

창경궁 내 장서각藏書閣에 소장하여 일명, '이왕조 도서관본'으로 불렸던 실록, 즉 '적상산본'이 이유 없이 사라진 것이 아니라 바로 북한군에 의해 탈취당하고 만 것이다. 그것도 도둑맞은 날짜가 7월 초, 북한군이 수도 서울을 점령한 그다음 날이라는 사실을 직접 듣자, 책이 얼마나 중요하기에 이렇게 황급히 일을 저질렀는지를 생각하게 된다.

여기서 잠깐, 탈취된 장소와 당시 상황을 부언하자면, 당시 창경궁 '장서각'과 서울대 '규장각'은 지척지간에 있었다. 같은 날, 같은 시간에 물밀 듯이 쳐들어온 북한군의 전광석화 같은 약탈행위로 두 도서관은 속수무책으로 당할 수밖에 없는 당시 상황을 지금 우리는 이해해야 한다. 준비 못 한 전쟁대비와 국보급 문화재의 비상시 소개대책이 전무했기 때문이다.

당시 선배 사서들로부터 직접 들은 목격담이나, 대학 내 도서관 잡지『도우회보』, 그리고『서울대학교 도서관 50년사』및『서울대학교도서관 70년사』를 보면, 북한군이 북으로 후퇴하면서 규장각에 있는 『승정원일기』와 『일성록』을 포함해서 다른 많은 귀중본을 탈취해 평양으로 올라가다가 의정부 인근에 버려두고 도망갔다고 했다.

그때, 미처 반출하지 못한 책들의 목록을 빨리 제출하라는 북한군의 협박을 받았지만 순연시키느라 애를 많이 먹었다고 당시 사서들이 실토했으며, '평양행' 꼬리표가 붙은 채로 마대자루에 담아 새끼줄로 묶여 버려져 있는 책을 그대로 학교에 가져왔다고 했다.

사서의 '책사랑 정신'으로 감히 말한다. 탐욕에 찬 인간들의 보편적 사고방식으로 볼 때, 서고지기가 없는 텅 빈방에 가득 차 있는 이 많은 보물 중에서 단지 실록 하나만 달랑 훔쳐갔겠는가? 확신컨대, 의정부 인근에서 일부 책을 버리고 도망갈 때 이보다 더 귀하고 욕심나는 책들은 그대로 실어갔음이 분명하다. 그렇다면 그들의 수중으로 들어간 책은 이 밖에도 얼마든지 더 있지 않을까? 가져간 책은 무엇무엇이고, 그 수량은 얼마나 되는지 더욱 궁금해진다.

그런데 이런 치욕의 사실을 직접 당하고서도 대한민국 정부나 관련된 어느 누구도 모르쇠로 일관해 모두 눈을 감은 것이다. 그 후, 실록 피탈사건은 어느새 사라지고, 심지어 학자들의 논문에서까지 '반출' 또는 '분실 가능성' 등으로 애매하게 표현하고 있으며, 또 어떤 이는 그냥 "옮겨졌다"라고 점잖게 진술하고 있다.

적상산 사고본은 거의 완질에 가까운 방대한 양이다. 여기에 더 이상 아무것도 밝히지 못하고, 탈취당한 수량도 모른 채 마치 남의

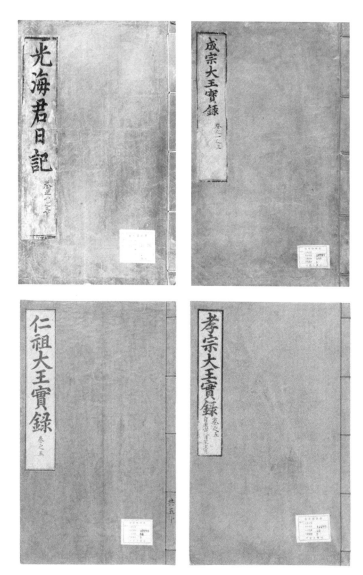

탈취를 면한 적상산 사고본. 모두 북한에 탈취되고 유일하게 한국에
남아 있는 것은 단지 네 책뿐이다.

일처럼 진실을 덮어버린 것이다. 이런 틈새에서 북한이 실록을 가져간 수량을 밝힌 학자가 최근에 나왔다.

명지대학교 송승섭 교수는 북한의 국가문서고와 중앙역사박물관에 1,763권 900책이 수장되어 있다고 했고,『한국도서관사』한국도서관협회, 2019 단국대학교 김문식 교수는 지금 평양 김일성대학 도서관에 823책이 보관되어 있다는 것을 증언했다.『도서관으로 문명을 읽다』한길사, 2016 그리고 검증이 안 된 한 인터넷매체는 그때 빼앗긴 책이 1,800권이라고 했다.

지금 여기 한국 땅에 겨우 남아 있는 적상산 사고본은 국립중앙박물관에 한 책, 한국학중앙연구원 장서각에 세 책으로『광해군일기』光海君日記,『성종실록』成宗實錄,『인조실록』仁祖實錄,『효종실록』孝宗實錄 모두 네 책뿐이다.

이런 현실을 우리 정부와 학계는 어떻게 생각하고 있을까? 문화재청은 홈페이지www.heritage.go.kr에 '적상산 사고본은 6·25전쟁 당시 북한으로 유출되어 보존되고 있다고 전할 뿐 현품은 물론 실상 또한 알려지지 않았다'고 기술했고,『한국민족문화대백과사전』역시 '6·25 전쟁 당시 북한 측에서 가져가 현재 김일성종합대학 도서관에 소장되어 있다는 소문도 있으나 확실치 않다'고 남의 일처럼 발뺌했다.

그러던 중에 북한 평양의 사회과학원 민족고전연구소에서『리조실록』의 명칭을 단 조선왕조실록 번역본이 출간되었다. 1975년부터 1991년까지 17년 동안 실록 전질을 번역해서 출판한 책은 평균

500쪽 내외로서 양장본 가로 23센티미터, 세로 15.5센티미터 크기의 총 400권이 되는 방대한 양이다. 필시 번역의 원본은 적상산 사고본임이 분명하지 않겠는가?

저작권법을 무시하고 불법으로 인출한 도서는 지금 전국 각지의 주요 도서관을 비롯해서 웬만한 대학도서관에서는 거의 한 질씩 구비해놓고 신주 모시듯 하고 있다. 그것도 당시 홍콩의 서점 등에서 값비싼 외화로 모두 구입한 것들이다.

유홍준 교수의 『나의 문화유산답사기 중국편 2: 오아시스 도시의 숙명, 막고굴과 실크로드의 관문』창비, 2019을 보면, 중국에서는 막고굴 장경동藏經洞에 보관 중이던 돈황문서敦煌文書를 훔쳐간 자들을 모두 도보자盜寶者라고 부른다고 한다.

비록 때늦은 사안이지만, 우리도 누군가 보물을 도적질해간 놈 즉 '도보자'를 잡아야 하고 그 사실을 자초지종 밝혀내야 한다. 책을 지켜야 하는 사서의 입장에서 결코 묻어둘 일이 아니어서 하는 말이다. 그리고 나는 여기서 의문을 제기한다. 이렇게 어마어마한 역사적 사실을 왜 감춰야 하는가? 아니면 숨길 수밖에 없는 이유라도 있다는 것인가?

왜 감추고 있는가?

이렇게 가슴 아픈 사실이 있었음에도 지금까지 빼앗아간 자나 빼앗긴 자, 모두 침묵으로 일관해온 것은 아무리 생각해도 이상하다. 이상한 일은 이뿐만이 아니다. 침묵은 오히려 반전되고 말았다. 아

숙종의 어필석을 앞에 둔 규장각 입구. 규장각은
조선시대 왕실도서관이자, 학술과 정책을 연구하는 중추 기관이었다.

무엇도 없이 텅 비어 있는 적상산사고를 1998년 전라북도가 사각
史閣과 선원각璿源閣으로 복원하여 '전북기념물 제88호'로 지정했
다. 그리고 최근에 무주군청은 실록 원본이 단 하나도 없는 텅 빈 적
상산사고를 홍보하기 위해 '알림마당'2019. 11. 5에 "조선왕조실록
납시오!"라는 제목을 걸고 '적상산사고 실록 봉안행렬 및 봉안식

재연'이라고 하면서 낯 뜨거운 축제를 준비하고 있다. 그러나 이 축제는 코로나 팬데믹사태 이후 2021년 4월 현재까지 소식이 잠잠하다.

알맹이 없는 사고를 가지고 터무니없이 축제를 벌이는 것도 문제지만, 소장자의 아무런 동의 없이 사용하는 북한 측의 범법행위는 국제법상이나 국제저작권법에 어떤 저촉이 되는가? 늦었지만 다시 검토해야 할 문제가 아닐까 한다.

전통적으로 어느 국가든 전쟁의 기회에서 제일 먼저 탈취하는 것은 그 나라에서 가장 중요시하는 국가기록물, 즉 귀중본이다. 국가의 귀중한 책을 전쟁에서 강제로 약탈당했다면, 그것은 같은 민족끼리 공유의 문제를 떠나 반드시 제기되어야 마땅하다고 본다. 그럼에도 70여 년을 아무런 조치도 없이 수수방관하고 있다는 것은 주권국가로서 정도가 아니다. 지금 평양의 김일성대학 도서관 지하서고 또는 어느 낯선 곳에서 잠자고 있는 우리의 귀한 책들이 임자를 부르고 있다.

6 서울 한복판에 서 있는 서울대표도서관

제관 양식 건물이 서울 한복판에

한반도에서 가장 중심이 되는 곳이 서울이라면, 서울에서 가장 중심부가 되는 한복판은 어디일까? 아마도 그곳은 현재 서울특별시청 청사와 '서울광장' 사이에 있는 옛 서울시 청사가 자리한 곳이라고 하면, 별 무리가 없을 것 같다.

지금 그곳에 도서관이 서 있다. 서울을 대표하는 이름 그대로 '서울대표도서관'Seoul Metropolitan Library이다. 이 도서관은 원래 일본제국이 강압적으로 조선을 침탈한 후, 1926년 경성부 청사를 건립하여 20년 동안 사용하던 그 시대의 전형적인 관청건물이다.

건물은 1945년 해방과 함께 서울시가 그대로 이어받아 70여 년을 사용하는 동안 공간이 협소해지고 건물이 노후화되어 다른 곳으로 옮길 수밖에 없었다. 거의 한 세기가 되어가는 구시대 건물이지만 내부를 모두 도서관으로 고쳐놓았기 때문에 활용하기에는 별 문제가 없어 보인다.

이런 형식의 건물을 보통 제관帝冠 양식 또는 왜정倭政 시대 건물이라고 한다. 제관 양식은 서구식 철근 콘크리트로 조성한 직사각형 건물에 석벽 또는 타일을 붙여 육중한 지붕을 얹고 가운데는 권력을 상징하는 첨탑 돔을 얹어놓은 제국주의 파시즘 시대를 대표하는 건축형식의 하나다. 1920~30년대 일제는 식민지 관공서 등에 이 양식을 전형적으로 사용해 조선총독부 청사를 위시해서 대만총독부 등 아시아 여러 관공서로 파급시켜 일제 말기에는 일반 건물에까지 유행을 시키기도 했다.

근본적으로, 이러한 건축물은 일제강점기 식민지 땅에서 잠시 유행한 건축 양식의 하나여서 후대에 전수할 만큼 역사적으로 의미가 있거나 기념비적으로 보존해야 할 만큼 가치가 있는 것은 아니다. 그럼에도 지금 수도 서울 한복판에 왜정시대 제관 양식을 한 도서관이 버티고 있다. 그것도 세종대로의 큰길 한 모퉁이를 꿰차고 새로 건축한 서울시 청사 절반을 가로막아 그 앞에 당당히 서 있다.

문제는 서울특별시 청사가 왜 한 세기 전의 왜정시대 건물에게 앞자리를 내주고 그 뒤에서 반쪽 얼굴만 보여주는가 하는 데 있다. 누구든 지금 이 앞에 서서 시청사를 한번 쳐다보시라. 두 건물의 위치가 제대로 배치되어 있는가? 아무리 보아도 두 건물의 균형이 맞지 않는다. 그 앞에 어떤 건물이 들어와도 균형이 맞을 리 없다. 그것이 비록 도서관이라고 해도 잘 어울리지 않겠지만, 한편 도서관 입장에서 달리 보면 문화 수도의 아이콘으로 우뚝 서 있다는 것 자체가 영예롭고 자랑스러울 수 있다.

하지만 보편적인 서울시민의 눈으로 볼 때, 저것이 도서관이라는 사실보다 왜정시대 건물이 서울특별시 새 청사를 가리고 있다는 데서 불평이 나올 수밖에 없었다. 시청 청사가 새로 문을 연 직후, 시민들은 인터넷 포털 사이트에 글을 남겼다. 누구는 새로 지은 시청 유리집이 앞의 건물에 가려 도무지 어울리지 않는다고 했고, 누구는 어정쩡한 건물이 쓰나미로 덮쳐 앞의 건물을 짓누른다고 했으며, 또 누구는 시청 건물이 시민들한테 가하는 문화적 테러라는 혹평도 서슴지 않았다.

시민들이 시청 청사의 설계를 나무란 것은 애초에 새로운 청사를 마련하면서 우리의 최첨단 하이테크 건축술을 자랑할 수 있는 아름다운 파사드^{facade, 건물의 전면부}를 당당히 앞세우지 못해 왜정시대 건물이 가로막아 뷰포인트^{view point}라인을 해칠 뿐만 아니라 서울 도시의 아름다움까지 망가트려 놓았다는 데 있다.

서울대표도서관이 위치한 자리

문화강국을 지향하는 우리나라가 이 자리에 처음부터 도서관을 갖출 요량이었으면, 이 건물을 진작 철거해버리고 그 자리에 우리의 기술력으로 지상에서 가장 아름다운 도서관을 세우면 될 일을 하필이면, 원한 맺힌 일제강점기의 유물을 그대로 둔 것을 못마땅하게 생각한 것이다. 우리에게는 더 상위 기관인 조선총독부 청사까지 말끔히 제거한 사례가 있을진대, 이 건물 또한 그대로 존속시

서울대표도서관. 도서관이 새로 건축한 서울특별시 청사를
가리고 그 앞에 당당히 서 있다. 서울특별시 청사를 전면에
세우고, 그 뒤편에 옛 건물을 그대로 옮겨 도서관으로 삼았다면
더욱 아름다웠을 것이다. 도서관 바로 앞에 있는 넓은 '서울광장'은
도서관 이용자들에게 큰 휴식공간이 되어준다.

켜야 할 이유가 없는 것이다.

혹시 어떤 보이지 않은 이유가 있어서 철거가 어려운 형편이고, 이 자리에 도서관을 꼭 세워야 했다면 새로 짓는 서울시 청사를 도서관 위치와 맞바꾸었으면 어떠했을까? 서울특별시 새 청사를 당당하게 전면에 세우고, 그 뒤편에 옛 건물을 그대로 옮겨 도서관으로서 제 기능을 했으면 좋겠다는 마음은 지금도 변함이 없다.

만일 그 일이 내 뜻대로 시행되었더라면, 서울시 청사는 앞에 가림막 없이 그대로 노출되어 우리의 최첨단 건축 기술이 서울광장을 내려다보는 웅장한 콘텍스트만으로도 세계의 자랑거리가 될 것임은 말할 나위도 없다. 또한 뒤편 건물은 내부를 지금처럼 도서관으로 개조한다면 서로 별 무리 없이 두 건축물은 모두 상생했을 것임이 분명하다.

그렇다면, 이곳은 도서관으로서 위치가 적절하고 건물 또한 합당한 조건을 갖추고 있는지 한번 점검해볼 필요가 있다.

결론적으로 이 자리는 도서관으로서는 최고의 입지 조건을 갖춘 명당 중의 명당이라 할 만하다. 도서관 바로 앞에 넓고 넉넉한 터 '서울광장'이 있다는 것은 이용자가 감각적·시각적으로 큰 휴식공간을 하나 보유한다는 보너스와 다름없다. 여기에다 도서관 바로 뒤에는 서울시민을 위해 봉사하는 5,000여 명이 되는 공무원 기본 이용자를 확보하고 있고 주위에 잠재적 이용자가 많다는 것도 도서관의 복이라 할 수 있다.

문 밖에 나오면 유서 깊은 고궁이 있다는 것 그리고 멀지 않은 곳에 세종문화회관을 비롯한 대형서점 등 여러 문화시설들이 많아 부근의 지식인들과 외연을 넓힐 수 있다는 이점도 도서관의 비중에 크게 작용한다. 여기에 교통 또한 사통팔달로 펼쳐져 있는 지하철과 버스가 모두 멈추는 요충지여서 서울시민이라면 언제, 어디서든 누구나 쉽게 접근할 수 있고, 편하게 이용할 수 있다. 이러한 주위 환경을 종합하면 서울대표도서관은 도서관으로서 최상의 위치에 있다고 할 수 있다.

나는 지금껏 세상의 많은 도서관을 다녀보았지만, 위치 면에서 위의 다섯 가지 복五福을 다 갖춘 도서관은 발견하지 못했다. 이런 곳을 서울을 대표하는 도서관이 차지한다는 것은 축복 같은 신의 선물이라 할 수 있다. 하지만 문제는 이처럼 도서관으로서 최상의 입지site를 갖추고 있음에도 불구하고 도서관으로 정착한 위치가 제 값을 못하고 있다는 데 있다.

세계적으로 자랑거리가 될 수 있는 도서관이 이렇게 시청 앞에서 서울의 얼굴로 서 있어야 한다면, 그 값어치와 상응하는 존재감이 있어야 하지만 서울대표도서관이기 전에 '일반 도서관'으로서도 인식이 잘 안 되고 있기 때문이다.

더욱이 건물 자체에서 풍기는 일제강점기의 분위기가 하루아침에 친시민적인 도서관과 융합하기가 쉽지 않음을 감안할 때 더욱 그렇다고 할 수밖에 없다. 물론 내부를 모두 개조하여 완벽한 도서관으로 리모델링했다고 하지만 겉모습은 도서관이 아닌 것이다. 이럴 때, 도서관을 적시摘示하는 큰 간판이라도 보여주든지, 아니면 늘 책과 함께 있는 도서관의 표지標識, Logo라도 뚜렷해야 한다.

서울도서관이 있기까지

1392년 조선이 개국한 후, 왕조의 수도로서 한성부漢城府는 553년 동안 정치, 경제, 문화의 중심지로 성장해왔다. 이러한 역사와 전통의 도시를 일제는 1910년 8월 조선을 강제로 병합한 뒤 그해 10월 조선왕조 수도의 격을 한 단계 낮추어 경성부京城府로 개칭하여 경기도의 한 소속관서로 편입시켜버렸다. 일본에 수도 도쿄東京가 있으니 식민지 조선에는 수도가 더 이상 필요 없다는 이유에서다.

원래, 조선시대 한성부는 광화문 앞 육조거리 동쪽에 170칸이 넘는 큰 청사를 가지고 있었지만, 19세기 후반 경복궁을 중건하면서 경희궁 앞으로 몇 차례 자리를 옮겼다. 그것이 결국 경성부로 바뀌면서 청사 또한 중구 충무로지금 신세계백화점 자리에 있다가 시세가 팽창하자 당시 경성일보사가 있었던 자리에 새 청사를 옮기게 된다.

그들이 생각한 경성부 청사는 경복궁에서 덕수궁으로 연결되는 육조거리를 연장해서 남북으로 총독부-경성부청-서울역으로 이어지는 경성의 가장 중심부가 되는 핵심 축axis을 만들어 한가운데 방점을 찍는 곳이었다. 그 방점을 둔 자리에 그들은 기념비적인 세 개의 건축물을 세웠다. 조선총독부 청사, 경성부 청사, 서울역 청사가 그것이다.

일제가 다른 곳도 아닌 이 자리를 택한 것은 그들의 통치이념인 '내선일체'內鮮一體라는 표어 그대로 한 왕조를 완전히 말살하기 위한 전제조치였다. 그래서 경복궁의 앞마당부터 헐고 조선총독부 청

'서울도서관' 출입문 간판. 서울도서관은 시민을 위한
공공도서관으로 누구나 이용할 수 있다. 장중한 건물에 비해
입구와 간판이 너무 허술하지 않은가.

사를 지으면서 광화문까지 없애버린 것이다. 그다음 덕수궁 바로
옆에서 왕조를 감시하고 견제할 수 있는 우람한 경성부 청사가 곁
에 있어야 통치가 쉽다고 생각한 것이다. 그들의 야욕은 여기서 끝
나지 않고 그 연장선상에서 서울역 청사까지 만들었다. 식민지 자
산을 수탈하여 이동하는 데 가장 빠른 지름길이었기 때문이다.

　위의 세 건물 중, 조선총독부 건물은 1995년 광복 50주년을 맞은
YS정부가 일제 식민지 잔재를 없애기 위해 모두 헐어버리고 가운
데 돔^{dome}만 천안 독립기념관으로 옮겨 지금 거기에 보관 중이다.

천안 독립기념관으로 옮겨온 일제 식민지의 상징인 조선총독부 청사 첨탑.
일제강점기에 건립된 대표적 3대 건축물인 옛 경성부 청사 첨탑과
서울역 청사 첨탑도 함께 잘라 이 자리에 세워두어야 마땅할 것 같다.

경성역은 1900년 한강철교를 개설함으로써 이미 개통된 경인선을
남대문역으로 연장하여 새로 역사驛舍를 만든 데서 출발했다. 1910년
새로 만든 경성역도 전형적인 제관 양식의 건물로서 도쿄역사와 자
웅을 겨루는 엄청난 규모였다. 경성역은 해방 후 서울역으로 줄곧
사용하다가 지금 폐역이 되었지만 바깥 모습은 그대로 둔 채 내부
만 모두 리모델링하여 복합문화공간으로 활용하면서 '문화역서울'
과 '구 서울역사'라는 어정쩡한 이름으로 부르다가 무슨 까닭인지
더 낯설고 어려운 '문화역서울 284'로 간판을 다시 달았다.

지금 서울도서관 건물은 등록문화재 제52호로 등재된 옛 경성부 청사, 지금의 서울도서관 건물은 지상 4층, 지하 4층에 연면적 1만 8,711제곱미터, 순 면적 9,499제곱미터로서, 오늘날에도 큰 건축물에 속한다. 외벽에 낀 800여 개의 좁고 긴 창문은 오르내리기식으로 만들었다. 이 창문 양식 또한 한때 유행이 되어 공공건물과 병원 등 신축건물에 많이 사용되기도 했다.

이렇게 일제 관료들이 20여 년을 사용했던 건물은 '옛 서울역사'처럼 바깥은 그대로 둔 채, 내부만 고쳐가며 65년여간 서울시 청사로 계속 사용하다가 마침내 2012년 10월 26일 지금의 서울대표도서관으로 탄생한 것이다.

권위의 상징이 시민의 품으로

이러한 도서관이 설치된 배경에는 「도서관법」이 있었다. 2007년 공포된 '도서관법 제22조'는 각 시·도별로 지역 대표도서관의 설립 및 운영을 의무화했다. 법에 따라 서울시는 태스크 포스를 구성하여 '서울의 정보 중심, 도서관의 중심도서관'으로 목표를 정하고 「서울대표도서관 건립을 위한 기본계획」을 마련한 것이 바로 이 자리다. 『서울도서관 건립백서』, 서울도서관, 2013

도서관은 서울의 역사적 상징을 고려하여 건립 당시의 외벽을 그대로 둔 채 사각형 첨탑을 남기고 모든 것을 새로 정리하여 홀 중앙 계단을 복원했다. 지금 관람이 가능한 지상에는 흔히 보는 개방된 자료실과 열람실을 갖추었고, 지하 3, 4층은 일반에게 공개하지 않

서울대표도서관의 열람실. 5미터 높이의 서가 아래에
계단 형식의 의자가 마련되어 있어서 독특한 도서관을 체험할 수 있다.

는 보존서고가 자리 잡고 있다. 특히 내부 1, 2층 벽면에 계단을 낀
5미터 높이의 벽면서가를 설치하여 그 아래 계단 겸 열람석이 된
의자에 앉거나 한번 누워보면 지금 내가 독특한 도서관에 와 있다
는 것을 실감할 수 있다.

그 밖에 서울의 역사적 가치를 보존하고자 서울자료실, 서울기록
문화관, 세계자료실, 그리고 복원해둔 여러 전시공간은 누구나 한
번 볼 만한 가치가 있을 것 같다. 다만 여기에 눈에 거슬리는 공간
이 보인다. 옥의 티랄까? 도서관 가장 중심부에 위치한 옛 시장실을

그대로 재현해놓은 것이다. 역대 시장이 집무하면서 국내외 명사와 접견하던 장소를 왜 알리고 싶었을까? 아마도 역대 시장의 활동을 홍보하고 당시의 시청 분위기를 남기고 싶었을 터다. 하지만 여기는 서울시청을 홍보하고 선전하는 도서관이 아니고, 명실공히 서울을 대표하는 '서울도서관'이다.

도서관은 순수해야 한다. '시장집무실'이라는 황금 부스를 유용하게 사용해야 한다. 이 공간은 한 번 스쳐서 지나가는 곳이 아니라, 사람들의 발길이 가장 잦은 곳으로, 이용자의 공간으로 만들었으면 좋겠다. 이를테면 도서관 이용을 안내하는 정보센터$^{information desk}$로 바꾸거나 갤러리^{gallery} 또는 역대 시장의 아카이브^{archive}를 만들어 그들의 내면적 성과와 서울을 발전시킨 역사적 기록물을 전시해두고, 거기서 조사·연구하는 알찬 공간으로 활용한다면 더욱 빛이 날 것이다.

여기서 발행된 홍보 매체는 매우 다양하다. 『서울도서관 홍보자료, 2019』를 보면, 서울도서관은 서울특별시 25개 자치구에 산재되어 있는 529개 공공도서관·작은도서관·장애인도서관과 교육청에 소속된 도서관에 135억 4,200만 원을 지원하는 매머드 도서관임을 스스로 자평한다. 활동범위는 여기서 머물지 않고 지역의 문화공간으로 '서울형 책방'을 선정해 프로그램을 지원한다. 나아가 서울시민의 독서운동을 확산하고 '달빛독서' '축제도서관' 등 북페스티벌의 장을 만들어 독서문화의 확산과 삶의 질을 높이도록 한다. 더불어 시민이 직접 참여하는 '지식문화의 도시, 서울'을 구현하려고 하니, 도서관장에서부터 할 일이 너무 많은 것 같아 모든 직원이 애쓰는 모습이 애잔하면서 대견스럽기도 하다.

'서울대표도서관'이라는 의미

그런데 나는 이 기회에 '서울대표도서관'의 존재에 관한 근본문제를 한번 짚어보고 싶다. 서울을 대표하는 도서관으로서 의미가 남다르기 때문이다. '대표'란 무엇인가? 대표는 한 기관 또는 단체의 상징이면서 우두머리로서 조직을 이끌고 지휘하는 권한과 책임이 있다.

'지금 이 도서관은 허브hub 역할을 온전히 수행하고 있는가?' '수도 한복판 세종대로에서 서울시청을 가로막고 있는 거대한 도서관이 서울특별시 25개 자치구에 산재하고 있는 크고 작은 500여 개 도서관을 제대로 리드하고 있는가?' '하버드대학의 100여 개 도서관 함대를 이끌고 가는 와이드너도서관처럼 플래그십의 기능과 역할을 다만 몇 개라도 수행하고 있는가?'라고 한번 물어보고 싶다.

어쩌다 나는 밖에서 서울도서관을 바라볼 때마다 마음이 어두워진다. 도서관으로 정착한 지 10년이 되었지만 아직도 도서관이 도서관 같지 못할 뿐만 아니라, 당당하게 독립하지 못하고 서울특별시의 부속기관으로 보이기 때문이다. 그 많은 TV 화면이 서울시청을 비추고 있을 때, 앞에 툭 튀어나온 건물을 아직도 '옛 서울시청'이라고 부르지 어느 누구도 이곳이 '도서관'이라거나 '서울을 대표하는 도서관'이라고 말해주는 사람이 있었던가? 이 불편한 진실을

책으로 장식한 서울대표도서관 상상도. 미국 캔자스 시립도서관에서
보듯 창틀 사이 나마 모자이크한 책등을 꽂아두면 도서관은 금방 달라질 것이다.

지적해주거나 밝혀준 예를 단 한 번이라도 들어본 일이 없다.

지금 도서관 정문에 붙어 있는 '조그만 간판'만 보고 하는 말이
아니다. 간판 바로 위는 모두 서울대표도서관의 얼굴에 해당한다.
그 얼굴 위에 철 따라, 시간 따라 장대형의 현수막에 간단한 그림과
함께 이런 글들이 늘 붙어 있다. "올해는 당신입니다" "잊지 않는
것이 최고의 훈장입니다" "더 큰 광복을 꿈꿉니다" 등 알 듯, 모를
듯한 글귀로 말이다.

나는 이런 글을 읽으면서 아직도 독립하지 못한 도서관에서 위기
의식을 느낀다. 위의 글들은 아무리 보아도 '도서관 언어'가 아니기
때문이다. 글의 품위는 고사하고, 전하고자 하는 메시지가 무엇인

책으로 디자인된 미국 캔자스 시립도서관. 도서관 입구부터
건물 전체가 온통 책으로 뒤덮여 여기가 어떤 곳임을 금방 알 수 있다.

지 애매하다. 이것이 서울시청이 서울시민에게 말하고자 하는 구호
인지, 아니면 서울을 대표하는 도서관이 전하려는 메시지인지 분명
하지 않다.

위의 사실을 인정하고 수긍해준다면, 여기서 몇 가지 묘책의 키
워드를 드리고 싶다.

먼저, 이 자리에 도서관이 누구의 간섭 없이 자의적으로 선택한
책에 관한 이야기나, 명사들의 명구나 명문을 적어두든지, 서울시
가 한 해에 선정한 '올해의 책' 한 권을 보여준다면, 비로소 시민들
은 여기가 자기들의 쉼터이고 그들이 즐길 수 있는 도서관이자 문
화공간이라는 사실을 깨닫게 될 것이다.

여기는 서울시청에 부속된 도서관이 아니다. 그야말로 독립적이고 정체성을 가진 서울을 대표하는 도서관이다. 서울대표도서관이라면 서울특별시 25개 자치구의 529개에 달하는 공공도서관을 관장하여 지원하는 중추기관이다. 이제는 그 사실을 온 서울시민에게 알려주어야 한다. 그래야 도서관이 산다.

다음, 도서관은 고유의 이미지가 있어야 한다. 도서관 이미지를 구축하기 위해 현 상태에서 가장 적은 비용으로 살아나는 방법을 생각해본다. 일제강점기의 건물을 없애고 관청 냄새를 지우도록 아예 책으로 덮어버리는 것이다. 미국 캔자스시의 공공도서관을 보라. 도서관 입구부터 온 거리의 건물 전체가 책으로 덮여 거대한 책들로 메워져 있다.

이를 모티프로 해서, 서울도서관에 적용해보고 싶다. 도서관 파사드를 포함해 외벽에 있는 39개의 길고 좁은 창문과 창문 사이의 반복되는 빈 공간마다 책을 세워보는 것이다. 그 사이 하나의 공간마다 책 한 권씩 39권의 책을 세워둔다면, 그곳은 바로 도서관 서가에 꽂은 책장처럼 보여 오롯이 책만이 우리 시야에 다가올 것이다. 그렇게 되면 건물 자체가 눈에 들어오지 않고, 일제강점기의 권위적인 냄새까지 사라질 것 같다.

그다음 또 할 일이 있다. 도서관이 살아 있다는 것은 사서와 이용자들 동선의 움직임 속에서 나타난다. 어디서, 어떻게, 시민들과 소통할 것인지 더 좋은 방법은 없는 것일까? 장소의 외연을 넓혀 이용자를 도서관 건물 밖으로 나오게 하는 방법을 한번 찾아보자.

미국 맨해튼 한복판, 뉴욕공공도서관을 찾는 뉴요커들은 내부 열람실도 좋아하지만 도서관 뒤뜰에 있는 잔디마당을 더 즐겨 찾는다. 잔디밭에 누워 솟아 나오는 분수 소리를 들으며 독서에 빠진 그들의 행복한 모습을 쳐다보면서, '왜 우리는 이런 곳이 있으면 안 될까' 하고 반문해보기도 했다.

나는 십수 년 전, 터키 에베소에 세계문화유산의 하나인 켈수스 도서관 유적지를 탐방한 일이 있다. 그때 도서관 바로 옆에 말로만 듣던 아고라^{Agora}가 그대로 남아 있다는 사실을 발견한 것이다.

아고라는 고대 그리스에서 사람들이 모이는 집결지^{gathering place}라는 뜻으로 도시중심지의 정부 청사 등 공공기관 곁에 비워둔 광장을 말한다. 여기서는 정치적인 큰 회의나 유사한 모임이 주로 이루어지고, 예술 활동이 벌어지며, 때로는 벼룩시장까지 형성되어 삶의 중심지가 되었고 소통의 공간이 된 '열린 광장'이었다.

기원전, 도시 중심지 이러한 자리에 설치된 도서관과 아고라를 번갈아 쳐다보면서 갑자기 '서울광장'을 연상한 것은 우연의 일치일까, 아니면 잠재된 욕구가 분출되었기 때문일까. 우리도 여기처럼 도서관 바로 옆에 큰 광장 하나쯤 있었으면 좋겠다는 다소 허황된 꿈을 책 속에『지상의 위대한 도서관』, 제12장「에베소 켈수스도서관」그려본 일이 있다.

당시 상황으로 서울시청이 도서관으로 변신한다는 것은 전혀 이루어질 수 없는 현실이었지만 이제는 당당한 도서관으로 지금 우리 앞에 서 있지 않은가? 서울시민의 문화 수준과 지적 능력으로 보면

뉴욕공공도서관 뒤뜰 잔디마당. 뉴욕 시민들이 분수 소리를
들으면서 잔디밭에 앉아 즐겁게 독서하고 있다. 곧 "우리가 가는 곳이
도서관이 아니라 우리가 있는 곳이 도서관이다."

얼마든지 가능한 것이다.

　이제 우리도 그런 때가 왔다. 우리 서울시민도 도서관 앞뜰 풍성
한 쉼터에 앉거나 누워서 독서를 즐길 자격이 충분히 있다. 도서관
에 반드시 열람좌석이 있어야 하고 테이블이 놓여 있어야 하는 것
은 아니다. 읽을 책이 있다면 다락방이면 어떻고 잔디밭에서 '달빛
독서'를 하면 어떠랴? 아예 서울광장을 뉴욕공공도서관 광장처럼
'서울도서관 광장'으로 이름을 바꾸면 또 어떠랴?

　서울도서관을 재창조해서 만든 건축가 유걸 님의 말씀 그대로
"우리가 가는 데가 도서관이 아니라, 우리가 있는 데가 도서관"이

켈수스도서관의 아고라. 도서관 곁에 붙은 아고라에는
늘 사람들이 붐벼 정치활동과 문화의 중심지가 되었다.
또한 소통의 공간이 된 '열린 광장'이었다.

되는 것이다. 우리도 이러한 독서환경을 한번 만들어보고 싶다.

그러나 최근에 이상한 상황이 도서관 주위에서 벌어지고 있는 것 같다. 이곳에 서울대표도서관이 사라지고 다른 곳으로 이전한다는 소식이 들리고 있기 때문이다. 2019년 12월 12, 13일 국내 주요 신문은 서울시 도서관 확충의 일환으로, 서울 동대문구에 2025년 까지 2,252억 원을 들여 연면적 3만 5,000제곱미터 크기의 '서울 대표도서관'을 건립한다고 보도했다.

지금 서울시청과 함께 있는 서울도서관의 세 배 규모다. 만일 여 기서 서울대표도서관이 그 권위와 명예를 포기하고 다른 이름으로,

'서울특별시 부속도서관' 또는 한 지역의 'ㅇㅇ공공도서관' 이름으로 후퇴할 경우, 그 순간부터 이 자리는 어느 누구에게도 서울의 문화 아이콘으로서 더 이상 가치도, 감동도 없는 허울뿐인 도서관으로 전락하고 말 것이다.

이 사실이 그대로 실현된다면, 지금 서울대표도서관으로서 도서관의 존재는 무엇인가? 대체하는 명분은 무엇이며, 만일 일반 공공도서관으로 대체하게 된다면, 이 도서관의 지위와 위상은 어떻게 할 것인가? 전문사서로서 혼신의 힘을 다하고 있는 이정수 서울도서관장에게 직접 물어보았다.

― 지금 서울대표도서관의 당면과제는 무엇인지요?

서울도서관은 2019년에 동대문구의 대표도서관 건립과 함께 5개 권역에 시립도서관 건립(2019. 8. 13)을 발표한 바 있어요. 서울도서관의 당면과제는 2025년까지 조성될 대표도서관과 권역별 시립도서관의 운영체계를 잘 만들고, 지식정보를 발굴하여 제대로 서비스할 수 있도록 준비를 하는 거예요. 당대의 지식정보를 개발하고 축적하여 후대로 전승하는 고유 역할은 물론 시민의 미래 삶을 지원하고 지역의 거점이 되는 공공도서관의 모습을 고민하고 있습니다.

― 이후 서울대표도서관의 위치가 바뀐다면 어떤 장·단점이 있을까요?

현재 서울도서관은 서울시청의 신청사를 건립하면서 구 시청건물을 도서관으로 조성함으로써 행정의 '권위'의 장을 '시민'에게 내주었다는 데서 그 의미가 큰 장소입니다. 그러나 당초 행정관청을 리모델링하였기 때문에 광역의 대표도서관으로서의 역할을 하기에는 공간의 한계가 있는 것도 사실이에요.

2025년에 새로운 대표도서관이 개관하면 서비스 개발 및 실험, 이용자와의 다양한 커뮤니티 활동이 증폭될 것으로 기대하고요. 현재의 서울도서관은 서울시 행정자료를 수집, 제공해 접근성이 좋은 장점을 살려 취약계층을 위한 서비스를 강화하거나 외국 비즈니스 정보 제공 등을 생각해볼 수 있어요. 그러나 공식적으로는 아직 정해진 바 없습니다.

– 앞으로 서울도서관의 전망을 말씀해주십시오.

서울대표도서관은 서울시의 지식문화를 모두 관장하고 있는 사업소예요. 출판, 서점업무도 담당하고 있어 저자-출판-서점-도서관-독자(이용자)의 책 문화, 정보의 생태계에 관련된 정책과 서비스를 균형 있게 이끌어나갈 구조가 마련되어 있어요. 앞으로 그 위상도 높아질 것이라고 생각합니다.

관장의 말씀 그대로, 서울대표도서관의 위치변경 문제에 대해서는 아직 확정이 되지 않은 것 같다. 천만다행이 아닐 수 없다. 대표도서관이라고 해서 반드시 큰 건물에 최신 설비여야 하고 첨단 시스템으로 갖춘 도서관이어야 할 필요가 있는가.

그보다 랜드마크로 이미 자리 잡고 있는 위치와 상징성이 훨씬 더 중요하기 때문이다. 서울에 소재하고 있는 모든 도서관을 지휘·감독할 수 있는 최소한의 공간만 확보되어 있는 곳이면 아무런 문제가 없는 것이다. 이런 면에서 현재 서울도서관은 어디에 견주어도 손색없는 최적의 대표도서관임을 인정해야 할 것이다.

바쁜 관장을 직접 대하고 보니 일에 대한 의욕이 가득 차 있었다. 어려운 질문을 거듭해도 밝은 미소로 막힘이 없이 소상히 다 설명해주고 화답해주는 걸로 보아, 앞으로 서울도서관의 더 큰 발전을 확신했다.

7 대통령기록관도 대통령도서관도 있는 나라

세종시에 태어난 대통령기록관

내 집 조그만 서재 '文脩軒'<sup>정년퇴직 때 대학에 모두 기증한 서책을 도서관의
디지털 개인문고로 '문수헌'을 설치한 바 있다</sup>에는 한 후배 교수가 구해준 '대
통령기록관' 준공기념 벽걸이시계를 걸어두었다.

시계 바탕에는 초대 이승만 대통령부터 이명박 대통령까지 열 분
의 친필 서명이 찍혀 있어 이따금씩 흥미롭게 쳐다보게 된다. 여기
에 적은 간단한 글 조각 하나가 결국 우리나라를 움직였음을 생각
하면 우습기도 하지만, 옛날부터 '글씨는 바로 그 사람과 같다'<sup>書如
其人, 서여기인</sup>고 하여 써놓은 글자 하나만 보고서도 그 사람의 성품과
됨됨이까지 엿볼 수 있게 한다.

서명^{signature} 자체는 하나의 간단한 기호에 불과하지만 사람마다
독특한 필체가 있어 자신을 증명할 수 있는 귀중한 자료가 된다. 미
국과 유럽 같은 여러 나라에서는 수백 년 동안 관습화되어 정해진

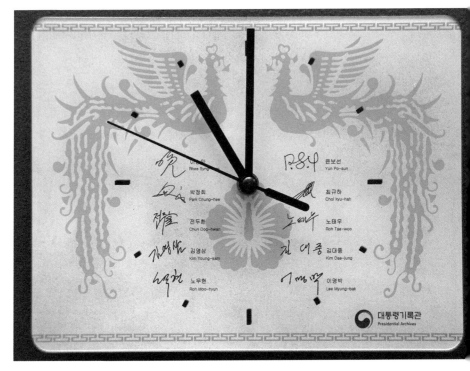

역대 대통령 열 분의 친필 서명이 담겨 있는 벽걸이시계.
오른쪽 상단부터 시계 방향으로 윤보선, 최규하, 노태우, 김대중, 이명박,
노무현, 김영삼, 전두환, 박정희, 이승만 대통령의 서명이 적혀 있다.

포맷으로 일관되게 해오고 있는데, 우리나라는 아직 그런 양식도
규격도 없다.

조선시대만 해도 국왕을 비롯하여 고위 관리들은 수결手決이란
사인sign을 규격에 맞추어 문서에 사용했다. 지금 우리는 건국 이후
70여 년을 이어오는 동안 대통령까지 자신의 공식서명을 한자로,
영어로, 뜻 모를 기호로 그리고 한글 석 자로, 서명 10개가 각기 제
마음대로 표현하고 있어서 이런 것도 형식적으로나마 규격화하는
논의를 한번 해보면 어떨까 싶다.

역사적으로 기록문화가 출중한 우리나라는 고려시대, 조선시대를 거쳐오는 동안 국왕의 통치 자료를 일일이 기록하여 후대로 전승해왔다. 이와 같은 기록의 중시현상이 일반 서민들의 생활기록뿐만 아니라 국왕의 통치활동에도 그대로 세습되어온 것은 세계사적으로 매우 드문 일이 아닐 수 없다.

이러한 전통은 오늘에까지 이어져 대통령에 관한 기록물을 일괄적으로 관리할 수 있도록 2007년 「대통령기록물 관리에 관한 법률」을 만들었다. 이는 국가가 역대 대통령들이 생산한 기록물archives을 한곳에 모아 집중적으로 관리하려는 데 있다. 이 법에 의해 탄생한 것이 '대통령기록관'이다.

대통령기록관을 만든 목적은 한 대통령이 재임 시에 생산한 통치관련 자료가 퇴임 후 사장되거나 함부로 흩어지지 않도록 한곳에 모아 관리·보존하자는 것이다. 이런 곳은 전 세계 어디에도 없다. 한편, 미국에서는 우리처럼 '대통령기록물법'은 없지만 '대통령도서관법'이 있어서 미국 전역에 열세 개의 대통령도서관이 있고, 우리나라에는 미국 같은 법률은 없지만 서울에 이미 세 곳이 설치되어 있다. 이렇게 양국의 법률은 겉으로는 비슷해 보여도 근본적으로 차이가 많다.

우리는 대통령도서관법은 없을지라도 대통령기록법이 있다. 대통령기록법은 국가가 그 기록물의 온전한 보전을 위해 설립한 기구이며 정보를 체계적으로 수집하고 이를 한 시스템 안에서 관리·운용하면서 영구보존하고 있다.

그 결정체로 세종특별자치시에 대통령기록관 청사가 2016년 마침내 개관되었다. 위치 또한 행정중심 복합도시 정부 청사 안에 있어서 눈에도 쉽게 잘 띈다. 세종호수공원 옆에 자리 잡은 대통령기록관을 사진으로 처음 만난 나의 첫인상은 그 모형이 호수에 떠 있는 날렵한 크루즈선박 같기도 하고, 큐빅 라인이 살아 있어서 잘 다듬어 만든 보석상자 같아 꼭 한번 찾아가 보아야겠다고 오래전부터 바라던 곳이다.

보석상자 같은 아름다운 기록관

찾아간 날의 청명한 가을하늘 때문인지 대통령기록관 건물이 눈부시게 아름다웠다. 사진으로만 보아오던 것을 눈으로 직접 대면하면서 첫인상이 보석상자 같다고 말했더니 안내원이 우리나라 국새함國璽函을 모방해 디자인한 것이라고 했다. 대통령의 기록물을 간직하고 있는 국가의 보물창고니까 옥새함을 생각한 아이디어가 그럴듯했다.

높은 곳에서 내려다보니 보석함 주위에 태극무늬 곡선이 그려져 있고, 전시관 입구 126제곱미터의 빈 땅에 '무궁화정원'이 조성되어 있었으며 그 옆에 세종호수와 운수산이 함께 조화를 이루고 있어서 천하의 명당이 따로 없을 것 같았다.

기록관은 정부종합청사 권역 내에서 국무총리조정실 건물 바로 코앞에 있다. 그래서 이곳만은 권위적인 색채를 지우고 사람 냄새 나는 건물 이미지를 부각시켜 이름도 '기록으로의 산책'으로 정했다고 한다. 외견상 건축물은 참 아름답다. 그러나 마름모꼴 철망이 건물 전체를 에워싸고 있어서, 아름다움이 무언가 비밀스럽고 단절되어 있는 것 같아 중압감을 느끼는 것도 사실이다.

기록관은 설립 당초부터 국민에게 전달하려는 이미지를 살리려고 다음 세 가지 콘셉트를 정했다고 한다. 즉 국민들이 찾아오는 복합문화 건축물, 친환경적 건축물, 그리고 디지털 환경변화에 대응하는 대표적 IT건축물을 표방한 것이란다.

그러나 방문객의 입장에서 과연 어느 건물과 건물이 합쳐 복합건물이 된 것이고, 어떤 점이 친환경 건물이며, 그리고 어떤 면이 대표적 IT건축물인지 세부적인 설명이나 안내가 있었으면 좋을 뻔했다.

안으로 한번 들어가본다. 높은 천장에 광장 같은 넓은 로비 한쪽에 대통령 휘장이 붙어 있는 검은색 캐딜락 한 대가 얼른 눈에 들어왔다. 가까이 가보니 어느 전직 대통령이 언제부터 언제까지 탑승한 차라고 팻말에 자세히 설명해두었다.

자동차 구경은 여기서 끝난 게 아니고, 지하 2층에 내려가면 자동차 전시실이 또 있었다. 거기에는 또 1층에서 보았던 똑같은 유형의 대통령 전용차량 8대가 각 대통령의 휘장과 이름을 달고 온 방을 가득 채우고 있다. 잠시 의문이 들었다. 여기가 이름 그대로 기록관인데 자동차 전시회를 왜 여기서 할까? 어떤 대통령이 재임 시 어떤 차를 탑승하고 다녔다는 것이 기록관과 어떤 상관관계가 있을까? 자동차 전시는 여기에 별로 어울리지 않은 과잉된 액세서리처럼 보였다.

보석상자를 닮은 대통령기록관 야경. 마름모꼴 철망이 건물 전체를
에워싸고 있어서 한층 더 비밀스러워 보인다. 역사적 경험이
담긴 대통령들의 기록을 수집해 관리하고 있다.

기능적으로 본 기록관

대통령기록관은 2만 8,000제곱미터 부지에 연면적 2만 5,000제곱미터 크기로 지상 4층, 지하 2층으로 된 격조를 갖춘 건물이다. 혹시 대통령 이름이 손상될까봐 각 방마다 '대통령'을 붙여 지상 1층은 '대통령 상징관', 2층은 '대통령 역사관', 3층은 '대통령 체험관', 4층은 '대통령 자료관'으로 지정하여 특색 있게 꾸며놓았다. 그럼 각 방으로 들어가보자.

1층, 대통령 상징관은 대한민국 '대통령을 만나는 곳'이다. 로비에서 왼쪽으로 트여 있는 공간으로 들어가면 초대 대통령 이승만에서부터 이명박까지 같은 규격으로 만든 열 분의 초상이 나온다. 8장의 특수 유리를 텍스트아트text art 형식으로 겹겹이 일정 간격으로 붙여 자못 입체감을 주고 있다.

초상화가 그려진 각각의 유리판에는 해당 대통령의 얼굴 언저리에 국정수행 목표와 주요 키워드를 큰 글씨, 작은 글씨로 수백 단어를 적어놓아 사실 다 읽어볼 수는 없다. 그래도 자세히 찾아보면 재임 시에 그가 국가를 위해 무엇을 추구했고 국민을 위해 어떤 일을 하려고 했는지 어느 정도 이해할 수 있을 것 같았다.

2층, 역사관은 '대통령의 기록을 만나는 곳'으로 대통령이 국내외에서 누구를 만났는지 그 명장면 사진이 갤러리 벽면을 가득 채우고 있다. 특정 대통령에 편중하지 않고 공평하게 열 분의 대통령을 무작위로 섞어놓았다.

여기에 이데올로기를 떠나 대한민국 역사에 남을 만한 획기적인

특수 유리판에 담은 대통령 열 분의 사진과 국정수행 키워드.
역대 대통령들이 국민을 위해 어떤 일을 했는지 문장을 무작위로 나열했다.

발전과 성장을 도모한 어느 대통령이 언제, 어디서, 누구를 왜 만났는지 사진을 설명해준다면 관람객들은 더 많은 감동을 받을 것 같다.

그렇게 하려면 갤러리를 좀더 확보해서 각 대통령의 특징을 볼 수 있도록 개별 코너를 만들어 전시하는 방안도 고려해볼 만하다. 그 공간에는 대통령이 재임 시 쌓은 주요업적과 그가 지향했던 국가목표, 이념 그리고 성과가 어떠했는지 기록물을 통해서 국민이 알 수 있도록 준비해두었으면 더 좋지 않았을까 한다.

3층, 체험관은 '대통령의 열정을 만나는 곳'으로 청와대 집무실과 춘추관, 내빈접견실 등의 방을 있는 그대로 실물모형을 만들어 놓았다. 그리고 한쪽에는 역대 대통령이 재임 시 세계 각국에서 받은 선물을 진열대에 모아 전시해두었다. 이 또한 2층 역사관처럼, 두루뭉술하게 여러 대통령을 한곳에 모아두어 누가 누구에게 보낸 선물인지 선뜻 분간이 안 되고 각 대통령의 특징마저 찾을 수 없는 전시물이어서 못내 아쉬웠다.

4층, 자료관은 '대통령의 리더십을 만나는 곳'이다. 여기서도 아쉬운 점이 있었다. 실제로 각자 대통령의 리더십이 어떻게 작용하고 어떻게 실천되었는지 확인해볼 수 있는 공간이 없었기 때문이다. 그저 보편적인 대통령의 일상만 소개하고 있어서 다소 지루하고 답답했다.

1~4층에서 대부분 방이 그렇듯이 개별 대통령의 특징을 찾아볼 수 있는 공간과 시스템을 갖추지 못해 아쉬움이 적지 않았다. 예컨대, 각 층마다 다른 주제로 '대통령을 만나는 곳' '기록을 만나는 곳' '열정을 만나는 곳' '리더십을 만나는 곳'이라고 이름을 붙여놓았지만 그 아이템이 실제 내용과 달라 혼란스러운 것도 사실이다.

그럼에도 4층 갤러리^{브리지}에 열 분의 대통령이 붓 또는 다른 필기구로 쓴 글솜씨를 볼 수 있어서 다소 위안이 되었다. 대통령 각자 2점씩 총 20여 점이 있었고, 그중에 명필도 보이지만 모두 고만고만한 글씨였다. 그래도 기록관 내용과 어울린 것은 노무현 대통령이 매직펜으로 쓴 '기록이 역사다' 여섯 글자가 좀 이색적이었다.

한편, 기록관 지하에는 일반인에게 공개하지 않는 통제구역으로

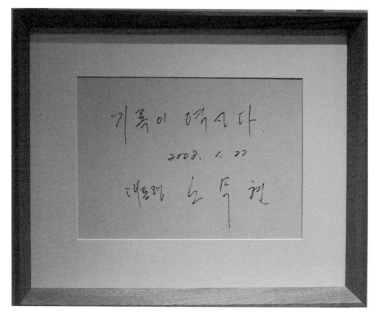

대통령기록관에 전시된 노무현 대통령의 필체. '기록이 역사다'.
격식을 갖춘 붓글씨는 아니지만 기록관의 특색에 걸맞은 문구가 인상적이다.

설치된 18개의 보존서고가 있고, 저산소 훈증시스템으로 된 9개의
보존·복원 처리실까지 구축해놓았다고 한다. 서고 안에는 금속 모
빌 랙mobile rack과 RFID에 의한 보존환경 측정시스템으로 특별한 보
완 아래 역대 대통령이 자필 서명한 기록물이 철저하게 보존·관리
되고 있다고 들어 마음이 든든했다.

　그리고 지하 1층에는 별도로 일반인에게 공개하는 작은 도서관
을 가지고 있었다. 역대 대통령과 관련된 도서 1만 8,000여 권을
소장하고 있어서 누구나 회원이 되면 택배로 도서 대출까지 가능해

택배시스템으로 전국에 책을 보내준다고 했다. 전 국민을 위해 도서관이 베푸는 시범케이스라 할 만해 그것이 자랑스러웠다.

우리 앞에 대통령기록관이 탄생했다는 것은, 그동안 흩어져 있었던 대통령 기록물을 국가가 전담하여 한곳에 집중 관리한다는 데 큰 의미가 있다. 조선왕조실록을 사고史庫에 보관하여 집중 관리하는 것과 같이 좋은 전통을 세계에 자랑할 수 있는 아이템이라 할 만하다.

그러나 이번 대통령기록관 탐방 과정에서 역대 대통령의 행적과 어록을 보고 듣고, 또 선진화된 첨단시설물 앞에서 감탄하면서도 다소 미진한 점이 곳곳에 보여 다소 아쉬웠다. 아마 개관한 지 얼마 되지 않아서일 테다. 앞으로 시간이 지나면 점차 개선되고 보강될 것으로 믿어 의심치 않는다.

정리하자면, 기록관 본연의 자세에서 볼 때 마음 한구석에 아직도 보완해야 할 것이 많고 재정비해야 할 일이 적지 않다는 것은, 막강한 하드웨어에 비해 이에 부응하는 소프트웨어 면에서 재고해보아야 할 점이 많다는 뜻이다.

국내 최첨단 건축물에서 최고의 시설과 장비 아래 최고의 인재들로 구성된 대통령기록관을 보면서 이곳 하나만이라도 확실하게 만들어 세계인들의 롤 모델이 되기를 갈구해본다.

대통령기록관인가, 대통령도서관인가?

이곳 기록관을 탐방하고 원고를 탈고할 무렵, 별스런 소문이 들려왔다. 세계에 단 하나뿐인 대통령기록관이 개관한 지 5년이 채 되기도 전에 이 아름다운 기록관의 서고 사용 비율이 83.7퍼센트로 벌써 포화상태가 되어 별개의 대통령기록관을 또 짓는다는 것이다.

이런 언론의 기사를 접하게 되면 나의 촉각은 반사적으로 용트림을 할 수밖에 없다. 굳이 대통령의 이름이 붙지 않더라도 기록관과 도서관은 사촌지간이 아니던가? 여기에 안테나를 세우지 않을 수 없었다. 그 안으로 한번 들어가 보기로 하자.

문재인 정부는 공간이 부족한 대통령기록관을 보충하기 위해 건물신축 예산 172억 원을 편성했다고 한다. 이 일은 곧 공론의 장이 되어 서울은 물론 현장과 거리가 먼 부산에서까지 큰 논쟁이 오갔다. '기록물관리 혁신체계' 대 '전용기록관 셀프 건립'『부산일보』2019. 9. 10 등의 대립으로 예산편성은 결국 무산되고 말았다고 한다. 하지만 서류가 완전히 폐기된 것이 아닌 것 같아 그 귀추는 좀더 두고 보아야 할 것 같다.

정직하게 말하면, 지금 정부가 구상하고 있는 것은 역대 대통령의 기록을 한곳에 모아놓는 대통령기록관이 아니라 한 사람의 이름을 건 대통령도서관이 아닌가 한다. 지금 우리나라에는 이미 세 개의 대통령도서관, 즉 김대중도서관2003, 박정희도서관2012/2019 재개관, 김영삼도서관2020이 각기 수도 서울에 독자적으로 설립되어 있어서다.

지금 우리 사정으로 보아 한 대통령이 임기 5년 동안 생산한 기록물만 가지고 새로운 건물을 세울 만큼 내용이 그렇게 많지 않다.

이 정도의 자료는 이미 신축되어 있는 통합된 대통령기록관만으로도 앞으로 상당기간 충당할 수 있는 시설이기 때문이다. 그러나 대통령도서관은 기록관과 유사한 것 같지만 그 설립목적부터 다르다. 그 안에 소장할 내용이나 운영방식이 달라도 한참 다를 수밖에 없다.

우리나라에서 대통령도서관의 발단은 새로운 밀레니엄이 시작된 2000년 초 김대중 대통령이 자신의 이름을 가진 도서관을 꿈꾸는 데서 시작된다. 미국의 대통령도서관을 모델로 하여 거기서 직접 보고 들은 그대로 도서관 명칭도, 형식도 미국식을 참고하여 추진한 것인데 김 대통령은 자신의 뜻대로 3년 만에 마침내 그 꿈을 실현했다.

어느 대통령이든 퇴임 후에 영구불변하는 자신의 이름을 붙인 도서관을 가진다는 것은 하나의 꿈이고 로망이라 할 수 있다. 미국의 모든 대통령들이 자신의 도서관을 버리지 못하듯이, 우리나라 세 분의 대통령도 그 꿈을 이루어 드디어 도서관을 설립했다. 지금 정부가 구상하고 있는 기록관도 만약 건립이 실현된다면 위의 세 도서관에서 하나 더 추가하는 것으로 봐야 할 것 같다.

만일 정부가 기록관 이름으로 도서관을 계획하고 있다면, 70여 년 시행해오고 있는 미국 대통령도서관의 제도와 운영방식을 참고하지 않을 수 없다. 세계에서 처음이고 우리 말고 미국에만 있는 이 시스템을 모델로 삼을 수밖에 없기에 그곳의 도서관을 한번 비교해 볼 필요가 있다. 동시에 우리나라에 이미 설립되어 있는 세 분 대통령의 도서관 현황도 알게 된다면 앞으로 우리는 어떻게 추진할 것인지 나아갈 길이 보인다.

미국의 대통령도서관을 본다

미국에서 대통령도서관을 생각한 것은 1940년 루스벨트 대통령이지만 대통령도서관을 세운 것은 1952년 후버 대통령부터다. 이것이 전통이 되어 조지 W. 부시 대통령까지 지금 13개의 대통령도서관이 미국 전역에 세워져 있고, 오바마 대통령도서관이 지금 건립 중에 있다.

미국의 대통령도서관 제도는 투명정부를 위한 필수요건으로 자연스럽게 탄생했다. 1930년대 대통령의 핵심자료가 개인 사유물로 사장되는 것을 막고자 루스벨트 대통령이 그의 모든 기록물을 연방정부에 기증하면서 대통령도서관이 공식적으로 가동되기 시작했다.

이 제도는 특정한 정권이나 지역단체가 한시적으로 주도하는 사업이 아니다. 1955년 '대통령도서관법'을 제정해 법률에 따라 일을 추진하고, 이 법을 근거로 1978년 제정된 '대통령기록물법'과 1968년 개정된 기증품 제한규정에 따라 소장품을 전시하고 있다.

설립의 본체는 도서관 기능과 박물관 기능을 합해 설립하지만 보통 '도서관'으로 부른다. 여기에 '기념'을 추가해서 공식명칭으로 'The Presidential Memorial Library & Museum'으로 쓰고 있다.

그리고 도서관 건립 장소는 대개 대통령의 출생지나 그와 깊은 연고가 있는 정치 활동을 했던 지역 내지 자기 고향마을 또는 출신 대학의 캠퍼스 내 또는 그와 가까운 곳에 세운다. 거기에다 더 중요한 것은 지금도 그대로 이어지는 보편적 전통이 하나 더 있다. 그것은 대통령도서관 개관식에는 거동이 불편하지 않고 생존하고 있는 역대 대통령들은 빠짐없이 모두 참석한다는 것이다. 정치적 여야를 가릴 것 없이 도서관 이념인 '평등' 앞에서는 대통령 어느 누구도 정치적 색채를 드러낼 수 없기 때문이리라.

1997년 11월 부시 대통령도서관 개관식에도 역대 대통령 중 알츠하이머병을 앓고 있는 레이건 대통령을 제외한 모든 대통령과 퍼스트레이디들이 모두 모여 축하하고 덕담을 나누는 신문기사가 사회면을 장식했다. 나는 이 장면의 사진을 포스트카드로 발매한 것을 부러운 눈으로 쳐다보면서 사진 몇 장을 구입하여 지금도 고이 간직하고 있다.

특수도서관을 겸한 테마파크

이렇게 설립된 미국의 대통령도서관은 단순한 공공도서관이 아니고 박물관도, 기록관도 아니다. 해당 대통령과 관련된 책과 기록물을 포괄적으로 수집하고 관리하며 영구보존을 겸하는 특수도서관Special Library에 속한다.

여기서 대통령 재임 시 그와 연관된 저서 및 평론서 등을 재해석하고, 거기에 관련된 새로운 인물을 발굴하여 그 시대의 정치현상을 연구하는 학자 또는 전문가를 찾아낸다.

동시에 이에 관심 있는 모든 연구자에게 자료를 공개하는 일종의 연구센터이면서 일반 시민들에게는 대통령이 재임 시 국내외 지도자로부터 받은 선물을 비롯해 사소한 전시물 등을 보여주어 관광역할까지 겸하는 일종의 테마파크라 할 수 있다.

이러한 제도는 대통령이 재임 시 못다 한 일을 퇴임 후 마지막으로 봉사하는 장치로서 국민과 소통하고 이해의 가교를 놓는 통로 역할을 할 수 있는 멋진 시설물임이 틀림없다.

그런데 대통령도서관을 설립하려면 우선 막대한 비용이 필요하다. 설립에 따른 일체의 비용은 국고에서 한 푼의 지원이 없어 순전히 자력으로 조성해야 하는 것이 특징이다. 그 비용은 우선 대통령 자신의 자산을 투입해야 하고 국내외로부터 개인 이름으로 모금을 하거나 독지가들의 후원금이 그만큼 있어야만 설립이 가능하다. 따라서 대통령의 능력이나 자산 정도에 따라 도서관 역시 규모와 내용도 다를 수밖에 없다.

이런 연유로 대통령은 도서관 설치에 따른 위치 선정을 비롯해 본인의 정체성과 취향에 따라 그가 테마theme로 삼는 건물과 디자인 그리고 공간배치에서부터 내부에 소장할 소품까지 일일이 관여하고 참여할 수 있는 권한이 주어진다.

그렇지만 건물이 다 완성된 다음에는 이야기가 달라진다. 백악관을 떠나는 순간, 그가 설치한 도서관은 물론 거기에 소장된 모든 자료는 바로 연방정부에 귀속됨과 동시에 국가가 운영을 맡아 관장과 사서 그리고 큐레이터 등을 임명하고 모든 것을 거기서 관리하는

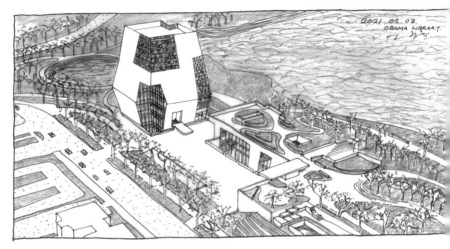

오바마 대통령도서관 조감도. 이 도서관은 오바마 대통령이
빈민을 위한 구제활동을 펼친 시카고 남단 잭슨 파크에 설립될 예정이다.

것이 전통이 되어 지금도 그대로 시행하고 있다.

그럼에도 불구하고 미국의 모든 대통령이 퇴임 후 자신의 도서관
을 확보하는 것을 생애의 마지막 프로젝트를 완성하는 것이라고 여
겨 혼신의 힘을 다한다. 이것을 자신과 그 가족이 보상받는 최고의
영광으로 생각하기 때문일 것이다.

거기에다 그가 대통령 재임 시 일구지 못한 정치역량을 여기서
다시 구현할 수 있고, 그의 사상과 이념을 이곳을 통해 그동안 자신
을 지켜준 지지자와 그 지역 주민 그리고 온 세계로 전파할 수 있는
커다란 창구 하나를 덤으로 가지게 되는 것이다.

제44대 대통령 버락 오바마는 2017년 퇴임 후, 2020년 회고

록으로 펴낸 『약속의 땅』*A Promised Land*에서 "도서관은 지식과 공감을 모아둔 성채" 또는 최후의 거점Libraries are Citadels of Knowledge and Empathy이라는 유명한 어록을 남긴 것을 보면 평소 도서관에 대한 사랑과 관심은 어느 대통령들보다 많았음이 틀림없다.

그래서 자신만의 공간에서 그의 정신을 담고, 또 그가 지켜온 이념을 실천할 수 있는 도서관을 준비하고 있다. 적어도 2021년 착공해서 2023년까지 완공할 예정이다. 시카고 남단 잭슨 파크Jackson Park에 있는 이곳은 1893년 시카고국제박람회가 열렸던 곳이며, 북쪽에는 1890년 창립된 시카고대학이 인접해 있다. 지리적으로도 오른쪽 바로 옆에 미시간 호수가 있고, 왼쪽에는 미드웨이 파크가 있어서 최고의 명당이라 할 만하다.

또한 이곳은 그가 젊었을 때 빈민을 위한 구제활동을 펼친 무대인 동시에 여기서 그의 아내 미셸을 만나 두 딸까지 얻었으며, 정치에 입문한 후 상원의원과 대통령까지 한 곳이다. 미셸 또한 여기서 청소년기를 보내 그녀와 친한 서민들이 사는 동네도 지적에 있어서 환상의 택지에 자리하고 있다.

오바마는 평소 신념에 따라 얼마 후 준공할 도서관이 전형적인 대통령도서관과 다르게 색다른 의미가 있는 공간이 되기를 강력히 희망해왔다. 도서관은 미래세대를 위한 공간, 어린 친구들이 플랫폼으로 삼을 수 있는 교육공간이 되었으면 좋겠다고 늘 말해온 것을 보면, 이것만으로도 그의 인품과 비전을 그대로 느낄 수 있는 곳이 될 것 같다.

레이건 대통령도서관을 구경해보자

1989년 1월에 퇴임한 로널드 레이건 대통령도서관의 경우를 보면, 캘리포니아의 작은 도시 시미밸리Simi Valley에 저 멀리 태평양이 내려다보이는 약 36만 제곱미터가 넘는 대지에 1만 4,000제곱미터 면적으로 미국 대통령도서관 중 가장 큰 규모로 에스파냐 교회 풍의 도서관을 세웠다.

이곳은 그의 자택이 있는 벨 에어와 휴양도시 산타 바바라 중간 지점에 있어 그가 "사후에는 이곳 언덕에 묻어달라"고 주문할 정도로 애착을 보이던 곳이다. 그의 뜻대로 대통령 내외의 묘소가 지금 도서관 본관 뒤뜰에 안장되어 이용자들의 발걸음은 늘 끊이지 않고, 생화를 바치고 있는 관광객들의 모습이 아름답기만 하다.

이곳의 실제적인 도서관 이용자는 레이건 대통령 재임 당시 그 시대의 대통령과 관련된 정치현안 등을 연구하려는 학자 또는 연구원들이다. 도서관은 이들을 위한 행정 및 연구동과 자료실과 열람실을 갖추고 있으며, 박물관처럼 전시품을 진열해둔 커다란 전시관을 함께 가지고 있다. 그럼에도 대부분의 방문자들은 도서관을 이용하기보다 구경거리를 찾아오는 관광객들이 주류를 이룬다.

관광이 중심이 되는 안쪽에는 축소한 백악관 집무실이 있고, 대통령 전용기레이건 외 6명의 대통령이 탑승했다는 Air Force 1을 비롯한 헬리콥터 Marine 1, 레이건이 서울방문 때 사용했던 전용 캐딜락를 그 옆에 배치해두었다. 또 그 안쪽에는 대통령이 평소에 즐겨 타던 애마물론 플라스틱 목마이지만까지 만들어 관광객이 올라타고 사진을 찍도록 해준다.

늘에서 본 레이건 대통령도서관. 일반 관광객 외에 핵심 이용자로
이건 대통령과 관련된 정치현안을 연구하려는 학자들이 이 도서관을 자주 찾는다.

이건 대통령도서관 내부에 전시되어 있는 대통령 전용기 에어 포스 원.
남객들이 전용기를 구경하기 위해 줄을 서서 기다리고 있다.

뒤뜰에는 2.9톤의 베를린 장벽 실물을 뜯어다 세워두었고, 그 뒤쪽에는 영화 「탑건」으로 유명한 F14 톰캣 전투기를 그대로 가져다 놓았다. 여기를 벗어나 관광객들이 비행기 안에 통째로 옮겨다 놓은 하늘의 집무실에 한번 앉아보는 것이 미국시민들의 주요 방문 목적이 아닌가 싶다.

이곳은 큰 도시에서 다소 외진 곳임에도 불구하고 1년에 50만 명이 넘는 관광객이 방문한다. 안내인이 말하길 대통령도서관 열세 군데 중에 관람객 수가 가장 많아 인기가 최고라고 했다. 도서관이기 전에 관광객을 먼저 의식했기 때문일까? 이들을 위한 배려인지, 도서관은 건물 내·외부가 엄청나게 넓고 볼거리도 많아 한나절의 소풍을 충분히 만끽할 수 있었다.

우리나라 세 개의 대통령도서관

앞에서 말했듯이 현재 우리나라에는 세 분 대통령이 세운 세 개의 대통령도서관이 있다. 아쉽게도 나는 세 도서관을 직접 찾아가서 확인하지 못하고 그곳 도서관에서 보내준 사진과 대외홍보자료 그리고 신문 및 인터넷자료를 바탕으로 글을 쓸 수밖에 없다.

위의 세 대통령은 모두 어려운 시절에 우리나라를 근대화하고, 민주화를 이끄는 데 큰일을 하신 분들이다. 그러나 각자의 정치적 성향과 이념이 모두 다른 만큼 도서관의 기능과 특성도 다르다.

때문에 지금 그곳에서 대통령의 철학과 이념을 구현하기 위해 실제 어떤 활동을 하고 있고, 그것을 실현하는 데 어떤 어려움이 있는

지 잘 모른다. 다만 공개된 자료를 중심으로 공정하게, 보고 생각한 도서관을 설립된 순차에 따라 기술해보려고 한다.

아시아 최초의 김대중도서관

2003년 김대중 대통령도서관이 서울 마포구 신촌로^{동교동}에 우리나라는 물론 아시아에서 처음 등장했다고 신문과 TV에서 보도해 한동안 장안의 화제가 되었다.

도서관 설립은 김 대통령이 자발적으로 맡았다고 한다. 2000년 노벨평화상으로 받은 수상금을 모두 투입하고, 여기에 '전직대통령 예우에 관한 법률'에 따라 지원받은 보조금과 김대중평화연구소 및 김대중도서관후원회의 기금으로 설치한 것을 크게 보도하여 우리는 그렇게 알고 있다.

정식명칭은 김대중 대통령도서관^{Kim Dae-Jung Presidential Library&} ^{Museum}이라고 칭하지만, 보통 '연세대학교 김대중도서관'이라고 부른다. 도서관은 '민주주의·평화·빈곤퇴치'라는 3대 어젠다^{agenda}를 내외에 표방하고 있다.

설치 후 도서관 운영도 당연히 설립기관의 어젠다를 목표로 실행하고 있는 것으로 알고 있는데 여기에 포함된 모든 시설과 자료는 대통령과 별 연고가 없는 연세대학교에 모두 기증했다.

이로써 대학은 정부 또는 사회로부터 아무 지원 없이 대학의 부속도서관으로서 관장을 비롯한 사서까지 모두 거기서 운영·관리하고 있어 사회적으로도 모범을 보인 것 같고, 시너지효과도 얻은 셈

연세대학교
김대중도서관 외관.
김대중 대통령에
관한 방대한 자료를
보관하고 있다.

이다. 그렇지만 대통령도서관으로서 어떤 사명을 구현하고 있고, 대통령의 어젠다를 어떻게 실천하고 있는지 시민들에게 공개적으로 알려진 바가 없어 다소 아쉬움이 남는다.

지금 도서관에는 김 대통령의 철학과 인생 역정을 담은 총 4만 7,000건의 문서와 사진 및 영상자료가 구축되어 있다고 한다. 김 대통령은 평소 독서를 많이 한 것으로 알려져 있고, 개인적으로 책을 많이 모은 것도 사실이다. 그중 스스로 구입한 책이 많지만 '저자 서명'저자가 자필로 누구에게 증정한다고 서명한 책. 같은 책이라도 누가 누구에게 준다는 저자 서명이 되어 있으면 책의 가치와 의미가 달라진다이 되어 있는 기증받은 책도 상당수 포함되어 있다고 한다.

누구나 이 세상을 떠나기 전 한 번쯤 평생을 모은 책을 어떻게 처리할 것인가 고민하는데 대통령은 본인의 도서관을 가지고 있어 이것만으로도 행복할 것 같다.

저항이 많았던 박정희도서관

박정희 대통령과 그 도서관은 오래전부터 많은 사람들의 입에 오르내렸다. 『두산백과』에 2012년 2월 21일 도서관이 개관한 것으로 적혀 있어 도서관 담당자에게 전화로 알아보니 그것은 박물관을 겸한 기념관이라고 했다. 거기에 도서관의 존재를 물었더니, 그 후 건물을 리모델링해서 같은 건물 안에 도서관 시설을 추가하여 '우여곡절' 끝에 2019년 3월 드디어 독립기구로서 도서관을 꾸며 재개관했다고 한다.

따라서 서울 마포구 상암동에 자리 잡고 있는 3층 높이의 5,290제곱미터 건물은 전체가 도서관이 아니고 박정희대통령기념재단에 속하는 기념관이다. 1층에는 대통령의 업적과 활동을 다룬 전시실이 있고, 2층에 대통령도서관이 있으며, 같은 층 바로 그 옆에는 어린이를 위한 '어깨동무도서관'과 서로 어깨동무하고 있다.

건축 재원은 당시 김대중 정부로부터 208억 원을 지원받고, 민간

서울시 마포구에 위치한 박정희도서관. 박물관을
겸한 기념관에 도서관 시설을 추가하여 2019년에 재개관했다.

으로부터 500억 원을 기부받아 2004년 완공을 계획했으나 민간으
로부터 받은 기부금100억 원 확보이 당초 계획보다 부족하다고 하여
정부지원금을 회수당하고 말았다. 결국 대법원 소송까지 가서 '보
조금 교부취소는 위법'이란 판결이 나고, 다시 기업과 민간지원금
270억 원을 보태 마침내 2011년에 건축물을 완공할 수 있었다.

　지금 대통령도서관에는 7,200여 권의 책을 보유하고 있는데, 대
통령 재임시절에 생산된 저작물과 국내외 관련 자료 등을 6개 파트
로 구분하여 서가에는 4,255권을 비치해두고 있다. 그리고 국외자
료 코너에는 영어, 일어, 중국어 등의 번역서와 국내 학자들이 펴낸

박 대통령과 관련된 저서 600여 권을 보유하고 있다. 이 밖에 대통령이 국정 운영과정에서 서명한 결재문서 2만 3,000여 건도 함께 비치되어 있다고 한다.

그 옆에 나란히 붙어 있는 어깨동무도서관은 3,000여 권의 장서를 갖추고 초등학교 저학년 어린이 또는 어린이를 동반한 가족들이 함께 이용할 수 있는 어린이공공도서관이다. 그러나 이것은 덤이고, 규모는 비록 작아도 본질은 대통령도서관이다.

그런데 이 조그마한 도서관 하나 설립하는데, 그곳 담당자의 말처럼 그동안 어떤 곤욕을 치렀고, 어떻게 우여곡절을 겪었는지 보통 사람인 우리는 잘 모른다. 그러나 주위에서 벌어지는 소리를 가만히 들어보면 짐작이 간다.

박정희 대통령 탄생 100주년을 하루 앞둔 2017년 11월 13일, 바로 대통령도서관 앞에서 박정희 동상 건립반대단체가 모여들어 재단 측과 크게 충돌한 일을 보면 금방 알게 된다.

이런 충돌이 있은 지 며칠 후, 『○○신문』은 2017년 11월 17일 "박정희 동상, 그만 세웁시다"라는 기사를 싣고, 21일에도 "박정희 기념물, 너무 많지 않은가" 하면서 연거푸 질타를 했다. 그러자 다른 한편에서는 "무슨 소리냐? 김대중 기념관은 차고 넘친다. 그의 이름을 가진 컨벤션센터를 두 개나 가지면서 노벨평화상 기념관, 기념다리, 기념홀 등을 여기저기 다 세워두고, 그것도 모자라 2021년 경기도 고양시에 또 그의 기념관을 개관하려고 한다. 이게 다 우리가 낸 세금이 아닌가"라면서 심하게 반격한다.

이럴 때, 도서관은 참으로 난처하고 괴롭다. 건전한 상식을 가진 세상에는 어디에나 불문율이 있어서 모두 거기에 따른다. 세상에 어떠한 철천지원수인 적국이라도 그 나라의 '적십자 마크'가 붙은 건물에는 폭격을 하지 않고, 아무리 미운 적군이라도 '위생병 완장'을 단 병사에게는 절대 총을 쏘지 않는다. 하물며 만인의 친구인 도서관 앞에서 저주를 퍼붓는 것은 도리가 아니다. 또 여기에 반격의 총을 겨누고 있는 다른 한편도 건강한 시민정신이라 할 수 없다.

미국 민주주의 이념을 세우고, 프랑스 혁명을 이끌었던 기본정신은 '자유'와 '평등'이라는 거룩한 단어에서 출발했다. 근대사회에 진입한 후 지금까지 지나온 도서관 정신^{Spirit of Library}을 보라. '자유롭고 평등하게 누구나 이용할 수 있도록 만인을 위해' 활동하고 있지 않은가? 모든 도서관이 다 그렇듯이 이곳의 도서관도 마찬가지다. 여기에 정치적 색깔을 입히고, 권력자의 입김이 작용하면 그것은 국민들 모두의 아픔이고 국가 전체의 슬픔이기도 하다.

대통령을 저버린 김영삼도서관

인터넷을 열어 '김영삼 대통령도서관'을 찾으면 홈페이지 바탕화면이 '구립 김영삼도서관'으로 시작된다. 외관 사진이 아름다운 이 도서관은 서울 '동작구 통합도서관' 속에서 사당솔밭도서관, 동작어린이도서관, 대방어린이도서관, 약수도서관, 동작샘터도서관, 다울작은도서관, 국사봉숲속작은도서관과 함께 동작구역 안에 설치된 8개 공공도서관 안에 한 묶음으로 엮여 있다.

2020년 서울시 동작구에
개관한 '구립 김영삼도서관'.
건물 외벽 현수막에
국·영문으로 적은
도서관 명칭이 선명하다.

이를테면, 도서관을 소개하는 매체 인터넷을 비롯해 TV와 신문, 잡지 그리고 안내책자에는 모두 '대통령'을 삭제해버리고 '개방형 공공도서관'으로 공포해 '대통령도서관'이라는 이름을 함부로 쓸 수 없도록 해두었다.

간판에 적힌 이름 그대로 '구립 김영삼도서관'은 2020년 10월 30일 개관해 대한민국에서 가장 최신형의 건축 구조물이라 할 수 있다.

지상 8층, 지하 5층, 연면적 6,503제곱미터 크기로서 화면에 비치는 모습은 멋있고 세련되어 보인다. 외벽 파사드에는 커다란 현수막에 '생각을 키우는 동작구 대표 복합 문화공간'이라고 길게 쓴 글귀와 개관 날짜가 적혀 있다.

도서관은 수도 서울의 중심부인 동작구에 위치한 데다가 건물도 높아 건축비도 상당히 들었을 것 같다. 개관식과 관련된 언론보도에 의하면, 실제로 이 건물을 지을 때 김영삼 대통령^{편의상 YS로 칭}^함이 그의 상도동 자택을 제외한 전 재산 50억 원을 투입하고, 국비에서 지원된 75억 원과 개인 및 기업의 기부금 약 150억 원을 합해 275억 원의 설립자금을 조성했지만 건물유지비도 감당하기 어려웠다고 한다.

결국 영부인 손명순 여사의 사저와 사료^{신문기사에 그대로 나와 있다}까지 매각하여 마침내 2015년 9월 건물을 준공할 수 있었다. 그러나 정작 본인은 준공 두 달을 앞두고 서거함으로써 건물도 제대로 못보고 운영하는 것도 보지 못했다.

그 후, 5년이 흘러 도서관이 개관되자 모두가 그를 기리면서 축하했고 부근의 주민들과 이용자들도 대만족을 표했다. 우리 수준에 이만한 공공도서관이 동네에 있다는 것만으로도 자부심을 가질 만했다.

그러나 YS가 전 재산을 투입하고, 김영삼민주센터가 동작구청에 기부채납해서 건립했다는 도서관이 이름값을 못하고 있다. 어느새 대통령의 존재는 희미해지고 대통령도서관이라는 본래의 사명까지 알 수 없게 만들었기 때문이다.

그곳의 「주요 운영방향」만 보더라도 '커뮤니티 활동의 거점도서관' '문턱 낮은 도서관' '재미있는 도서관' '생활밀착형 도서관'임을 선포해 '개방형 공공도서관'이라는 것만 강조하고 있다. 그러니 대통령도서관으로서 권위와 설립취지가 온데간데없이 사라진 것은 어쩌면 당연한 현상일지 모른다.

건물을 차지하는 대부분의 공간구성도 일반, 어린이 열람실을 갖춘 보편적인 공공도서관 그대로다. 다만 대통령과 관련된 공간은 지하 1층 로비에 그의 행적을 기록한 디지털 기록물과 사진 등을 볼 수 있는 전시실 한 개와 4층 한 면에 대통령과 관련된 자료 몇 점이 액세서리로 있을 뿐이고, 맨 꼭대기 8층에 '김영삼민주센터 사무실'만 있다.

도서관이 개관한 지 얼마 되지 않아 아직 장서를 제대로 못 갖추었겠지만 모두 3만 3,000권 중 어린이도서가 1만 권이고 나머지 2만 3,000권은 공공도서관에서 흔히 소장하는 일반 서적들이다. 여기에 대통령과 관련된 저서나 자료, 논문 등이 얼마나 되는지 통계자료가 없는 것을 보면, 이와 같은 맥락에서 별로 신경쓰지 않은 것 같은 느낌이 든다.

YS는 평소 도서관에 관심이 많은 것으로 우리는 알고 있다. 일찍이 그의 따님이 Y대 도서관학과를 수학한 것도 필시 아버지의 영향 때문일 것이다. 그러했던 그가 1998년 대통령직을 퇴임한 뒤 2004년

아칸소 작은 마을에 세워진 클린턴 대통령도서관.
클린턴 대통령 관련 자료와 기념물, 사진, 저자서명이 담긴 책을 보관하고 있다.

11월 전직 대통령의 자격으로 미국 아칸소의 소도시 리틀록에 있는 미국 클린턴 대통령도서관 개관식에 참석하게 된다.

미국에서 12번째 개관하는 대통령도서관으로, 14개의 크고 작은 방들이 각기 짜임새를 갖추고 있었다. 거기에는 약 200만 장의 클린턴 관련 사진과 7,600만 건의 종이문서를 비롯해 '저자 서명'이 들어간 1만 4,000권의 저서를 모아두고, 박물관에는 그가 즐겨 불던 색소폰 등 7만 5,000점의 기념물 전시실까지 손색없이 갖추어져 있었다.

개관식에는 아버지 부시 전 대통령 내외와 카터 전 대통령 내외 등 미국에 생존하고 있는 모든 전직 대통령과 VIP 손님으로 한국에

클린턴 대통령도서관의 내부 모습. 대통령 집무실을 복원해놓았다.
재임 중 어떻게 일했는지 한눈에 볼 수 있는 공간이다.

서 온 김 대통령도 곁에 있었다. 그 외 일반 참석자로 아칸소 주민 3만여 명이 모인 자리에서 현직 대통령인 조지 W. 부시가 축사를 했다. 참고로, 클린턴과 부시는 소속된 당이 서로 다르다

"클린턴은 단순히 훌륭한 정치인을 넘어선 개혁자이자 진지한 정책가이며, 위대한 열정을 지닌 사람이다. 만일 그가 타이타닉이었다면 빙산을 가라앉혔을 것이다"는 말에 참석자 모두가 박수를 치고 한바탕 크게 웃었다고 그날의 분위기를 주요 언론은 그대로 전했다.

YS는 거기서 대통령도서관이 과연 어떤 곳인지 자세히 살펴보면서, 미국의 전·현직 대통령이 다 모인 자리에서 부시가 한 말도 그

대로 기억하고 있었을 터다.

　"도서관을 짓는다고? 그러면 내 전 재산 다 줄 테니 꼭 해라. 내 자식들한테 한 푼도 안 물려주고 거기에 다 줄게."『중앙일보』「뼈대만 짓고 돈 없어 방치, YS도서관 5년 만에 문 열었다」, 2020. 11. 23.

　만일 YS가 지금 살아 계셔서 '구립 김영삼도서관'을 보고 있다면 그가 미국에서 보고 느꼈던 그런 도서관이 아님을 금방 알아차릴 것이다. 그러나 설립자인 동작구청이나 민주센터 사무실은 YS가 바라고 원했던 속마음을 전혀 헤아릴 줄 몰랐고 이런 점에 관해서는 아무 관심도 없다는 것이 그대로 드러났다.

　오직 '민주시민으로서 누구나 자유롭고 평등하게 이용하는 평범한 개방형 공공도서관'에만 골몰했고, 그 의지 또한 앞으로 수그러들지 않을 것 같다. 아마도 '김영삼 대통령'이라는 명칭을 부담스러운 존재로 인식한 것 같다. 그래서 특수도서관Special Lirary으로 설정해야 할 상식적인 설치 목적도 여기서는 통하지 않았고, '대통령도서관' 규범에 맞지 않은 동네의 한 공공도서관Public Library으로 확정지은 것이 아닌가 한다.

　지금 도서관 입구에는 '구립 김영삼도서관' 명칭이 크게 새겨져 있다. 그러나 건물 한가운데 정식 간판에는 미국이 쓰고 있는 '대통령도서관 및 박물관'을 번역하여 'Kim Young-Sam Presidential Library & Museum'으로 그대로 따라 하고 있다. 이름대로 한다면,

여기에 '박물관' 내용을 무시하는 것은 원래의 건물명칭과 배치될 수밖에 없다.

따라서 도서관을 소개하는 안내책자 『구립 김영삼도서관을 읽다』나 「도서관 안내 팸플릿」에 '김영삼 대통령'이란 단어를 한마디도 언급하지 않은 것도 번역상의 문제가 아니라 '대통령'의 존재를 애써 무시해버리고 감추어보려는 속내가 숨어 있다고 하겠다.

이럴 바에야 나는 한 가지 의견을 제안한다. 제도가 쉽게 바뀔 수 없는 것이 현실이라면, 편한 마음으로 그곳의 이름을 다시 짓는 것이다. 아예 도서관 이름에서 지엄한 '대통령' 직책과 '박물관' 명칭을 삭제해버리는 것이 좋겠다. 그리고 국민에게도 낯선 '동작구립'이나 '구립' 등 접두어를 빼버리는 것도 마땅할 것 같다. 과문의 탓인지, 대한민국 전역에서 '구립' '군립'을 맨 앞에 붙인 도서관을 여태껏 보지 못했기에 하는 말이다.

그런 뜻에서 도서관 명칭을 한번 바꾸어보자. 독재와 온몸으로 싸웠던 민주투사의 이미지를 살려서 '김영삼도서관' 내지 '상도동 김영삼공공도서관'^{생전에 그가 살던 자택과 현재의 도서관 위치로 보아}으로 하든지, 아니면 먼 훗날, 후세인들이 그가 누구였는지 알지 못하게, 본인이 즐겨 썼던 자연스런 이름 'YS도서관' 또는 '거산^{巨山}도서관'으로 개칭하면 또 어떨까 싶다. 어쩌면 고인도 이를 바라고 있을 것 같다.

그래도 의문이 남는다. 도서관 설립자 명의 부착에 있어서 법률적 검토는 일단 유보하기로 하고, 이곳 도서관도 누구에 의한 '제3자'

가 설립한 것이 아니라 '김대중' '박정희'처럼 설립자 개인이 주체가 되어야 하지 않을까 상식적으로 한번 생각해본다.

그리고 애초 도서관 설립과정을 본다면, YS의 강력한 의지에서 발현되었고, 여기에 투입한 거금 또한 대통령 자신과 영부인의 전 재산을 쾌척한 데서 비롯된 것이 아닌가? 여기에 김 대통령이 그의 전 재산을 도서관을 통해 사회에 환원하겠다는 간절한 유지가 있었기에, 그를 기리는 김영삼민주센터가 동작구청에 기부 채납한 것으로 알고 있기 때문이다.

이것이 사실이라면, 앞의 건축비 명세서 275억 원에서 보듯이 동작구청에서 건축비^{국비지원금을 제외한}를 과연 얼마나 투입했기에 '구립' 명칭을 쉽게, 그것도 맨 앞에 표기할 수 있는지 알고 싶은 것은 필자만의 의견은 아닐 것이다.

정권은 도서관을 입맛대로 주물렀다

지금까지 우리가 겪어온 많은 정치지도자와 집권하고 있는 정권들을 뒤돌아보면, 도서관은 국민을 위해서라기보다 그들의 정치적 목표를 실현하기 위한 하나의 도구로 이용한 것 같다. 1970년대 박정희 군사정권은 공산국가에서 발행하는 모든 책들과 다른 나라에서 나온 좌편향 성격을 띤 서적들은 모조리 압수하고, 수입을 차단했다.

동시에 국내 간행물 가운데 그에 상응하는 책들도 모두 '불온도서'^{不穩圖書}로 취급해 저작 활동이나 출판을 일절 금지시켰다. 나아가 전국에 있는 모든 대학도서관과 공공도서관에 소장되어 있는 도서를 일일이 색출하여 '금서'禁書 낙인을 찍었다. 이용자가 접근하지 못하도록 철저히 봉쇄한 것이다.

그 후에도 유사한 일은 이어졌다. 그 후 1980년, 새로 권력을 차지한 전두환 정부는 선배 정권이 만들어놓은 '새마을운동'을 확장·발전시키려고 기발한 생각을 한다. 1960년 어느 개인엄대섭 선생이 자비로 '마을문고'를 설립하여 20여 년 동안 헌신적으로 운영해오던 마을문고운동 자체를 없애버리고 말았다.

그동안 혼신의 힘을 다해온 한 개인의 숭고한 정신을 하루아침에 명분을 바꾸어 삽시간에 '새마을운동본부'로 흡수·통합하여 산하기관으로 '새마을문고중앙회'를 새로 설치한 것이다.

다행히도 그 후 몇 분들이 뜻을 이어받아 작은 조직을 갖추고 지금 경기도 일원에서 활동하고 있지만, 옛날 농촌봉사활동 시기에 자발적으로 일어난 거룩한 풀뿌리 독서운동에는 아무래도 미치지 못한다. 뿐만 아니라 마을사람들의 뇌리에는 아름다웠던 마을문고의 이미지까지 다 사라져버렸다. 위정자들이 저지른 이러한 현상들은 모두 도서관 역사에서 어둡고 괴로웠던 단면이 아닐 수 없다.

그러나 정권이 바뀌었어도 도서관에 대한 정부의 시각은 별로 다를 바가 없었다. 2003년 새로 들어선 노무현 정부는 전국에 독서열풍을 진작시키기 위해 청소년 및 국민독서권장운동을 일으키기로 했다. 한 가지 방편으로, 평소 독서를 가까이하던 영부인이 나선다.

정부와 지방자치단체의 전폭적인 지원에 힘입어 전국의 공공도서관마다 독서코너를 만들고 거기에 '권양숙 문고'를 설치한 것이다. 도서관 입구 가까운 쪽에 서가를 두고, 좌판에는 '권양숙 여사 기증도서' 마크를 각각 찍은 책들을 깔아놓았다. 하지만 그 효과로 전 국민 독서운동이 얼마나 활성화되었는지 검증하기도 전에 정권은 또 바뀌었다.

뒤를 이어 이명박 정부가 들어섰지만 그들은 책이나 도서관에는 철학도, 관심도 전혀 없었다. 앞 정부가 마음먹고 펼쳐놓은 '개인문고'의 흔적까지 삽시간에 없애버리는 것을 보면 그들의 안중에 도서관은 아예 없었던 것 같다.

이렇게 정치가 국민의 알 권리를 차단하고, 도서관을 도외시하는 것도 무언의 정치적 횡포라 아니할 수 없다. 이데올로기가 도대체 무엇이길래…. 도서관이 이와 같이 정부 입맛에 따라 좌지우지되고 항의 한 번 없이 그저 당하고 있다는 것은 국가와 국민에게 불행만 남겨줄 뿐이다.

대통령기록관과 대통령도서관은 어떻게 다른가?

지금 우리나라에는 국가가 설립한 대통령기록관이 있고, 개인이 설립한 대통령도서관이 따로 있다. 이런 제도는 세계에서 오직 우리나라밖에 없다. 두 시설은 유사한 점도 있지만 설치목적과 수장품, 이용자를 위한 내용은 한참 다르다.

이런 면에서 국가가 대통령도서관이 아닌 통합된 대통령기록관을 설치했다는 것은 평가할 만한 일이다. 그것도 개별적 기록관이 아니라 하나로 통합한 기록관이어서 의미가 남다르다. 하지만 이미 통합된 대통령기록관을 두고서 개인 이름으로 별도의 기록관을 짓는다는 것은 아무래도 기록관의 설치 의도를 이해하지 못한 데서 나온 해프닝 같기도 하다.

어느 대통령도 이 원칙에서 벗어나 기록관을 분산시키거나, 다른 목적으로 유사한 기록관을 시도한다면 제도적 낭비가 될 수 있고, 역사적 전통까지 훼손시킬 수 있다. 그러므로 우리는 이것을 막아야 한다. 정치적 목적으로 한 개인의 치적을 선전하기 위해 국민의 귀중한 세금을 여기에 소비해서는 안 될 것 같다. 만일 이 일이 그대로 추진된다면 앞으로 다음 대통령도 같은 꿈을 꾼다는 것은 어쩌면 자연스럽게 계속 이어질지 모를 일이다.

또 하나 이유가 있다. 앞으로 퇴임하는 대통령들은 개인적 성격이나 정치적 성향에 따라 얼마든지 공명정대하지 못할 수 있다. 이미 지어진 세 곳의 대통령도서관만 해도 공정하게 국고를 지출했다고 보기 어렵기 때문이다.

게다가 도서관 건립을 위한 정부지원금이 얼마였는지 모두 공개하지 않았고, 밝혀진 곳만 해도 지원금을 주었다가 빼앗은 일이 있었으며, 그렇게 지원한 금액 또한 공평하지 못했던 것도 사실이다. 거기에 또 자비 부담금은 얼마나 투입했는지, 그것도 신뢰수준이 못 되고 있음을 우리는 안다.

예를 보자. 노벨평화상 수상금을 모두 대통령도서관 짓는 데 투입했다는데, 그 돈이 언제인지 자녀에게 베푼 개인의 유산으로 편입되어서 형제간의 법정다툼으로 번지고 있음을 지금 우리는 그대로 보고 있지 않은가.

만일 앞으로 어느 대통령이 자신의 도서관을 설치하고 싶다면, 우리가 늘 염려하는 지배 이데올로기를 떠나 미국식 그대로 '대통령도서관법'이 있어야 할 것 같다. 법규에 따라 국가의 지원을 한 푼도 받지 말고 자신의 재산과 국내외 뜻있는 독지가로부터 기부금을 받아 그대로 설치하도록 말이다. 그 운영방법도 법률이 다 지정해줄 것이다. 시설과 설치물을 모두 국가에 기부채납하여 국가가 공명정대하게 운영하는 것이다. 규모와 내용이 미국에 미치지 못하고, 실행이 미숙하더라도 그렇게 실천해보는 것이 정답이라 할 수 있다.

8 부산에는 F1963도서관이 있다

우리에게 1963년이란?

'F1963도서관'이라는 좀 특이한 이름에, 작고 아름다운 도서관이 2019년 3월 부산에서 새로 오픈했다. 도서관에 별 관심이 없더라도 부산에 살거나, 멀리 살더라도 가까이 오게 되면 한번 들러보라고 권유하고 싶은 곳이다.

'F1963'이라면, 보통 어떤 단체나 조직이 창립된 해^{foundation year}를 일컬어 '창립 1963년'으로 하는 것이 상식이다. 그런데 여기서는 F를 굳이 Factory로 해석하여 '공장 1963'으로 부르고 있다.

누군가 1963년에 태어났다면 그는 환갑이 가까운 나이가 된다. 60년 전 그 시대를 경험해보지 못한 사람은 당시 모두들 어떻게 살았고 사회 모습은 어떠했는지 보고 들으면서도 실감하지 못할 수 있겠다.

1963년은 우리가 같은 민족끼리 유례가 없는 큰 전쟁을 3년 동안이나 치르고 끝난 지 꼭 10년이 되는 해다. 전쟁으로 모든 것이 파괴되고 그 후유증이 아물지 못해 모두가 가난에 찌들고 있었다. 군사정부가 들어서고 우리도 "잘살아보세" 하고 외치면서 이를 악물고 힘겹게 살던 시대였다. 1인당 국민소득 50~60불로 세계에서 가장 가난한 후진국으로 힘들게 살던 그때, 1963년은 마침내 1인당 국민소득이 100달러$^{GNP\ 103달러}$를 달성했다고 감격했던 해로, 당시 사람들은 기억한다.

그해 어느 날, 오직 가난을 벗어나기 위해 단군 조선 이래 처음으로 우리의 젊은 청년 100여 명이 서독 광부로 발탁되어 남의 비행기를 얻어 타고 프랑크푸르트공항에 첫발을 디뎠다는 소식이 신문 한 면을 크게 장식했다. 그리고 한 봉지에 10원인 '삼양라면'이 우리나라에서 처음으로 생산됐다고 신문에 나오기도 했다. 보릿고개에 허기진 배를 채우기 위해, 라면 한 봉지로 추슬러온 경험을 직접 겪어본 세대가 이제는 늙어서 그때 힘들었던 시절을 되돌아보니 들려줄 이야기가 많을 것 같다.

1963년 그때, 남녘의 조그만 항구도시였던 경상남도 부산시가 마침내 대한민국 최초로 '부산직할시'로 승격이 되었다고 해서 부산사람들의 마음이 한참 부풀기도 했다. 군사정부가 나라를 통째로 관리하던 시절이라 서울, 지방 할 것 없이 동네마다 '再建'^{재건}이라는 현수막을 골목마다 걸어놓고 '올해는 일하는 해'를 군가처럼 부르며 건설의 망치 소리가 지방 곳곳으로 울려 퍼지고 있었다.

바로 이 무렵, 한적했던 부산의 망미동 야산 한 비탈에서는 철

2019년 개관한 F1963도서관 입구. 폐기된 공장의 모든 시설을 개조해
문화예술공간으로 재탄생했다. 열람실뿐만 아니라 갤러리와 공연장을
갖추고 있어 다양한 문화 활동을 즐길 수 있다. 마침 도서관에서
금난새가 지휘하는 뮤직 페스티벌이 열리고 있었다.

F1963스퀘어. 오래된 공장의 천장을 허물고 하늘과 땅이 맞닿은
중정으로 재탄생했다. 한밤중에 연극이나 음악회 같은 공연이 열린다.

F1963 내부 갤러리. 1960년대 발행된 도서를 수집하여 소개하고 있다.
문화의 흐름을 주도했던 예술가들의 작업을 책으로 만나볼 수 있다.

을 녹이고 갈아서 쇠줄wire을 생산하는 조그마한 공장 하나가 들어선다.

그로부터 반세기가 지난 2018년 말, 우리는 1인당 국민소득 3만 불을 달성해 전 세계에서 7번째로 3050클럽에 이름을 올렸다. 전 세계 10위권 선진국 클럽 진입이 아무런 까닭 없이 그저 이루어진 것은 아니다. 그 시절, 지방의 한 도시에 첫 고동을 울린 조그마한 공장이 있었기 때문이다. 그곳이 바로, 지금 우리나라 굴지의 글로벌 기업으로 성장한 고려제강Kiswire이며, 이 기업을 이끈 사람이 홍영철 회장이다.

F1963을 구상하고 실행에 옮긴 이 회사는 부산에서 45년여 동안 줄곧 와이어 로프wire rope를 생산하다가 2008년 생산시설을 모두 경남 양산으로 이전했다. 모든 시설이 떠난 빈터에는 긴 세월을 함께해온 건물의 천장에서부터 기둥, 벽체가 그대로 있었고, 기름때 묻은 바닥과 철강 트러스, 얼룩진 페인트 자국이 남아 있어 옛 공장의 흔적만이 쓸쓸히 자리를 지켜줄 뿐이었다.

공장 부지가 6만 제곱미터나 되는 넓고 전망 좋은 금싸라기 땅이다. 이를 아파트나 다른 용도로 매각하지 않고 그대로 살려내 용도 폐기된 공장의 모든 시설을 재탄생시켜 새로운 문화예술 마당을 마련한 것이다. F1963은 단순히 '창립연도'의 의미라기보다 문화와 예술이 숨 쉬는 '공장'의 이미지로 창조하겠다는 설립자의 뜻이 여기에 있는 것으로 해석된다.

1960년대 초, 지리산 자락 경남 함양군에 설치된 '원북마을문고'.
책이 귀했던 시절이라 수십 권의 책을 담은 '마을문고함'에 커다란 자물쇠를 달아놓았다.

　내가 청년시절이었던 1960년대 초, 우리 사회가 이렇게 어려웠으니 '도서관'인들 제대로 있었겠는가? '유명무실'하다는 말이 그대로 맞아떨어졌다. 지금은 전국의 공인된 공공도서관만 1,160개 _{2020. 12 기준}나 되고, 해마다 크고 작은 도서관이 여기저기에서 100여 개 이상 설립되고 있지만 1961년 당시 전국을 통틀어도 공공도서관의 공식통계 숫자는 고작 20개 관밖에 되지 않았다.

　이렇게 공공도서관이 부족하다보니 어디서든 책을 읽을 수 있는 조그만 장소라도 필요했을 것이다. 이때 등장한 것이 '마을문고'였다. 마을문고가 생길 수 있었던 것은 어쩌면 필연인지 모른다. 국가

국내 최초로 개통된 이동도서관 '자동차문고'. 주로 경북 울진군을
무대로 돌아다녔다. 아이들과 어머니들이 책을 빌리기 위해 줄을 서고 있다.

의 중대한 일을 정부가 감당하지 못하면 언제나 민초들이 일어나게
마련이다. 임진왜란 때 의병이 나타나고 성웅이 등장해 나라를 구
했듯이, 6·25 전쟁 시 이름 없는 학도병과 힘없는 병사들이 국토를
지켰듯이 허허벌판 속에서 도서관 영웅이 나타난 것은 우리 민족의
저력이면서 우리에게는 커다란 축복이라고 할 수 있다.

　바로 1세기 전, 1921년에 태어난 엄대섭 선생'엄대섭 선생 탄생 100
주년 기념 세미나'가 2021년 5월 26일 부산대학교에서 열렸다이 한 푼 두 푼 모
은 돈으로 1960년 경향 각지에 마을문고를 창설하여 20여 년 동안
'이동문고'를 운영한 것이다. 이 운동이 결과적으로 전국 각지에서

독서운동의 뿌리를 내린 도화선이 되었음은 물론이다.

도서관은커녕 책이 워낙 없다 보니 '아기도서관'이라고 부르는 조그만 차에 허름한 책 200여 권을 가득 싣고, 갓 설립한 대학의 도서관학과 학생들이 엄대섭 선생과 함께 여러 마을을 돌아다니며 헛간이나 마루방, 방구석에 '마을문고'의 이름으로 앉혀놓고 청년들에게 책을 읽도록 독려했다. 아니나 다를까, 그 독서운동은 의외로 효과가 컸고 그 파장 또한 대단했다.

이 운동이 의미가 있었던 것은 1930년대 농촌계몽운동을 다룬 소설, 심훈의 『상록수』에서처럼 1960년대 초 우리 대학생들이 각 마을을 돌아다니면서 대학에서 배운 그대로 실천했기 때문이다.

실례로, 농촌에서 쉽게 불렸던 '방구석 도서관'에 앉아 밤마다 호롱불을 켜고 너무 오래도록 책을 읽느라 등잔불의 기름이 동이 났다고 전해준 사람이 지금 바로 내 곁에 있다. 엄대섭 선생과 늘 함께 일해온 내 학문의 동반자이자 신실한 친구, 한성대학교 문헌정보학과 이용남 교수^{한성대 총장 역임}의 지나간 얘기를 들을 때마다 나는 언제나 눈시울이 뜨거워진다.

같은 시대에 태어나 지금 호흡을 함께하는 독자들은 그러한 시절이 있었다는 사실을 실감할 수 있는가? 나 또한 중·고교시절을 큰 도시에 살았지만 전기가 부족하여 두 방의 벽을 뚫어 가운데 희미한 전등을 달아 어둠만 겨우 면해, 공부할 때는 석유등잔불 아래서 졸다가 눈썹과 앞머리를 태워버린 경험을 숱하게 반복했다는 것도 남의 나라 이야기로 들릴까봐 약간 두렵기까지 하다.

무기저장고를 도서관으로 만들듯이

독일의 작은 시골마을 볼펜뷔텔에는 도서관이 두 개 있다. 16세기 아우구스트 공작 이름을 딴 고풍스럽고 웅장한 도서관과, 바로 옆에 제2차 세계대전 이후 옛 건물을 개조한 아치형의 시민도서관이 서로 쌍벽을 이루고 있어 관광객들이 흔히 찾는 곳이기도 하다.

시민도서관은 천장이 매우 높고 긴 회랑이 이어져 도서관 건물로는 적당치 않아 보였는데, 알고 보니 건물 자체가 로마 제국 시대에 만든 무기창고였다. 그 정문 위에 라틴어로 쓴 'ARMAMENTARIUM'무기저장고라는 간판이 세계대전을 두 번이나 겪고도 그대로 붙어 있는 것을 보니 '인류를 파괴하는 무기창고가 이렇게 도서관이 될 수 있구나' 하고 감탄한 일이 있었다.

그렇다면, '우리에게도 건물을 도서관으로 개조한 사례가 없을까' 하고 찾아보니 굳이 무기창고가 아니어도 쓸 만한 건축물을 고쳐 도서관으로 개조한 사례가 몇 개 있었다. 어려웠던 시절 도서관이 턱없이 모자랄 때, 이승만 정부가 4·19 혁명으로 쓰러지자 부통령이었던 이기붕 일가가 사용했던 공관이면서 사저인 큰 저택을 허물지 않고 '4·19 도서관'으로 개조하여 사용한 예가 있었다. 또한 남산 중턱에 있었던 민주공화당 당사가 '용산도서관'으로, 마포에 있었던 신민당 당사가 '마포도서관'으로 바뀐 사례가 있었다.

이처럼 박정희 정부 때, 대한민국에는 변변한 국립중앙도서관조차 없었다. 소공동지금 롯데호텔 위치 자리에 일제가 쓰던 낡은 조선총독부 도서관을 광복 후 국립도서관으로 그대로 쓰다가 이것도 도시

계획으로 헐리게 되자, 궁여지책으로 남산 중턱에 있는 지은 지 오래되지 않은 '어린이회관'을 국립중앙도서관으로 급히 리모델링해서 사용하게 된 것이다.

간판은 쉽게 도서관으로 바뀌었다. 그러나 아무리 다급해도 그렇지 어린이 전용으로 설계된 현대식 건물이라서 계단은 어린이 보폭으로 낮게 만들어졌고 엘리베이터는 어린이 규격에 맞춰 비좁고 키가 낮았다. 어른들은 모두 도서관에서 머리를 수그려야만 했다. 그리고 모자이크 타일로 만국기 그림이 그대로 붙어 있는 어린이수영장에 서가를 설치하다 보니 결국 '풀장 속에 잠긴 국립도서관'이 되어 웃지 못할 해프닝도 많았다.

그중에 대표적인 것은 아무래도 1910년 일제가 조선총독부를 설치하고, 그 앞에 1926년 새로 경성부 청사를 지어 20년을 사용했던 것을, 광복 후 서울시 청사로 또 70년여간 이용하다가 2012년 '서울도서관'으로 개조하여 지금 충실히 활용하고 있는 건물이다.

그러나 앞에서 언급한 것처럼 도서관으로 개조된 사례는 모두 정부기구나 공공시설일 뿐 어느 개인이 실행한 예는 보지 못했다. 아마도 F1963도서관이 유일한 곳이 아닐까 한다. 그래서 개인이 자발적으로 도서관을 만들고 예술과 문화마당으로 탈바꿈한 사실 자체가 부산시민의 입장에서 고맙고 자랑스러울 따름이다.

F1963도서관은 부산시민과 부산의 인근주민을 대상으로 하되, 특히 예술인을 위한 예술전문도서관Art Library으로 설립되었다. 도서관은 전체 967제곱미터 규모의 커다란 공장 하나를 벽체와 지붕을

살려서 있는 그대로 이용하고 있다. 그러나 장소가 부족해 옆의 빈 창고를 연결해서 도서관을 더 넓혔다. 확장된 공간은 세미나실과 서고로 이용하고, 앞으로 확장될 서고를 마련하여 미래의 공간까지 쓸모 있게 준비해둔 것이다.

현대에 만든 대부분의 건축물을 보면 국내외 할 것 없이 일반 빌딩이나 크고 작은 건물처럼, 대다수의 도서관 건물도 거의 국제주의 양식Internationale Architektur에 맞춰 그 시스템 안에서 운영되고 있다. 건축에서 국제주의 양식이란 독일 '바우하우스'Bauhaus에서 처음 시도한 근대적 건축의 보편적 형태로서, 철골을 구조로 기둥을 세우고 바닥과 벽에 콘크리트와 유리로 가림막을 한 단순하고 규격화된 기능주의적 미니멀리즘minimalism 건축을 말한다.

이는 정육면체 건축물에 장식을 모두 없앤 합리주의를 추구하는 건축 양식의 하나로 오직 경제성, 효율성, 기능성을 따져 대량생산을 추구하기 때문에 건축가의 독특한 창조성이나 예술성이 들어갈 틈이 없어 작가정신이 제대로 발휘되기가 어려운 것도 사실이다.

이런 건축 환경을 지켜보고, 도서관 형태를 관찰해오던 나는 어떤 기회에 'F1963도서관'을 심도 있게 살필 수 있었다. 그러던 중 이 거대한 프로젝트를 설계한 조병수미국 하와이대학교 건축학과 교수 건축가를 만나면서 그의 독특한 안목과 작가정신에 귀를 기울이지 않을 수 없었다.

폐건물을 도서관으로 창조하다

조병수 건축가는 모든 건축에 있어서 개발된 지 100년에 불과한 스틸 와이어steel wire를 자연과 결합하여wire+nature 자연을 품은 건축 기술을 시도하고 있다. 이는 친환경 건축술로서 옛 건물을 가급적 허물지 않고 건물 안 또는 건물 밖에 와이어 커튼wire curtain을 쳐 새로운 공간을 만들고, 시각적 반투명성을 이용하여 미적 구성에도 일조하며 시너지효과를 얻는다는 특징이 있다.

나아가 구조물 내부에 와이어의 인력引力을 이용해 오직 쇠줄로 건축물의 위와 아래를 서로 잡아당겨 기둥과 들보를 없애 건축물의 공간을 절약하면서, 그 안에서 아름다움을 추구하려는 작가정신이 내 마음을 사로잡았다. 건축가는 이러한 의지를 새로운 도서관에 그대로 적용함으로써 새로운 도서관 모델을 하나 구현해냈다. 엄밀히 말하면, 리모델링을 하는 것이지만 이미 죽은 시설물이 새로운 시설로 환생했으니 신축이 되는 것이고, 창조가 되는 것이다.

그러면 그 안을 좀더 들여다보기로 하자. 옛 공장의 용도는 잘 모르지만 박공지붕gable으로 용마루 전체가 트여 있어서 낮은 천장으로 쇳가루와 먼지를 날려 보냈던 하늘창을 그대로 살려놓았다. 도서관 실내가 되는 그 자리에 비가 들어오지 않도록 유리로 막고, 햇빛과 직사광선을 피하기 위해 흰 천으로 가린 휘장이 은은해 독서 분위기를 한층 자아내고 있다.

천장이 낮다 보니 도서관 건물로는 좀 답답할 수도 있었는데 하늘이 보이는 박공지붕 때문에 더 높고, 밝아 보여서 전기료도 절약

할 수 있을 것 같다. 또한 바닥 한가운데 1.2미터 깊이의 구덩이를 파서 선큰 가든sunken garden 형식을 취해 답답함을 피하도록 했다.

이는 원래 건물원형을 훼손시키지 않으려는 건축가의 의도인 듯하다. 그러고 보니 낮은 천장이 한결 높아지고 바닥 또한 깊어져 내부가 자연스럽게 복층구조로 되어 면적도 더 넓어 보이고 안정감도 있어 보인다.

이렇게 만든 반지하는 약 30여 석을 갖춘 독서실이 되어 양편 서가에 부담 없이 책들을 가득 채울 수 있게 되었다. 그리고 시선이 집중되는 한쪽 빈자리에 그랜드 피아노를 배치한 것을 보면, 예술도서관으로서의 특색을 보여주려는 것 같다. 독서실 안에 큰 악기를 둔 사례는 흔치 않은 일이지만, 장식예술의 소품으로 이해하고, 특별한 날에 여기서 조용한 음악회라도 하면 정신적 안정이 되겠다 싶었다.

여기에 중점적으로 갖춘 컬렉션은 '예술도서관' 이름 그대로 미술, 음악, 건축, 사진 등 수 세기를 이어온 유명 화가와 음악가 등의 생애와 작품을 소개한 대형 책들이다. 다양한 예술 서적과 미켈란젤로에서부터 피카소에 이르기까지 대가들의 대형 인물집, 사진집, 상업 미술집 같은 값비싼 책들이 주류를 이루고 있지만, 예술도서관으로서의 주제와 전혀 관련 없는 분야의 희귀본이 눈에 띄는 것도 사실이다.

유별나게도 일반 공공도서관이나 대형서점에서도 함부로 볼 수 없는 값비싼 귀중한 책들이 많이 진열되어 있는 것도 예상 밖이었

F1963도서관 열람실. 선큰 가든 형식을 취해 답답함을 피하도록 했다.
좌우 양쪽에 열람 테이블을 배치하고, 반지하 한쪽에
그랜드 피아노를 두어 이따금씩 여기서 연주회를 갖는다.

19세기 출판 당시 세계에서
제일 커다란 초대형 컬러화보집.
오듀번의『미국의 새』축쇄판 표지.

다. 이렇게 귀한 책을 모두 어디서 구했을까? 쉽게 접할 수 없는 세계적인 책을 이만큼 준비할 수 있는 건 설립자의 안목과 재력이 뒷받침되지 않으면 매우 힘든 일이다.

　이 도서관의 성격 자체가 당초 '예술도서관'으로 설립되었기에 이런 책은 원칙적으로 장서 구성에서 배제되어야 마땅하지만, 설립 과정에서 일괄적으로 입수된 것 같아 어쩔 수 없어 보였다.

　이를테면, 오듀번Audubon, 1785~1851이 일일이 손으로 그려 19세기 출판 당시 세계에서 제일 커다란 초대형가로 75센티미터, 세로 105센티미터 컬러화보집『미국의 새』The Birds of America: 모두 네 권으로 된 이 책은 2010년 12월 런던 소더비 경매에서 출판물 경매 사상 최고가인 730만 파운드, 약 131억 원에 낙

찰된 일이 있다(『동아일보』, 2010. 12. 9)의 축쇄판가로 30.5센티미터, 세로 38.5센티미터, 1981인데도 상당히 큰 책에 속한다. 그리고 1862년판『스틸러의 지도책』*Adolf Stieler's Hand Atlas*도 눈에 띈다.

찾아보면 이와 유사한 책이 더 있을 것 같기도 하다. 이런 의미에서 개인이 만든 사립전문도서관으로서 더 진귀한 도서, 더 많은 장서를 확보할 수 있는 장점도 많지만, 주제 선정 과정에서 얼마든지 착오가 예상되고, 실제 운영 과정에 드러나는 한계도 보인다.

개관한 지 얼마 되지 않아서인지, 아니면 전문사서가 단 한 명뿐이어서인지, 분류체계나 자료조직 목록시스템이 아직 완성되어 있지 못한 것 같다. 비전문가인 사립기관이 운영하는 개인도서관임을 감안할 수밖에 없고, 오랫동안 체계가 잡힌 공공도서관의 시스템과 비교하기에는 아직 더 많은 시간이 필요할 것 같다.

예술전문도서관으로서 나아가야 할 길

도서관은 성장하는 생물A library is growing organism이라고 했다. 때문에 도서관을 나무 키우듯 계속 관심을 가지고 잘 활용하면 성장과 발전은 얼마든지 보증된다. 그것은 '예술전문도서관'으로서의 정체성을 살려서 예술과 관련된 VIP는 물론 흥미를 가진 일반 대중과 잠재적 이용자들에게 그 존재감을 알리는 일이다. 그것을 다만 홍보용 시설로 활용하거나, 전시용 공간으로 그저 보여주는 것이 아니라면 도서관 설치의 본질적 문제부터 접근해볼 필요가 있다.

사실, 예술The Art의 개념과 영역은 우리가 아는 것보다 넓다. 예술의 어원인 라틴어 아르스^{ars}는 그리스어 테크네^{techne}, 즉 術^{術}의 번역어로서 오늘날 과학과 예술을 모두 지칭한 개념이었다. 그러나 르네상스가 시작된 이후 예술이 미적 가치를 갖는 인간의 창조적 활동으로 부각되어 폭넓은 개념으로 확장된다. 따라서 예술가들이 미술, 음악, 예술, 공예 등으로 구분해놓았지만 모두 포괄된 것은 아니다.

이에 도서관 분류학자들은 생산되어 있는 자료^{책}를 중심으로 예술의 주제 범위를 미술, 건축술, 조각, 서예, 사진술, 음악, 연극, 오락 및 운동 등으로 이미 구체화해놓았다. 때문에 새로 조직되어 시작하는 도서관이 예술의 전 분야를 모두 커버하기는 현실적으로 쉽지 않다.

그렇다면, 도서관 주제에 어떤 분야를 우선 포함할 것인지를 결정해야 하고 거기에 부합하는 핵심 장서$^{core\ collection}$는 무엇이고, 그것을 어떻게 발굴하고 수집해야 하는지, 처음부터 다시 고민해야 한다. 선정분야는 반드시 단일 주제가 아닌 복수 주제도 무방하지만, 가급적 상관관계를 가진 주제를 잘 선택한다면 시너지 효과까지 얻을 수 있을 것이다.

그다음, 도서관 전체를 유기적으로 통괄할 수 있고 유용한 자료를 클리핑할 수 있는 능력 있는 전문사서 또는 큐레이터를 어떻게 확보하고 또 어떻게 관리·운영할 것인지, 그러한 방침$^{management\ policy}$이 있는지 살펴보는 것도 피할 수 없는 과제다.

지금, F1963 안에는 도서관 이외에도 여러 시설물이 이미 설치되어 있다. 'F1963기념관'을 비롯해 국내에서 가장 크다는 'YES24' 중고서점과 카페, 레스토랑 등 다양한 편의시설이 갖추어져 있고, 대나무 숲으로 조성된 산책길까지 두었다. 이는 시민들의 훌륭한 휴식처이자 독특한 부산의 문화공간으로 자리매김하고 있다. 이런 시설물들이 유기적으로 조직되면 일석삼조의 효과를 얻을 수 있을 것 같다.

동시에 이런 효과를 보려면 반드시 클러스터의 구심점이 있어야 한다. 거기에 바로 도서관이 있다는 것은 당연한 일이고 화룡점정이라 할 만하다. 여기서 도서관은 반드시 지켜야 할 사명과 이념이 전제되고, 담보되어야 할 것이다.

여기 벤치마킹할 만한 멘토형 모델이 하나 있다. 미국 보스턴에 있는 애서니움은 회원제로 운영되는 사립도서관으로서 전형적인 모범을 보여주는 곳이다. 일종의 특수도서관이면서 고급 사교클럽으로서, 다소 고가로 부담하는 평생회원 가입비와 연회비가 있지만, 지불하는 회비가 전혀 아깝지 않게 베풀고 있어 회원가입을 원하는 대기자가 항상 줄을 서서 기다리고 있다.

그 이유는 아마도 각 분야의 저명한 인사들을 수시로 초빙하여 강연회를 개최하고, 크고 작은 콘서트를 열며, 시 토론회, 문학을 위한 대화, 소설 이야기 나누기와 심지어 함께 요리하기 코너를 준비해두어 회원들의 마음을 사로잡고 있기 때문일 것이다. 이것 말고 이벤트가 또 있다. 매주 수요일 오후에는 도서관장이 주관하는 티파티Wednesday Afternoon Tea Party를 60년째 계속하고 있다는 것도 주목

미국 보스턴 애서니움. 회원제로 운영되는 사립도서관의 하나다.
특수도서관이자 고급 사교클럽으로 많은 사람이 회비를 지불하고 문화생활을 즐긴다.

ⓒ위키미디어

할 필요가 있다.

나는 F1963도서관에서도 위의 모습을 보고 싶다. 범위와 규모에서 차이가 좀 난들 어떠랴? 우리식으로 쉬운 것부터 실천해보면 좋을 것 같다. 다행히 여기에는 기초적인 토대가 이미 마련되어 있어 실행할 여유도 있다. 바로 이 갤러리에서 국내외 저명한 화가의 전시회를 수차례 개최한 바 있고, 세계적인 지휘자 금난새가 지난해에도 연달아 콘서트를 개최하여 호평을 받기도 했다.

게다가 더 반가운 소식까지 이어지고 있다. 바로 여기에 금난새의 음악 인생을 정리하는 기념관을 준비하는 것으로 알고 있다. 이 얼마나 멋진 기획인가! F1963예술도서관에서 이런 분을 상근으로 초빙하여 주기적인 음악 강의와 가벼운 연주회를 열고 나아가 그의 기록물까지 소장하여 예술도서관으로 정착되었으면 좋겠다는 꿈을 꾼다. 이런 프로젝트가 완성된다면, F1963도서관은 한국음악계를 한 단계 발전시킬 뿐만 아니라 이 땅의 예술전문도서관으로서 한 차원 더 승화할 것임이 분명하다.

그리고 여기에 여유를 더 부려 모[母]회사의 역사적 기록물과 기념비적 소장품을 더 확보해서 주제별·시대별로 정리하여 박물관museum 기능을 복합시키는 한편, 창업자를 비롯해서 2, 3대의 전기biography를 연대기로 모아 그들의 시대정신과 살아온 생애를 살펴볼 수 있는 기록관archives 기능까지 겸한다면 일석이조가 될 것 같다.

그러면 우리나라 부산에서 새로운 라키비움larchiveum: 도서관, 기록관, 박물관, 셋을 합한 복합문화기관의 효시가 되고 이 땅에서 태어나 앞으로 1,000년을 이어갈 한 기업인의 기념비적 라키비움으로 융합되어 또 하나의 자랑거리가 될 것이다.

라키비움 시스템은 도서관의 미래상을 구현하기 위해 캐나다 국립도서관기록관LAC: Library and Archives Canada과 프랑스 퐁피두센터 등이 실험적으로 설치하여 성공함에 따라 서울의 몇몇 곳과 2021년에 세워질 제2국회도서관인 '국회부산도서관'이 같은 시스템으로 준비하고 있어 이곳도 그렇게 못 할 이유가 없다. 오히려 밝은 미래를 담보할 수 있는 획기적인 곳이기도 하다.

빠른 모습으로 진화하고 있는 캐나다 국립도서관기록관(LAC).
로툰다(rotunda)형의 3층 열람실을 최근에 복합문화공간으로 리모델링했다.

제2국회도서관인 '국회부산도서관' 조감도. 라비키움 형태의 도서관으로 부산 강서구
명지국제도시에 2022년 2월 개관을 목표로 하고 있다.

그동안 나는 이곳을 취재하기 위해 여러 차례 방문하면서 라키비움의 적임지로 점찍어둔 곳이 있다. 도서관이 설립되기 훨씬 전, 설립자의 선견지명으로 회사의 기념관을 도서관 지근거리에 이미 설치해둔 것을 유심히 보았기 때문이다. 여기에 기록관과 박물관이 도서관과 한 시스템 안에서 통합된다면 훌륭한 'F1963라키비움'으로 진화할 수 있을 것이다.

이는 한 기업의 성장기록을 홍보하는 효과에 앞서, 개인도서관으로서 하나의 시범적 모델이 될 수 있는 것이다. 나아가 성공한 사회적 기업이 시민을 위한 문화와 예술발전을 도서관을 통해 실천한다는 숭고한 마음이 없었다면 애당초 꿈도 꾸지 못했을 일이다. 동시에 창업자의 이러한 올곧은 정신은 도서관 이용자뿐만 아니라 온 시민들의 갈채와 함께 도서관 역사에도 영구히 남을 것 같다.

9 마음으로 본 스트라호프 수도원도서관

체코에서 꼭 봐야 할 두 도서관

체코에 가면 꼭 봐야 할 도서관이 두 개 있다. 먼저 수도 프라하에서 가장 번화하고 항상 사람이 들끓는 중심지에 일반인에게는 잘 알려지지 않은 유명한 건축물, 클레멘티눔Klementinum, 도서관에서 발행한 안내책에는 Clementinum, St. Clement라고 소개하고 있지만, 대부분의 공식 자료에서는 모두 K로 표기하고 있어 그대로 쓰기로 한다이 있다.

클레멘티눔은 국립중앙도서관을 비롯해서 천체관측탑, 체코공과대학, 극장, 예배당, 인쇄소 그리고 모차르트 기념관 등을 갖추고 있는 복합단지로서, 체코의 역사와 문화의 구심점이 되는 곳이다.

12세기 성 클레멘트St. Klement가 세웠다는 옛 수도원 자리에, 여러 차례 전쟁으로 대부분의 시설물이 소실 또는 파괴되어 거의 폐허가 되자, 보헤미아의 왕 페르디난드 1세는 1653년 새로운 문화공간으로 도서관, 박물관, 천체관측소, 연구기관 등으로 클레멘티눔을 건

바로크 예술의 극치를 보여주는 클레멘티눔. 약 6,000평 규모에
달하며 정원과 학교, 천문대, 예배당, 도서관 등 다양한 역할을 하는
공간들이 어우러진 거대한 역사, 교육, 문화 복합단지다.

립했다. 그 후 4만 제곱미터에 이르는 직사각형 땅에 체코와 이탈리아 건축가들이 7년 동안[1721~27] 설계와 건축 과정을 거쳐 바로크 예술의 극치를 보여주는 오늘의 클레멘티눔을 완성했다.

이 안에 공공도서관을 겸한 국립중앙도서관을 설치했는데, 특히 도서관에 부속된 바로크 홀[Baroque Hall]은 특이한 실내장식과 서가에 가득 찬 진귀한 책들로 세계에 널리 알려져 있다.

눈이 부시는 천장화에서부터 요철로 장식된 갤러리에 지금은 색이 낡았지만 금칠한 철제 난간, 꼬여 있는 나무기둥을 비롯하여 대리석 모자이크로 장식한 바닥 한가운데 일렬로 진열해둔 천구의와 지구의, 그리고 중세 때 제작된 고서와 필사본 등 희귀문서로 가득 찬 서고는 도서관과 관련 없는 누구라도 평생에 꼭 한번 가보아야 할 순례코스라 할 수 있다.

체코 국립중앙도서관은 유네스코가 지정한 세계기록유산으로 2005년 9월, 제1회 '직지상'[2001년 유네스코가 세계 최초의 금속활자본 직지(直指)를 기념하기 위해 만든 상]을 수상한 일이 있어, 지금도 우리나라 국립중앙도서관, 청주 직지박물관과 절친한 관계라고 한다.

이렇듯 체코의 국립중앙도서관은 그 규모와 기능, 고전적 아름다움 그리고 역사적인 면에서 세계적으로 이름난 곳이다. 하지만 체코에는 이보다 규모는 좀 작아도 그 명성에서 필적할 만한 또 하나의 도서관이 있다. 여기서 강 하나 건너, 멀지 않은 곳에 체코에서 가장 아름다운 도서관이라고 말하는 스트라호프 수도원도서관[Strahov Library]이다.

955년 프라하에서 판화로 만든 스트라호프 수도원 전경.

스트라호프 수도원이 걸어온 길

이곳에 가려면, 클레멘티눔에서 블타바강Vltava, 몰다우강이라고도 부른다을 가로지르는 카를교를 건너 서쪽을 향해 계속 가다가 언덕을 한참 오르다보면 프라하가 한눈에 내려다보이는 곳에 아주 오래된 스트라호프 수도원이 나타난다.

1143년, 보헤미아 왕 플라디슬라프 2세 때 성 스트라호프St. Strahov의 이름으로 설립된 수도원은 세월의 흐름 속에서 보헤미아 후스전쟁1414~34 등으로 본래의 모습이 대부분 사라져버렸다.

다행히 남아 있었던 불씨가 살아나 지금 우리가 보고 있는 수도원은 17~18세기1679~1783 동안 100여 년에 걸쳐서 재건할 수 있었다. 이 건축물 하나로 중세 고딕 양식에서 바로크 양식이 혼합된 건축 형태를 동시에 살펴볼 수 있다는 것은 하나의 덤이다.

건물이 완성된 그해, 1783년 전국적으로 산재하고 있는 수도원을 대상으로 해체령이 내리고 만다. 이때 대부분의 수도원이 폐쇄되었음에도, 다행히 이곳은 수도승들의 연구기관으로 지정되어 피해를 면할 수 있었고 수도원의 중심 역할까지 할 수 있는 혜택도 누리게 되었다.

그러나 이마저도 긴 세월을 이기지 못하고 전쟁과 화재로 심각한 피해를 입었고 외국군대에 의해 장서 파괴도 감행되었다. 국내 급진주의자들에 의해 많은 책이 불타버리고, 체코를 침략한 스웨덴 군대에 의해 상당수의 장서가 스칸디나비아로 약탈당하는 등 숱한 재난을 겪어야만 했다.

시련은 그 후에도 이어져, 1951년 소련의 주도하에 사회주의 정권이 들어서면서 1953년 수도원 이름 대신에 '체코국립문학박물관'으로 명칭이 바뀌었다. 우리가 일제에 의해 36년을 지배당한 것처럼, 체코도 36년 동안 질곡의 시간을 보냈고, 1989년 마침내 사회주의체제가 무너짐에 따라 다시 수도원 이름도 되찾게 되었다.

지금은 수도원 안에 도서관과 문학박물관 기능을 함께 수행하면서 수녀들이 직접 이를 관리하고 있다. 이처럼 오늘날의 스트라호프 수도원도서관이 있기까지 고통과 시련이 많았지만, 다행스럽게도 이젠 고난의 시대는 다 지나갔다.

중세의 도서관은 수도원에서 태어났다

유럽 역사에서 중세시대를 지칭할 때, 어떤 학자는 서기 300년부터 1300년까지 1,000년의 기간을 주장하고, 또 어떤 사람은 서로마제국이 멸망^{서기 476년}한 뒤, 1,000년 후 다시 동로마제국이 멸망^{서기 1453년}할 때까지를 말하기도 한다. 그러나 보통 정설은 콘스탄티누스 대제가 서기 313년 기독교를 공인한 이후부터 근세^{1500~1800년}가 출현하기 이전까지 약 1,000년의 기간을 말한다.

이 시기 세계에서 '유럽'이라는 개념이 생겨 여기서 십자군전쟁 등 크고 작은 전란과 흑사병 등 참혹한 시기도 있었지만, 기독교 바탕 아래 수도원이 등장하고 거기에 부속된 도서관이 생겨났다. 이런 도서관이 있었기에 1,000년간 유럽의 역사와 문화, 종교 등 생활의 기록을 오늘날 우리에게 남겨주고 있는 것이다.

일각에서는 이 기간을 '중세 암흑기'로 평가하기도 하지만, 긍정하는 측면도 있다. 이때부터 유럽은 인간의 모든 가치가 기독교 윤리관으로 통일되어 새로운 시민계급이 등장하고 상공업이 발달하는 요건을 갖추었다. 이전까지만 해도 왕이나 특수계급이 독점하던 지식을 인쇄기의 보급으로 지식과 정보를 공유할 수 있게 된 것이다.

인류문명에서 고대 이집트처럼 수천, 수만 권의 두루마리 필사본을 거대한 사원이나 신전에 보관했던 고대 도서관과 달리, 애초 중세에는 도서관이 아예 없다시피 했다. 다만 성당 또는 수도원의 기도처 한구석에 보관해두었던 복음서와 성경 등을 궤짝에 담아 다락방에 올려두고 이를 도서관이라고 불렀다. 이렇듯 다락방에서 출발한 도서관이 성장하여 오늘날 우리에게 알려진 수도원도서관이 된 것이다.

전해오는 이야기로, 서기 93년 로마 교황청의 성 베드로나^{St. Bedrona}와 성 클레멘트가 유럽 최초로 수도원에 도서관을 세웠다고 하지만, 기록상으로 나타나는 최초의 도서관은 4세기 말, 로마 교회가 그 안에 세운 다마서스도서관^{Damasus Biblioteca}이 정설인 것 같다.

그 후 성 베네딕트가 세운 몬테카시노 수도원도서관^{Monte Cassino abbey Library}을 비롯하여 독일·프랑스·영국·스위스·체코 등에서 크고 작은 도서관이 우후죽순처럼 설립되었다. 그중의 하나가 이번에 찾아간 스트라호프 수도원도서관이다.

한편, '세상에서 가장 아름다운 도서관'으로 알려진 스위스의 장크트갈렌 수도원도서관이 820년에 작성한 수도원 설계도가 최근에 공개되었다. 이런 수도원들은 'ㅁ'자 또는 'ㅍ'자 공간을 만들어 외부인 출입을 금지했다. 이 안에는 수도원에 있어야 할 기초 시설로 기도실을 비롯해 식당refectorium과 침실domitorium, 목욕실lavartorium, 화장실necessarium 그리고 필사실scriptorium, 책을 제작하기 위해 필경사들이 글을 쓰는 방 등을 두루 갖추고 있었다. 그리고 수도원 밖 위쪽에는 병원과 묘지를 마련하고, 그 좌우에 학교, 제빵소, 양조장까지 갖추고 있었다. 그 아래 빈자리에는 채소밭과 가축 축사로 돼지우리까지 두어 독자적으로 생활하는 데 불편함이 없도록 하나의 커다란 성채를 이루었다.

그러나 이렇게 왕성했던 수도원도 12세기 근대적 의미의 대학들이 도처에 설립되면서 자연스럽게 빛을 잃어가고 있었다. 하지만 한편에서는 14세기부터 문예부흥운동이 일어나고, 15세기 인쇄술 덕분에 책이 대량생산되어 종교개혁과 함께 국민들이 지식을 함께 공유하게 된다.

한때, 학문의 심장부 역할을 했던 수도원도서관은 소수의 특권자가 몇 권의 책을 제한적으로 이용했다. 인쇄술의 발명은 수도원도서관을 크게 변화시켜, 결국 새로 등장한 많은 도서관과 대학도서관으로 대체될 수밖에 없었다. 어쩌면 조선시대에 철폐된 서원書院의 운명처럼 그렇게 사라지고 만 것이다.

이처럼 수도원이 종말을 고함에 따라 거기에 부속된 도서관도 함께 파괴되었으나 근대에 진입하면서 다행히 유럽의 수도원은 다시 부활하고 도서관도 되살아났다. 이렇게 도심 속의 오지 또는 산속 깊이 보존된 인류의 중요한 원전들은 수도사들에 의해 보존·유지되어 그때의 역사와 문화를 그대로 접할 수 있게 했다. 그때 만일 스트라호프 수도원도서관 같은 곳이 없었다면 중세의 유럽을 우리는 모르고 있었을지도 알 수 없다.

마음으로 보아야 하는 스트라호프 수도원도서관

프라하 국립중앙도서관에 가면 간판이 보이지 않듯이 지금 이곳의 스트라호프 수도원에도 간판이 보이지 않는다. 어쩌면 간판 자체가 필요 없을지도 모르겠다. 건물 자체가 간판이고, 간판이 곧 건물이라고 생각하기 때문이다.

우리는 언제부터인지 실체보다 간판을 좋아한다. 그저 좋아하는 게 아니라 간판으로 과시하고 남과 경쟁하는 데 목표를 둔다. 최고급 럭셔리 자동차에서부터 명품 옷과 액세서리를 자신의 간판처럼 과시하듯이, 거리에 있는 건물들도 모두 간판으로 도배하고 있다. 그것도 한두 개가 아니고, 서너 개 이상으로 흉물스럽게 건축물의 아름다움을 가려놓은 것을 보면, 앞으로 이런 간판의 숫자가 얼마나 더 늘어날지 궁금하기도 하다.

이런 면에서 체코 길거리에서 본 간판은 모두 단순했고, 아름다웠으며 이미지까지 살려냈다. 대개 상점에 붙은 간판을 보면 글자 없이 구두 한 짝, 안경테 한 개, 도너츠 모형물 하나만 달아놓았다.

스트라호프 수도원 정문.
건물 자체가 간판이어서인지 간판이 보이지 않는다.

거기서 무슨 일을 하고, 무엇을 팔고 있는지 누구든지 알 수 있게 말이다.

수도원 정문에는 아예 간판이 없었다. 도서관 입구까지 당도했지만 이곳에도 간판이 없다. 대신 관람시간표를 적은 조그만 입간판 두 개가 서 있을 뿐이다.

스트라호프 수도원도서관을 찾는 관광객들은 도서관에 설치된 신학의 방Theology Hall과 철학의 방Philosophy Hall이라는 두 개의 큰 방을 보기 위해서 저 멀리 남미에서, 동방의 한국에서 많은 시간과 경비를 들여 찾아온다. 입장료 200코루나한화 약 1만 원를 지불하면 도서관과 갤러리를 모두 관람할 수 있는 근사한 입장권을 주는데, 여기서 사진까지 찍으려면 추가로 50코루나를 더 내는데도 아무도 돈이 아깝다는 기색이 없다.

들어가기 전, 먼저 이곳이 어떤 곳인지, 무엇이 유명해서 이렇게 많은 사람들이 찾아오는지 건물 외양부터 쳐다보게 된다. 연한 베이지색의 도서관은 겉으로 보면 2층이지만 다락방까지 3층 건물로서 크지도 높지도 않은 바로크 양식의 오래된 중세 건물 티가 난다. 이름이 널리 알려진 것에 비해 웅장하거나 화려한 장식도 없는 소박한 건물이 어떤 이유로 체코에서 가장 아름다운 도서관이라고 불리는지 약간 의문이 들었다.

출입구 위 파사드 윗부분을 자세히 쳐다보니 타원형 박공지붕 맨 위 한가운데 성모 마리아상이 안치되어 있고, 그 아래 다섯 개 빈칸에는 라틴어 경구가 새겨져 있다.

근사한 디자인의 스트라호프 수도원도서관 입장권.
입장권 한쪽에 철학의 방과 신학의 방 사진이 인쇄되어 있다.

수도사 카사렐이 마련한 '수목학 서가'에 꽂혀 있는 책들.
책등에는 실제 나무에서 서식했던 이끼 같은 것이 피어 있었다.

소박한 바로크 양식의 스트라호프 수도원도서관 파사드.
타원형 박공지붕 한가운데 성모 마리아상이 안치되어 있고
처마 아래에는 라틴어 경구가 새겨져 있다.

RELIGION / PATRIAE / SIONEORVM / PROFECTVI / A
MDCCLXXXIII

무슨 뜻일까? 라틴어사전을 찾아보니 '종교, 국가, 시오니즘을 위하여, 스트라호프 수도회 회원 규칙, 서기 1783년'이란 뜻이다. 1783년이면 전국적으로 수도원 해체령이 내렸을 때다. 그때 이곳만 피해를 면할 수 있었던 복받은 곳이다. 다행히 이곳이 수도승들의 연구중심지로 지정되어 파괴된 건물을 대부분 복구하는 과정을 거쳐 '지금의 도서관으로 새롭게 부활한 기념으로 적어놓은 것은 아닐까' 하고 추측해본다.

마침 이와 비슷한 시기, 동방의 조선에서 정조대왕이 1776년에 세운 규장각이 떠오른다. 그는 척박한 땅에서 젊은 인재들을 모아 개혁정치를 하려고 구중궁궐 속에 도서관을 세웠다. 다만 그곳은 대중을 위한 것이 아니라 선택된 일부를 위해 만든 왕실 전용 도서관일 뿐이다. 반면에 이곳 체코에서는 수도사들과 당시 여행객 등 일반 이용자를 위한 도서관이라는 것이 차이점이다.

도서관 안에서 두 개의 각 방으로 들어가기 전에 로비와 복도가 길게 이어져 있고, 천장에는 화려한 프레스코 벽화가 치장되어 있다. 복도 큰 책장에 펼쳐놓은 대형 성경책과 체코어를 제외한 모든 세계 각국의 언어로 쓴 신학서, 문학서 등은 클레멘티눔으로부터 이전된 것과 1600년부터 최근까지 수집한 것들이라고 한다.

여기서 눈에 크게 띄는 것이 또 있다. 1825년 수도사 카렐^Karel이 마련했다는 '수목학 서가'라고 부르는 커다란 책장은 특별히 눈여

거볼 만하다. 책표지마다 그 나무의 재료를 사용했다는데 섬세함이 돋보인다. 책등에는 실제 나무에서 서식했던 당시의 이끼가 그대로 붙어 있고, 책 내부는 뿌리, 가지, 잎, 꽃, 열매, 가지의 절단면과 때로는 해충이 들어 있다고 했지만 사실인지는 모르겠다.

신학의 방

먼저 들어가보는 '신학의 방'은 1143년 성 스트라호프가 세웠던 바로 그 자리에, 5세기가 지난 1670년 수도원장 힌하임Jeroným Hirnheim이 착공해서 10년간 공사 끝에 1679년 마침내 문을 연 곳이 지금 그대로의 모습이라고 한다.

전형적인 중세 수도원도서관 스타일과 바로크 양식을 혼합한 인테리어와 서가 윗부분에 금박을 입힌 소용돌이 무늬를 한 나무장식으로 곡선의 아름다움을 뽐내고 있다. 천장화는 당시 스트라호프 사제 겸 화가인 노세츠키Siard Nosecky가 12면에 각기 프레스코화로 그렸다. 성서의 예언서와 고대의 지혜와 기독교의 가르침 등을 보여주고 있다지만 세세한 그림 설명이나 안내가 없어서 다소 아쉬웠다.

도서관 건너편 철문 위에 큰 간판처럼 보이는 라틴어 'Initium Sapientiae Timor' 즉 '신을 경외하는 것이 곧 지혜의 근본이다'라는 글귀는 실내의 엄숙함을 자아낸다.

그리고 홀 입구에 들어가면 바로 오른쪽에 고딕 양식으로 보이는 사도 요한의 목상과 눈길이 마주친다. 사도 요한은 왼손에 무언가

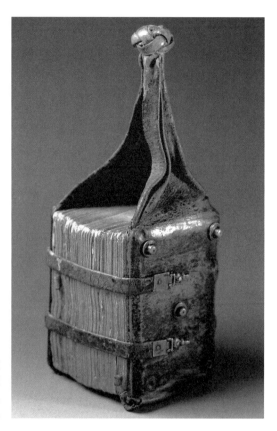

사도 요한이 한 손에
들고 있듯이 중세
수도사들이 여행할 때
허리에 차고 다녔던
'휴대용 책'.

특이한 것을 들고 있다. 무엇일까? 12세기에 활동하던 수도승이나
순례자들이 여행할 때 허리에 차거나 손에 들고 다니던 목각통에
담긴 이른바 '손안의 책'Book in hand이라는 휴대용 책이다.

그런데 예수님과 같은 시대에 살았던 사도 요한이 바로 그 책을
들고 있다. 어디를 다녀오시고, 지금 무슨 고민을 하고 계신지 찌푸
린 표정을 하고 있다. 무엇이 못마땅하신지 자못 궁금해진다.

'신학의 방' 천장 12면에 화가 노세츠키가 그린 프레스코화가 각기 아름답고
선명하다. 이 그림들은 고대의 지혜와 기독교의 가르침을 보여주고 있다.
홀 입구에는 회전식 책상과 휴대용 책을 든 사도 요한의 목상이 놓여 있다.

안으로 들어가면 볼거리가 참 많다. 갤러리 양옆에 있는 서가에는 대형 성경^{Giant Bible}에서부터 각국의 언어로 쓰인 『신약성서』를 비롯해서 큰 책, 작은 책으로 다양하게 제작된 신앙서적 그리고 종교개혁 때 나온 문학서 등 2만여 권의 책들이 빼곡히 차 있다. 시간이 있으면 서가 깊숙이 들어가 자세히 들여다봐야 하는데, 차분하지 못한 근성 때문에 눈길이 가는 다른 곳으로 걸음을 옮기게 된다.

갤러리 한가운데 중세 지구본들이 진열되어 있는 것은 클레멘티눔 갤러리와 매우 유사하지만 거기에 없었던 특이한 물건이 하나 놓여 있다. 갤러리 왼쪽 빈 공간에 있는 옛날 풍금같이 생긴 1678년에 제작했다는 회전식 책상^{Bookwheel}이다. 요즘 어디에서도 볼 수 없는 독특한 책상임에 틀림없다. 마치 물레방아 모양으로 선반 위에 여러 권의 책을 한꺼번에 얹어놓아 이용자가 한자리에서 움직이지 않아도 12권까지 볼 수 있다고 한다.

형태는 이런 모양 말고도 오각형, 육각형도 있다고 하며 통을 돌려도 책들이 떨어지지 않도록 고안해 당시로서는 획기적인 발명품이라 할 수 있다. 15년 전에 방문했을 때는 이 책상이 '철학의 방'에 있었는데 지금은 이곳으로 옮겨놓았다.

철학의 방

신학의 방이 탄생한 지 약 1세기가 지난 1783년, 수도원장 마이어^{Mayer}는 도서가 증가함에 따라 이탈리아 건축가 필리아디^{Giovanni Pilliardi}를 고용해 원래 곡물창고로 사용하던 곳을 리모델링했다. 내부는 노르베르트 수도원에서 가져온 정교하게 새겨진 호두나무 서가를 채우고 '철학의 방'이라고 불렀다.

네오고딕 양식으로 꾸민 홀은 가로 22미터, 세로 32미터, 높이 14미터 규모에 한 폭의 천장화를 그렸다. 두 방을 비교하자면, 신학의 방은 12개의 조그마한 화폭에 나누어 그렸는데, 이 방은 프레스코화로 천장 한 면에 '인류의 지적 발전'Intellectual Progress of Mankind이라는 주제를 나타내 성화와는 다소 거리가 멀었다. 빈에서 온 화가 마울베르츠Franz Maulbertsch가 6개월 동안 단 한 명의 조수와 함께 그렸다는데 그림이 너무 조용하고 엄숙해서 이곳이 과연 옛날의 곡물 창고가 맞는지 잘 믿기지 않았다.

'철학의 방'이라는 이름답게 양쪽 벽의 서가에는 소크라테스, 피타고라스 등 그리스 문명에 관한 인문학 책을 비롯해서 16~19세기 중세의 철학, 역사, 법학, 천문학, 지리 그리고 자연과학까지 포함해 유럽에서 발행된 모든 주제를 망라한 책 5만여 권이 오랜 먼지를 머금고 사방 서가에 빼곡히 차 있다. 중세시대 인문학과 자연과학을 철학으로 통일했던 시대상이 반영된 것이 아닐까 싶다.

이 방 역시 시간을 많이 내서 더 차분히 들여다봐야 하는데 두 방 모두 그렇게 하지 못한 것이 돌아와 생각해보니 아쉬움이 많이 남는다. 대신에 여기까지 와서 '스트라호프의 보물'을 본 것만으로도 도서관을 찾은 보람을 느꼈다.

곡물창고로 사용하던 곳을 리모델링한 '철학의 방.'
천장에는 거대한 프레스코화가 그려져 있다.
마울베르츠와 그의 조수가 '인류의 지적 발전'이라는
주제로 천국과 이 세상을 구현한 작품이다.

스트라호프의 보물들

사실, 도서관에는 일반인들에게 공개하지 않고, 서고 깊숙이 감추어둔 책들이 적지 않다. 수도원에서 수도승들의 손으로 일일이 만든 복음서를 비롯해 금과 보석으로 치장하여 제작한 『스트라호프 복음서』, 15세기 양피지에 붓으로 채색하여 만든 『'염소자리' 별을 표시한 천문 월력』, 1498년 인쇄로 발행된 『무함마드의 일생』과 『아담과 이브의 생활』, 1488년 삽화를 담은 『이솝 우화집』, 2색으로 정교하게 인쇄된 『1485년도 달력』 등도 다른 곳에서는 흔히 볼 수 없는 보물 중의 보물이라 할 수 있다.

이렇게 많은 책이 축적된 스트라호프 수도원도서관은 지금으로부터 70년 전, 1950년 통계에 따르면 3,000권의 필사본과 2,500권의 초기 인쇄간행본을 포함해서 13만 장서를 자랑하던 곳이다. 도서관은 겉만 보고 판단할 일이 아니었다. 그래서 지금도 스트라호프 수도원도서관을 세계에 마음껏 자랑하는 것 같다.

여기서 글을 매듭짓기 전에 보탤 말이 있다. 평소 여행을 좋아하는 둘째 아이가 휴가를 틈타 최근코로나 팬데믹 이전 내가 탐방했던 도서관을 뒤따라 체코 프라하의 스트라호프 수도원도서관을 탐방하고네이버 블로그에 '우들스'로 기록을 남겼다. 아이는 내가 십수 년 전 탐방하고서도 못 본 것을 사진으로 담아온 것이다. 덕분에 이번 책에 새로운 스토리와 좋은 사진을 넣어 글이 더 풍성해졌다.

우리가 시차를 두고 탐방한 스트라호프 수도원도서관뿐만 아니

스트라호프 수도원도서관에서 보관하는 책 가운데 가장 오래된
책인『스트라호프 복음서』. 한 장 한 장을 필사해서
제작했고 표지는 금과 구슬, 칠보로 장식했다.

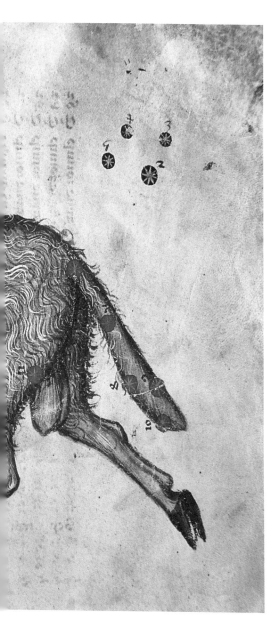

양피지에 붓으로 속털까지 마치
살아 있는 양처럼 세밀하게 그린
『'염소자리' 별을 표시한 천문 월력』.
이 별자리는 남쪽 하늘에서 달마다
자리를 옮긴다.

프라하에서 실제로 사용된 「1485년 6월 달력」.
이와 같은 귀중한 책들은 다른 곳에서는 흔히 볼 수 없는
보물로 모두 도서관 지하서고에 깊숙이 보관되어 있다.

라 상당수의 수도원도서관은 일반적으로 생각하는 도서관이 아니라 1,000년간 학문의 심장부였음을 똑같이 확인한 것도 서로 마음이 통했기 때문일 것이다.

"도서관이 없는 수도원은 무기고^{armory} 없는 성"이라고 했듯이 모두가 중세의 또 다른 궁전이었고, 1,000년을 이어오는 도서관이고 박물관이었으며 학문의 중심부였다. '마음의 요양소'로 출발한 고대 도서관이 어떻게 해서 중세 수도원도서관으로 옮겨왔는지 이해가 간다. 누구든 세계여행을 한다면 마음의 힐링을 위해 이런 도서관을 꼭 한번 찾아보라고 권유하고 싶다.

10 앙코르와트에 가면 도서관이 있다는데

그림 속에 있는 도서관

도서관은 이따금씩 가까이서 또는 멀리서 나를 불러낸다. 어느 날 TV에서 「내셔널 지오그래픽」 채널을 보는데, 마침 르포여행기로 세계문화유산의 하나인 캄보디아 '앙코르와트'Angkor Wat를 소개하고 있었다. 미국인 리포터가 폐허가 된 유적 사이를 누비고 다니며 여기저기 남아 있는 건물 속에서 몇몇 건물을 손으로 하나하나 가리킨다. 이것도 도서관, 저것도 도서관이라고 하면서 당시 크메르인Khmer들의 높은 문화 수준을 장황하게 이야기하고 있었다.

도서관이란 말에 눈이 번쩍 뜨였다. 인류문명의 꽃으로 태어난 도서관이 독자적으로 정체를 드러낸 것은 거의 기원전의 이야기다. 그 후 1,000년이 지난 뒤, 9세기경 동남아지역에서 발아하여 15세기까지 지켜온 앙코르문화에 도서관이 존재했다는 것은 어쩌면 당연한 일이다.

앙코르와트는 캄보디아뿐 아니라 세계에서 가장 크고 아름다운 사원이다.
그곳이 더 아름다운 것은 그 안에 도서관을 감추고 있기 때문일 것이다.

　그런데 지금까지 내가 배워온 도서관 역사에서 앙코르 지역의 도
서관은 없었다. 혹시 있었다고 해도 그 사실을 모르고 지내왔다. 지
금까지 무엇을 공부했는가? 이 찬란한 문화 속에 반드시 함께 있어
야 할 도서관을 의식하지 못하고 지내온 내 자신이 부끄러워졌다.
곧장 도서관으로 가서 저서와 논문자료를 뒤져보고 인터넷으로 검
색해보았지만 구체적인 도서관의 존재와 내용을 확실히 밝힌 자료
를 찾지 못했다.

　하나의 음악이 성립하려면 리듬, 멜로디, 하모니 삼박자가 제대
로 구성되어야 하듯이, 도서관도 건물과 시설, 적절한 장서 그리고

이용자, 세 요소가 구비되어야 비로소 도서관으로 인정된다. 그 옛
날 앙코르와트에도 이런 세 가지 요소를 갖춘 도서관이 있었던가?
과문한 탓일까? 실제로 거기에 가면 도서관이 있다고 하는데 도서
관역사에서 또는 문헌에서는 잘 보이지 않는다. 그렇다면 누군가
어디에 도서관을 감추어둔 것은 아닐까? 이럴 때는 직접 현장을 찾
아가 눈으로 확인해봐야 한다.

　오랜 옛날에 읽은 책이다. 생텍쥐페리의『어린 왕자』에 이런 대사
가 나온다.

사막이 아름다운 것은 어딘가에 우리가 목말라 찾는 샘을 감추고 있기 때문이야.

나는 오래전 대학에서 신입생들을 맞이할 때, 강의 첫 무렵쯤 이따금씩 '어린 왕자'의 말을 써먹었다. 사막의 샘물을 인용한 다음 "도서관이 아름다운 것은 어딘가에 우리가 목말라 찾는 책^{지식과 정보}을 감추고 있기 때문이야. 힘들게 자료를 찾다가 드디어 그것을 발견해 처음 만나보라. 그것이 얼마나 반갑고 고마운 존재인가를…" 하면서.

그런 의미에서 나는 평소 앙코르와트가 참 아름답다고 생각해왔다. 그곳이 더 아름다운 것은 그 안에 도서관을 감추고 있기 때문일지 모르겠다.

이런 기대를 가지고 앙코르와트에 있다는 도서관을 찾기 위해 자료를 뒤적이다가 결국 책 하나를 구했다. 힌두·크메르문명의 전문가 알바네세^{Marilia Albanese}의 『앙코르의 보물들』^{The Treasures of Angkor, White Star, 2006}이다. 그 책에는 도서관에 대한 설명이 있었고 TV에서 소개한 것보다 정보가 훨씬 많았으며 도서관으로 지칭한 건물을 일일이 도면에 그려놓았다. 그것도 한 개가 아니고 두 개가 대칭으로 마주 보면서 서 있다.

그런데 도면으로 볼 때, 도서관을 성^城의 중심부에 두지 않고 별개의 건물을 만들어 수위실처럼 입구에 세워둔 것이다. 격에도 맞지 않은 조그만 건물이 무슨 도서관일까? 의구심이 들 수밖에

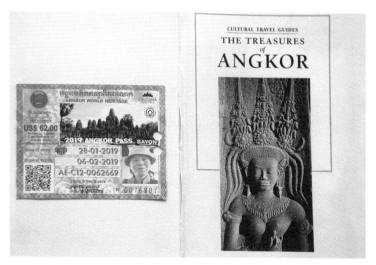

'앙코르 패스' 티켓을 목에 걸고 『앙코르의 보물들』을 항상
들고 다니면서 도서관 정보를 확인했다.

없다.

상식적으로 보면, 도서관은 그 사회의 중심에 랜드마크로 설치한 곳이 많고, 대학이나 특수기관에서는 대학본부 또는 기관 핵심부core 가까이 삼각벨트로 대칭해 건립하는 것이 상례다. 그런데 여기서는 이런 보편적 원칙이 통하지 않았다. 그 사실을 확인하기 위해 직접 현장에 가보는 것이 가장 현명한 방법일 것 같다.

이럴 때 직접 현장에 가면 금방 확인이 가능할 것 같고, 이미 사라진 도서관은 도면으로 표시해놓아 이 책 하나면 유적의 흔적까지도 찾을 수 있을 것 같았다. 세계문화유산도 구경할 겸, 캄보디아행 탑승티켓을 확보해 꿈에 그리던 '앙코르 패스' 티켓을 목에 걸고, 신들이 살았다는 궁전으로 마침내 입성했다.

앙코르 왕국을 기반으로 살아온 크메르인들은 9세기 힌두문명을 바탕으로 세계에서 유례를 볼 수 없는 앙코르문명을 일구어냈다. 세계 4대 문명권에 속할 만큼 독특하게 만든 사원 건축물과 거기에 부수되는 조각상들은 그 스케일과 예술적인 면에서 이 세상 어디에 내놔도 견줄 수 없는 걸작품을 남겼다.

서기 1,000년이면, 세계가 첫 밀레니엄^{millenium}을 맞이했을 때다. 중국과 이슬람문화권 양대 축이 세계의 중심국으로 번영을 거듭했지만, 유럽은 인근의 비잔틴 문화와도 비교가 안 될 만큼 초라한 대륙에 불과했다. '암흑의 시대'를 말해주듯 런던은 도시 자체가 형성되지 않았고, 프랑스 파리는 인구 몇 만 명이 거주할 정도로 작은 도시였다.

11세기 앙코르문명이 한창 번성했을 무렵 앙코르 도성의 인구수가 20만이었다고 하니 당시로서는 엄청나게 큰 도시가 아닐 수 없다. 그들은 반경 50~100킬로미터 안에 거대하고 신성한 도시를 만들어 앙코르 왕궁을 비롯해서 도성을 짓고 사원을 건설해 '신들의 도시'를 만들고 제국의 틀을 완성한 것이다.

나는 평소 벽에 붙여놓은 세계지도를 쳐다보거나 옛 지도를 들추어 보는 것을 즐긴다. 현대지도를 보면 내가 지금 어디에 있는지 알게 되고, 옛날지도를 보면 당시 그 나라의 존재가 세계에 어떻게 비춰지고 있었는지 금방 알게 된다.

9세기, 아랍 등 서방에서 알려진 우리나라는 중국 동쪽 끝에 섬으로 된 '신라'al-Silla라는 나라가 있다는 정도로 인식되었고, 10세기 우리 국명의 기원이 된 '고려'Korea가 918년에 등장했다는 사실조차 거의 모르고 있었다. 13세기, 몽고가 유라시아를 지배하면서 고려를 '솔랑가'Solanga로 불러 지금 몽골이 우리나라를 '솔롱고스'Solongos로 지칭하는 것도 여기서 비롯되었다.

그 전후에는 실크로드를 통해 각국이 문물을 서로 주고받았지만 한반도의 모습은 막연히 추상적으로 그려졌고, 때로는 역삼각형 모양으로 지도에 표시되기도 했다. 마침내 1602년 로마가톨릭교회 선교사 마테오 리치Matteo Ricci가 중국에 머무르면서 목판으로 찍어 낸 '리치지도'라는 곤여만국전도坤輿萬國全圖에 비로소 우리나라의 모습이 제대로 그려지고, '조선'朝鮮이라는 국명이 처음으로 등장했다.

우리는 뒤에 큰 대륙을 지고 앞에는 태평양을 바라보면서 반만년 동안 찬란한 문화를 이어온 위대한 나라라고 늘 말하고 있지만, 그때 세계지도를 놓고 보면 맨 동쪽 변방에서 존재감이 없었던 볼품없는 나라에 불과했다.

우리와 달리 동남아지역 중심부에 있었던 크메르인들은 몇 세기 동안 유례가 없는 앙코르문명을 탄생시키고 세계적인 문화유산을 남겼다. 그러나 이 위대한 나라도 결국 1431년 이웃인 타이 삼족의 침공으로 철저히 파괴되고 말았다. 이때 대부분의 유적은 열대 밀림 속에 파묻혀 사라지고 그 와중에 살아남은 유적 또한 세상을 잊은 채 깊은 잠에 푹 빠지고 만다. 그 뒤 4세기가 흐른 후, 앙코르는 1860년 프랑스 박물학자 앙리 무오Henri Mouhot에 의해 발견되어 세상에 다시 드러나게 되었다.

한때, 세상에서 잊힌 앙코르가 사람들의 놀라움 속에 다시 등장했지만, 그때 발견된 유적들은 철저히 파괴되어 4세기 동안 거의 폐허가 되다시피 했다. 게다가 국가의 무관심으로 강대국 및 도굴꾼에 의해 상당수의 유적들이 유출되고 말았다.

마침내 1992년 유네스코에 의해 세계문화유산으로 지정됨으로써 독일, 일본 등이 이 유적을 복구하기로 했다. 지금도 현장에서 간헐적으로 복구사업을 벌이는 장면을 곁에서 직접 눈으로 보니, 이렇게 광대한 유적 복구를 과연 언제 완성해낼지 그저 막막해 보이기만 했다.

앙코르문명에 의해 조성된 유물 중에서 아직까지 건실한 실물이 남아 있거나, 지금도 부서져가고 있는 건물 잔해, 다 사라지고 오직 흔적만 남은 유적이 한곳 또는 여러 곳에 뒤엉켜 공존하고 있다.

신의 세계를 지상에 구현해냈다는 유산들 중 사원의 이름들이 다소 혼란스럽기도 하다. 앙코르 톰, 바이욘, 프레아 칸, 닉폰, 반테이 스폰 그리고 타프롬 사원 등 여기저기 흩어져 우뚝 솟아 있는 첨탑과 사원 건축물, 그리고 조상물彫像物과 회랑에 두루마리처럼 길게 조각된 각양각색의 장식벽화 등이 모두 섞여 있어서 실제로 그 안에 들어가면 어디가 어딘지 분간하기가 쉽지 않다.

앙코르와트 신전 위에서 내려다본 회랑 뒤의 도서관.
앙코르와트는 '사원으로 만들어진 도시'를 뜻하며,
보통 '신들의 도시'라고 말한다. 크메르인들이 힌두교의 이상을
구현하기 위해 건축한 건물들 속에 거대한 도서관이 자리 잡고 있다.

특히 사라져가는 유적군 속에 타프롬 사원은 건축물들이 나무뿌리에 휘감겨 수백 년 세월을 버티면서 자연과 싸우고 있다. 그 처절한 모습이 불쌍하기도 하고, 마치 거대한 공룡이 발톱으로 사원의 한 자락을 움켜쥐고 있는 것 같아 애처롭기도 하다. 인간의 솜씨가 아무리 탁월하다 해도 자연과 세월 앞에서는 모든 것이 무상함을 느끼지 않을 수 없다.

그중에서도 앙코르문명의 중심부이자 유적지를 한자리에서 조망할 수 있는 포인트는 앙코르와트가 될 수밖에 없다. '사원으로 만들어진 도시'를 뜻하는 앙코르와트는 보통 '신들의 도시'라고 말한다. 앙코르 유적 모두가 크메르인들이 힌두교의 이상理想을 구현한 건축물들이지만, 특히 이곳은 다른 사원보다 규모가 크고 그런대로 보존이 잘 되어 관광객들이 많이 몰리는 곳이다.

폭 190미터, 둘레 5,400미터의 성벽이 에워싸고, 그 사이에 길이 3,600미터나 되는 물이 가득 찬 직사각형의 해자垓子로 사방이 둘러싸여 신전은 하나의 섬이 되어 외부로부터 차단되도록 구축됐다. 그 안에는 540미터의 참배도로에 3겹으로 된 회랑과 높이 65미터의 방추형 첨탑 모양을 한 중심 탑 5개가 서 있다.

이 방추형 첨탑은 극락정토에 비슈누 신이 머무는 메루산을 '수미산'으로 비유하고, 산을 지키는 외벽을 '히말라야 연봉'으로 생각했으며, 둘레를 에워싼 해자는 '무한한 바다'를 상징하는 것으로 표현한다고 했다.

이 타워를 떠받치고 있는 구조물은 각 층마다 의미가 다르다. 1층

자연과 힘겹게 싸우고 있는 타프롬 사원. '브라마의 조상'이라는
의미의 타프롬은 사방이 회랑으로 연결된 구조로 이루어져 있다. 역사와
세월의 부침으로 사원은 자연에게 자리를 내어주고 있다.

은 미물과 짐승을 위해, 2층은 인간을 위해, 3층은 천상의 신을 위해 지어졌다. 용도가 다른 공간이 서로 조화롭게 배치되어 어디서 보아도 장엄하고 아름답게만 보였다. 사원의 천장 또한 아치공법으로 지어져 모양도 놀랍거니와 당시 석공들이 돌에 하나하나 새긴 그림과 조각품은 모두가 섬세하고 웅장했다.

이러한 건물들은 모두 장대한 규모와 함께 공간적 대칭미가 두드러지는 천하의 일품으로, 크메르인들의 수준 높은 건축기술과 종교적 혜안 그리고 방대한 스케일로 신앙적 염원이 담겨 있다. 이 세상에서 누구도 넘볼 수 없는 그들만의 풍부한 상상력이 없었다면 불가능했을지도 모른다.

누구든 특별한 목적 없이 여기에 와서 이것만 보고 돌아가도 찾아온 시간과 노력이 결코 아깝지 않겠다는 것이 나 혼자만의 생각은 아닐 것 같다.

도서관인가? 신기루인가?

그러나 나에게는 천하의 명품을 감상하기 전에 먼저 도서관을 찾아봐야 할 소임이 있다. 이를 달성하기 위해 현장에 도착하자마자 우리를 안내해줄 중년의 한국인 가이드와 캄보디아 현지인에게 미리 준비해간 크메르어^{Khmer}, 힌두어^{Hindi} 그리고 산스크리트어 Sanskrit, 梵語로 '도서관'이라는 단어를 적은 쪽지를 건네주면서, 도서관을 보러온 뜻을 미리 부탁해두었다.

'도서관'을 뜻하는 단어. 왼쪽부터 크메르어·힌두어·산스크리트어.

크메르어는 서기 600년경 동남아지역에서 가장 일찍 태어나 우리 '훈민정음'[1446]보다 8세기 앞선 대선배가 된다. 어원인 산스크리트어를 바탕으로 힌두어가 결합된 문자역사를 가지고 있기 때문에 크메르 유적을 찾으려면 이 세 가지 언어로 쓴 단어가 꼭 필요할 것 같았다.

가이드한테 도서관 안내를 미리 부탁해서인지, 일행들이 입구 가까이 도착하자 그는 쉬운 말로 해설을 시작했다. "저기 높게 보이는 산봉우리가 수미산입니다. 그 왼쪽에 큰 탑이 보이시죠. 그게 천문대고, 오른쪽 맨 끝이 도서관입니다." 그러면서 각 신전마다 독립 건물로 보통 입구 왼쪽에 천문대를 짓고, 오른쪽에는 도서관을 짓는다고 했다.

하지만 이런 말은 처음 들어본 것이어서 사실인지 의심이 갔다. 나중에 책을 확인해보니 어디에도 그런 내용은 없었다. 다만 책에 그려놓은 배치도면을 보면 신전 앞 별관 또는 안쪽 입구에는 두 개의 도서관을 대칭으로 해서 작게 세워두었다. 그러나 좀더 가까이 와서 보니 천문대, 도서관 같은 시설은 어디에서도 보이지 않고, 현지 가이드 두 사람도 딴소리를 했다.

가까이에서 본 앙코르 와트 사원. 왼쪽 타워는 천문대이고 제일 오른쪽
솔방울 타워에서 맨 끝에 있는 것이 도서관이라고 가이드가 설명해주었다.

어쨌거나 가이드가 알려준 도서관은 직접 확인해봐야 한다. 수미산을 목표로 해서 멀리서 본 도서관으로 가기 위해 제2회랑, 제3회랑을 따라 부근까지 다가갔다. 그러나 멀리서 보았던 탑은 구별이 되지 않았고 도서관도 눈에 보이지 않았다. 내가 멀리서 본 도서관은 신기루였던가? 이윽고 신전 중심부에 다다르자 조금 전 가이드가 알려준 도서관은 잊어버린 듯 새로운 도서관을 소개했다. 그것은 멀리서 눈에 익힌 탑이 아니었고 가이드는 수미산을 배경으로 신전 앞에 바짝 붙어 있는 다른 건축물을 손가락으로 가리켰다.

제2회랑에 있는 도서관. 사원 곳곳에 도서관이 많이 자리하고 있지만
호사가들의 구전으로 전해오는 상상의 도서관일지 모른다.

    그리고 거기서 좀더 들어가자, 제2회랑과 제3회랑 곁에 조금 전
보았던 것과 또 다른 형태의 건물을 지칭하면서 이것도 도서관이라
고 말해주었다.

    결과적으로 나는 한자리에서 여러 개의 도서관을 보고 있는 것이
다. 웬 도서관이 이렇게 많이 있지? 여기가 도서관 천국이었던가?
아무래도 이건 아닌 듯싶다. 아마도 호사가들의 구전으로 전해오는
상상의 도서관일지 모른다.

    프랑스 발굴 팀이 처음 여기에 와서 한 건물의 유적을 조사하다

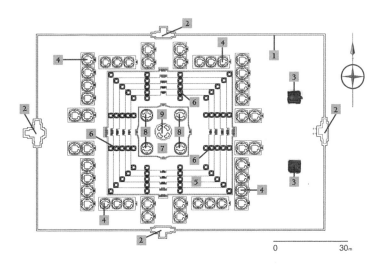

프놈바켕(Phnom Bakheng) 사원. 3번이라고 표시된 두 건물이 도서관이다.

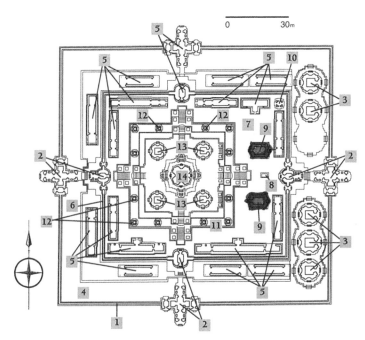

각 신전 앞 또는 입구에는 예외 없이 두 개의 도서관(9번)을 초소처럼 각각 세워두었다.

가 천문 관련 유물이 나오자, 아무 검토도 없이 여기가 '도서관'이라고 했다는 말도 사실을 확인할 수 없다.

다시 가이드에게 가서 아까 보여준 크메르어, 힌두어, 산스크리트어로 적은 쪽지를 건네주면서 "혹시 이런 글과 관련된 건물을 안이나 밖에서 본 일이 있거나 누구한테 들은 적이 있는가?"라고 다시 물어보았지만, 신통한 답변이 없었다. 어쩌면 이들은 이 문자를 이해하지 못하는 것 같았고, 도서관에는 별 관심이 없는 것 같았다. 다시 물어보니, 그저 자기들은 가이드교육 때 구체적으로 전달받지 못했다고 실토했다.

알바네세의 『앙코르의 보물들』을 다시 꺼내본다. 그의 책에는 크메르왕조가 600여 년 문화강국으로 군림할 때, 서기 900년경 프놈바켕Phnom Bakheng에 세운 신전과 961년 쁘레룹Pre Rup, 968년 반테이스레이Banteay Seri, 1,000년경 따께오Ta Keo 등 10여 개의 신전에는 모두 별개의 도서관이 있었고, 그것도 한 개가 아닌 두 개를 대칭해 세웠다고 도면을 표시해서 증언했다.

그러나 이를 고증해줄 근거나 입증할 만한 관련 자료가 어디에도 없었다. 심지어 책에 인용된 56개 '참고문헌'reference에도 도서관을 기술한 어떠한 논문이나 저술기록이 없다는 것에 의문이 남을 수밖에 없었다. 결국 도서관은 심증心證으로만 여러 개 남아 있을 뿐, 물증物證으로 증명할 수 있는 건물은 단 하나도 확인하지 못했다.

사라진 도서관

약 1,000년 전, 12세기 앙코르문화가 한창 꽃피울 시절, 유럽은 그리스·로마문화의 한계성을 벗어나 새로운 활력을 찾기 위해 지중해문명을 발전시키고, 실크로드를 통해 상업활동을 시작했다. 11세기 십자군전쟁과 그 후 14세기 유행한 흑사병 등으로 유럽인구의 절반이 사라지는 참혹한 시절이었음에도 각지에 수도원이 생기기 시작했다. 거기서 책을 사본하고, 그곳이 비록 다락방일지라도 도서관을 만들었다.

마침내 르네상스의 새로운 기틀을 마련한 근대적인 도시가 곳곳에 생기고, 로마의 볼로냐대학, 파리의 소르본대학, 영국의 옥스퍼드와 케임브리지대학 등이 정착하면서 대학들은 폐쇄된 수도원도서관을 인수하여 대학도서관을 출발시킴으로써 세상은 달라지기 시작했다.

이 시기는 서구에서 대학이 탄생하여 책을 통해 학생들에게 새로운 학문을 가르치고, 대학도서관이 등장하여 문화가 격변하는 때였다. 그러나 앙코르의 찬란한 유적을 완성할 수 있었던 것은, 유럽보다 훨씬 전 서기 600년경에 그들만의 독특한 문자와 건축물을 가지고 있었기 때문이다. 엄청난 도성을 설계하고 신전을 구축하려면, 여기에는 반드시 문자와 기록이 수반되어야 하고, 기록된 자료를 수집하고 관리하는 도서관이 확보되어 있지 않으면 도저히 불가능한 일이다.

하지만 지금 현장에서 보고 있는 도서관은 도면에서 지적한 대로, 사진으로 보여준 대로, 그리고 가이드가 임의적으로 알려준 대로, 그것이 도서관일 수도, 아닐 수도 있다. 다만 거기에 소장했던 장서나 인력과 활동 그리고 이용자에 관해서 아무런 준거자료가 남아 있지 않아 진실한 도서관은 보이지 않고 껍데기만 보인다는 데 문제가 있다.

그 이유를 나는 이렇게 해석하고 싶다. 앙코르 유적이 그동안 방치되어 폐허가 된 것은 어느 권력자 또는 독재자가 도서관을 지목해 이를 철저하게 파괴하고 은폐했기 때문이라고 본다. 역사적으로 권력자에게 책과 도서관은 언제나 나약한 존재였고, 만만한 상대여서 자신에게 적의를 품은 책들은 시기를 초월하여 무참히 짓밟혀왔던 것이다.

근대 도서관의 요람, 알렉산드리아도서관을 카이사르와 또 여러 군대가 파괴한 이후에도 도서관은 탄압의 대상이 되어 존재가치를 무시당한 채 하나하나 사라져갔다. 진시황의 분서갱유와 같은 악행은 동서양을 가리지 않고 반복되어 십자군전쟁 때도, 아랍전쟁에서도 승자에게 거슬리는 책들은 모두 불태워 없앴다. 심지어 제3국의 책들일지라도 사상적·종교적으로 배치되는 책과 도서관은 피해를 면할 수 없었던 것이 인류 역사의 한 단면이다.

10여 년 전, 가톨릭의 성지 바티칸을 탐방한 일이 있다. 그 안에는 일반인이 접할 수 있는 22개의 크고 작은 시설물과 9개의 박물관, 그리고 2개의 도서관이 별도로 있다. 그중 교황청도서관^{Apostolic}

Library 서고와 비밀문서고Secret Archives, 지금은 사도문서고Apostolic Archive로 부름 출입은 일반 관광객에게 허용되지 않는다. 그럼에도 한국에서 유학 온 한윤식 신부님의 배려로 사도문서고를 제외한 수리 중인 도서관 일부만이라도 본 것은 큰 행운이었다.

입구로 들어가자 오른편 벽면 전체에 도서관 그림 10개를 칸마다 가득 채워놓은 것이 두 눈을 긴장시켰다. 대부분 처음 들어보는 생소한 이름이고, 몇 도서관은 텍스트에만 소개될 뿐 지구에서 이미 실물이 사라진 도서관들이었다. 이 세상에서 결코 볼 수 없는 도서관 그림을 차례대로 이름 붙이자면, 왼쪽에서부터 헤브리아도서관, 바빌로니아도서관, 아테네도서관, 알렉산드리아도서관, 로마도서관, 히에로솔라미타누스도서관, 체사리아도서관, 아포스톨로룸도서관, 폰티피쿰도서관 등 10개 도서관이다.

특정 목적을 가지고 태어난 도서관이 어느 때는 파라오가 아끼는 '영혼의 요양소'로 애용됐고, 한때는 수도사들의 사랑을 받았으며, 또 어느 시기는 학문활동의 중심지로 활용되었다. 그러나 그때마다 사라진 도서관들이 언제, 어떻게 태어나서, 어쩌다가 이 지구에서 소문도 없이 사라졌는지 아무도 모른다.

이러한 도서관들이 모두 다 어디로 갔단 말인가? 흔적도 없이 사라진 도서관이 어디 바티칸 안에서 잠자고 있는 그림뿐이겠는가? 동양의 앙코르와트에서 사라진 도서관만 가지고 애석해야 할 일은 아니다. 그것을 밝혀야 할 후학들이 못 밝히고 있는 아쉬움과 함께, 우리 기억에서 점차 사라지고 있다는 것이 더 안타깝다.

다시 앙코르로 돌아와 생각해본다. 앞의 기록을 유추해볼 때, 9세기 이후 문화 강국으로 꽃을 피웠던 이곳에도 분명히 도서관이 존재했을 것이다. 다만 우리가 눈앞에 도서관을 두고도 실체를 파악하지 못하고 있을 뿐이다. 그것이 언제 파괴되고, 어떻게 훼손되었는지 미궁에 빠져 있는데 그저 '자료 부실'로만 해명해도 될지 모르겠다.

이와 같이 도서관을 파괴하는 행위는 그 후에도 무수히 진행되었다. 1976년 크메르 루주_{캄보디아의 급진좌파 무장단체}의 수장 폴 포트^{Pol Pot}는 피비린내 풍기는 독재정치를 하면서 '종이전쟁'을 선포해 캄보디아의 종이와 책을 거의 말살했다. 그들은 오래된 필사본이나 외국에서 들어온 책들을 '이 세상에 있어서는 안 될 원수'로만 생각한 것이다.

그때 사라진 책들의 현황이 최근에 프랑스의 한 학자에 의해 공개되었다. 폴 포트와 그 일당은 문화유적과 불교서적들을 모두 태우고, 5,857개 학교, 1,987개 사찰, 108개의 회교사원과 교회, 796개의 병원을 파괴했다. 검은 옷을 입은 젊은이들이 도서관에서 미친 듯이 책을 끌어내어 도서관 안마당에 책으로 산을 만들어 불질러버렸다. _{뤼시앵 폴라스트롱, 『사라진 책의 역사』, 동아일보사, 2006}

어디 폴 포트뿐이겠는가? 무지한 독재자들, 전쟁광들은 모두 책을 불사른 인류의 적이다. 인류의 지혜로 창조한 값진 책들이, 그리고 인간과 영원히 함께 갈 도서관들이, 이렇게 사라져버려도 과연 우리 지구는 무사할 것인가?

그 찬란한 문화유산 속에서 다 파괴되고 불타 없어진 도서관 앞에 서서, 나는 시인 하이네의 말 그대로 "책을 불태우는 곳에서는 결국 인간도 태우게 될 것이다"라고 읊조려 보았다. 그러다 불현듯 생텍쥐페리의 『어린 왕자』에서 내 마음을 다스릴 수 있는 어린 왕자의 마지막 말이 생각난 것은 아이러니가 아닐 수 없다. 여기까지 도서관을 찾으러 온 내가 결국 하나도 확인하지 못한 것을 스스로 위로하면서, 이제는 핑계 삼아 왕자의 말을 그대로 써먹어야 할 것 같다.

눈으로 찾을 수 없으면, 마음으로 찾아야 해…

11 다시 만나고 싶은 안나 아말리아
공작부인 도서관

지도^{map}가 인류의 위대한 발명품으로 평가받는 것은 이것 한 장이면 세계 어느 곳이든 다 찾아갈 수 있을 뿐만 아니라 내가 서 있는 공간이 어디인지를 금방 알 수 있으며, 그 안에는 나의 존재가 보잘것없는 하나의 점^{dot}이라는 사실을 가르쳐주고 있기 때문이다.

도서관이 인류가 만든 위대한 발명품인 것은 거기에 온 세계가 다 들어 있고, 인간이 걸어온 역사가 모두 담겨 있어 내가 아무리 잘났어도 그 속에 들어가면 나의 존재는 티끌 같은 점 하나이기 때문이다.

도서관은 건물이 크고 작음을 떠나 책이 많고 적음을 떠나 시간과 공간을 초월하여 아날로그로, 디지털로 마음껏 접근할 수 있다. 지구 어디서나 도서관을 통하면 필요한 정보와 원하는 지식을 구할 수 있고, 동서고금의 산 사람, 죽은 사람 모두 만날 수 있을 뿐만 아니라 그들이 남겨놓은 흔적까지 다 들여다볼 수 있다.

나는 이 책을 마무리하기 전에 다음 세 곳의 도서관을 둘러보려고 한다. 한 번 가본 일이 있어서 좀 익숙할 것 같은 독일 바이마르의 안나 아말리아 공작부인 도서관Herzogin Anna Amalia Bibliothek과 한국인 건축가 이은영 교수가 설계한 독일 남부의 슈투트가르트 시립 도서관Stadtbibliothek Stuttgart이다. 그리고 아는 이는 없지만 지도 하나를 들고 간다면 세계 어디인들 못 갈 곳이 없다는 생각에서 결정한 곳이 있다. 바로 아일랜드 더블린에 있는 트리니티칼리지 도서관Trinity College Library이다.

이 세 도서관은 워낙 명성이 자자해서 놓치면 안 되겠다 싶어 이 책을 준비하기 위해 둘째 아이와 함께 답사하기로 일정을 잡았다.

불에 타버린 세계 7대 아름다운 도서관

독일의 고전 도시이자, 1998년 유네스코 세계문화유산으로 지정된 도시 바이마르에 지은 지 260년이나 된 안나 아말리아 공작부인 도서관에서 2004년 9월 2일 저녁 큰 화재가 일어나 세계적인 뉴스가 된 일이 있었다. 처음에 나는 불이 난 도서관을 '강 건너 불구경'처럼 구경만 하다가 마음이 동하여 불이 난 다음 해 6월 그곳을 직접 가보기로 작정하고 먼 길을 나섰다.

화재는 이미 지나간 일이어서 당시의 급박했던 상황은 볼 수 없었고 도서관 전면에 큰 장막을 치고 거기에 큰 글씨로 쓴 "안나 아말리아를 구해주세요"Hilfe für Anna Amalia라는 애달픈 구호가 가슴을 아프게 했다.

2004년 화재로 장막을 친 안나 아말리아 공작부인 도서관 외관.
거의 손상되었지만 2007년 원래의 모습을 되찾았다.

안나 아말리아 공작부인 도서관 로코코 홀. 2007년 복구가 완료되어
옛 모습을 되찾았다. 1766년경 독일 왕궁의 많은 도서들이
이 도서관으로 옮겨졌다. 1797년부터 괴테가 관장을 맡았는데
그의 재임 기간 동안 보유 도서의 양이 12만 권까지 늘어나
독일에서 가장 중요한 인문학 도서관 가운데 한 곳이 되었다.

직접 도와주지는 못하지만 도서관을 만든 부인은 어떤 사람이었을까? 가까이 다가가 위로라도 해주고 싶었다. 물론 지금은 이 세상 사람이 아니어서 만날 수는 없지만 그녀가 만든 도서관을 찾아가 본다면 다소 위안이 될 듯싶었다. 그래서 쓴 책이 『지상의 아름다운 도서관』, 제9장 「안나 아말리아를 구하자!」한길사, 2006였다.

안나 아말리아, 그녀는 누구인가?

안나 아말리아는 지금으로부터 280년 전, 1739년 독일 바이마르 근처 볼펜뷔텔의 한 영주의 공주로 태어나 일찍 아우구스트 2세 공작과 결혼하여 공작부인이 되었다. 부인은 평소 책을 좋아했고, 문학과 음악을 즐겼으며, 지적 용모까지 갖춘 아름다운 여인으로 알려져 있다.

특히 시와 문학을 통해 괴테Johann Wolfgang von Goethe와 친분을 쌓아, 1797년부터 1832년 괴테가 그곳에서 생을 마칠 때까지 도서관장직을 맡도록 하여 독일 최고의 인문학 도서관을 만들었다.

도대체 어떤 사람이기에 개인이 혼자서 그것도 스물두 살 나이에 도서관을 만들었을까? 이런 도서관을 만든 공작부인은 어떤 인물이고, 어떻게 자라서 세계 7대 아름다운 도서관을 만들었는지 알고 싶은 마음에 안나 아말리아의 인물 조사부터 시작했다.

그녀가 어릴 때부터 좋아하던 할아버지 아우구스트 공작이 바이마르에서 멀지 않은 곳에 살아 소녀 시절에는 주로 할아버지 밑에서 많은 시간을 보냈다고 한다. 동시에 할아버지는 자신의 이

안나 아말리아
공작부인의 초상.
책을 사랑했던
그녀는 스물두 살에
도서관을 지었다.

름을 단 세계적으로 유명한 볼펜뷔텔도서관Herzog August Bibliothek
Wolfenbüttel을 가지고 있었고 부인은 그곳에서 많은 것을 보고 자랐
기에 식견이 높았을 것으로 추측된다. 때문에 성장하면서 그녀도
할아버지처럼 훌륭한 도서관을 가지고 싶었을 것이다.

그녀는 자라서 열일곱 어린 나이에 병약한 아우구스트 2세 공작
과 결혼해 공작부인Herzogin이 되었다. 하지만 2년 후 열아홉 살이

던 해, '7년 전쟁'에 출정한 남편을 일찍 여의고 만다. 결혼생활 2년 동안 두 아들을 두었지만, 홀로 남은 부인은 만인의 지도자가 되기를 선언하고, 1761년 자신이 개인 저택으로 사용하던 초록성^{Green} $_{Castle}$을 개조하여 도서관을 만들었다.

'세계 7대 아름다운 도서관'으로 평가받는 독일의 중추적인 인문학 도서관을 만든 데는 그녀 나름대로의 철학이 있었다. 즉 세 가지 액션 플랜$^{action plan}$을 가지고 있었던 것이다.

먼저 그가 생각한 지론은 첫째, 먼저 자기가 살던 성을 가장 아름답게 도서관으로 개조하는 것이다. 둘째, 좋은 책이 있다면 돈을 아끼지 않고 무조건 다 모으기로 한다. 셋째, 인재들은 도서관으로 자연스럽게 모여들 것이다. 이 단순한 생각을 실천해본 것이 그대로 적중한 것 같다.

부인은 1, 2단계를 자신의 의지대로 아낌없이 실행했다. 3단계는 사람들이 저절로 도서관을 찾아오는 것인데 이 단계에서 처음 만난 사람이 바로 세계적 대문호 괴테다. 괴테는 여기서 35년간 머물면서 독일 최고의 인문학 도서관을 만들었고 그의 일생에서 가장 행복했던 시기가 이곳 바이마르에 머물렀을 때라고 그의 책에서 밝힌 바 있다.

내가 여기서 공작부인의 사생활까지 다시 들추면서 관심을 가지는 까닭은 아주 단순한 데 있다. 그녀는 나보다 꼭 200년 앞서 태어난 동갑내기이기 때문이다. 200년의 시차를 두고 같은 해에 태어났지만, 나와 그녀는 도서관의 사명과 기능을 잘 이해하고 도서관을 매우 좋아한다는 공통점이 있다. 그녀는 사교적 인물로 일생을 활달히 살았지만 단지 68세[1807년]까지밖에 못 살았고, 나는 무덤덤하게 인생을 살고 있지만 아직도 건강한 삶을 유지하고 있다는 조그만 차이밖에 없다.

가령, 2세기 시간 차이를 바꾸어, 그녀가 나였고 내가 그녀였다면 세상을 어떻게 살았고 도서관을 어떻게 생각했을까? 그때 내 자신이 거기에 있었다면, 스물두 살에 과연 도서관을 만들고, 책 속에서 문학과 예술에 심취할 수 있었을까? 내가 설령 명예로운 귀족이었고 돈이 있었다고 해서 그녀만큼 도서관을 생각하고, 책을 사랑할 수 있었을까?

이처럼 젊은 나이로 어떻게, 무슨 이유로, 아무도 꿈꾸지 못한 도서관을 만들려고 생각했을까? 조선의 정조대왕이 이보다 15년이나 뒤진 1776년에 도서관을 생각하고 규장각을 세웠으니 말이다.

나는 도서관을 통해 전달되는 260년 전 그녀의 행적을 보면서 스스로 자문해본다. 그렇다면, 2세기가 훨씬 지난 후 세상은 무엇이 달라졌고, 도서관은 얼마나 변했으며, 사회적 관심은 어떻게 바뀌었는지 자꾸 궁금해졌다.

이제 도서관 복구는 말끔히 끝났다. 2007년 10월 24일, 공작부인 탄생 268주년 생일날에 맞추어 궁전의 문을 다시 연 것이다. 그 후 연간 방문객이 50만 명을 넘어 지금은 9만 명으로 제한한다고 16년 전 함께 여행했던 페터 선생 부인으로부터 그곳의 소식지를 받았다. 그때 의미 있는 여행으로 강력한 인상을 받았던 도서관에 한 번 더 찾아가기로 마음먹었다.

특히 그곳을 다시 탐방하려는 이유는 화재로 인해 꼭 보아야 할 것을 놓쳤고, 짧은 시간에 보지 못했던 것을 여유 있게 한 번 더 보고 싶어서였다. 먼저 불이 난 건물 벽과 천장 등이 화마의 큰 상처에서 잘 아물었는지 보고 싶다. 거의 타버린 로코코 홀Rococo Hall은 옛날 사진에서 보던 것과 어떻게 달라졌는지 확인해보고, 소실된 5만 권의 책은 볼 수 없지만 불과 물속에서 손상된 6만 2,000권은 상태가 어떠한지 알고 싶었다.

여기에 보고 싶은 것이 또 있다. 책 표지에 붙어 있다가 불 속에서 살아난 '도서관 장서표' 즉 엑스 리브리스ex libris, 라틴어로서 자신이 소유한 책마다 자신의 성명이나 가문의 문장을 종이 또는 금속판에 찍어 책 표제지에 붙여놓는 장서표이다.

불길이 지나간 뒤, 거기서 건져낸 책 중에서 표지는 이미 타버리고 재만 쌓인 책이 많았다고 했다. 시커먼 재를 살며시 걷어내자 순금으로 붙여놓은 엑스 리브리스 'AA'안나 아말리아의 이니셜 두 글자가 덜 탄 책 위에서 반짝반짝 황금빛을 띠고 자기를 쳐다보고 있어 갑자기 눈물이 났다는 말을 그때 안내인에게 직접 들었기 때문이다.

지금 근대적 도서관에서는 모두 '장서인'이란 도장 하나로 대체해 쉽게 볼 수 없는 현상이지만, 중세 이후 책이 귀하던 시절 왕실도서관이나 귀족도서관에서 소장했던 책에서 흔히 보던 장서표다. 안내인이 눈물을 흘리며 감격했던 그 실물을 나도 한번 만나보고 싶다.

그리고 괴테가 평생을 도서관에서 보내면서 펴낸 자신의 노작 『파우스트』 원고 완판본[1854]과 마틴 루터의 독일어 『성서』 번역본 초판본[1534]을 자세히 들여다보고 싶다. 그리고 그때 지하서고 깊숙이 나를 이곳저곳 데리고 다니면서 친절하게 안내해준 『노트르담의 꼽추』의 콰지모도를 닮은 나이 드신 사서는 아직도 건재하신지, 그분도 한번 만나보고 싶다. 그때 제대로 인사도 못 드리고 나온 것을 이번에 만나면 조그만 선물이라도 준비해 고마움을 전해야겠다.

한국인의 얼이 담긴 '책의 신전'

이왕에 독일까지 가게 되면 슈투트가르트 시립도서관을 찾아보아야 한다. 2013년 CNN 웹 사이트 선정 '세계 7대 아름다운 도서관'으로 알려져 있고, '책의 신전'[Büchertempel]이라는 애칭까지 붙어 있는 곳이다.

도서관은 재독 한국인 건축가 이은영 교수가 설계한 건물로 당시 7,900만 유로[약 1,170억 원]을 들여 12년 공사 끝에 2011년에 완공된 건물이다. 독일의 남부 한복판에 있는 흰색 정육면체 건물인데 한 변이 45미터에 유리블록을 쌓아 네 방향 각 면에 사각형 유리창을 81개[9층×9열] 내어 단순하면서도 절제된 아름다움을 보여준다.

내부 또한 전체를 순백색으로 해서 우리 민족의 얼을 구현해낸 것이 아닌가 한다. 모두 지하 3층, 지상 9층 건물로 층마다 기능이 독특하다. 우선 정육면체 사각 건물에 각 면 중앙에 문을 달아 소통의 길을 마련해놓았다. 마치 조선시대 한양 도성에 쌓은 성벽을 동서남북으로 뚫어놓은 사대문을 모티프로 한 것처럼 말이다.

실제 도서관 동쪽 현관은 24시간 개방하여 안으로 들어가면 '잠못 드는 사람을 위한 도서관'이 기다린다. 여기에는 소량의 도서를 비치해 개방시간 이외에 이용할 사람을 위해 24시간 개방해둔 것이다.

지하공간에는 300명을 수용할 수 있는 대형 강당이 있고, 1층 로비에는 층별 안내소와 만남의 장소와 신문열람대가 있다. 2층은 음악도서관, 3층은 어린이도서관, 4층은 일반열람실이 있다. 5층부터 9층까지는 위로 올라갈수록 넓어지는 역삼각형의 열람공간이고, 19층은 아트센터와 카페가 있어 자신의 그림을 전시할 수 있으며 그림을 대여받을 수도 있다고 한다.

건축물의 묘미는 1~4층 중앙을 빈 공간으로 만들어 밑바닥 한가운데는 항상 물이 흐르도록 한, 도서관의 심장^{Das Herz}으로 불리는 명상의 공간이다. 보통 "대학의 심장은 도서관이다"라고 하는데 여기서는 도서관에 심장이 따로 있다. 무슨 뜻일까? 아무래도 이 기회에 이은영 교수를 만나 한번 물어보고 싶다.

또 하나 정방형 모습의 도서관 외관도 놓칠 수 없다. 언뜻 보기에 좀 단조로운 듯하지만 9층 건물 맨 꼭대기 동서남북 4면에는 세계 각 문화권에서 뽑은 4개어^{동양문자 2개, 서양문자 2개}가 적혀 있다.

한글 '도서관' 글자를 포함하여 영어 'Library', 독일어 'Bibliothek', 아랍어 'مكتبة'가 새겨져 있어 동서양의 도서관이 사방으로 빛을

정방형의 슈투트가르트 시립도서관 외양. 사방에 적힌 네 글자 가운데
한글로 적힌 '도서관' 글자가 선명하다. '책의 신전'이라고 불리는 이 도서관은
운영시간 이외에 방문하는 사람들을 위해 동쪽 현관을 24시간 개방한다.

역 피라미드 구조를 한 슈투트가르트 시립도서관 내부. 1층부터 4층까지
건물 한가운데가 빈 공간으로 뚫려 있고 밑바닥에는 항상 물이 흐르고 있다.
일생에서 꼭 한 번 가볼 만한 가치가 있는 아름다운 도서관이다.

사진제공: 이은영

발하고 있다. 독일 남부 한복판 슈투트가르트에서 고개만 들면, 우리 한글로 쓴 도서관을 볼 수 있다는 것만으로도 자랑스럽지 않을 수 없다. 이런 도서관은 일생에 꼭 한 번 가볼 만한 가치가 있는 곳이다.

책 한 권 보기 위해 관광객이 들끓는 도서관

먼 길을 나선 김에, 마지막으로 아일랜드의 수도 더블린에 있는 트리니티칼리지 도서관을 추가하기로 했다. 이 도서관이 소장하고 있는 아일랜드의 국보이자, 2014년 유네스코 세계기록유산으로 지정된 『켈스의 복음서』The Book of Kells, 대부분 『켈스의 서』라고 부른다를 보기 위해 연간 50만 관광객이 몰리는 세계에서 아주 유명한 도서관이다. 책 한 권을 보기 위해 이렇게 많은 사람들이 모여 들다니!

이 책은 복음서 필사와 채색에 평생을 바친 성 컬럼바St. Columba의 작품으로 알려져왔다. 그는 왕의 지시를 어기고 복음서를 무단 필사하여 아이오나섬으로 도망가 다른 수도승들과 함께 책을 완성했다. 내용은 복음을 목적으로 기독교의 4대 복음서인 「마태복음」 「마가복음」 「누가복음」 「요한복음」과 예수의 전기biography와 몇몇 텍스트를 라틴어로 번역하여 수도승들이 한 장 한 장 손으로 그린 필사본이다.

그 후 책은 스코틀랜드에서 바이킹족의 약탈을 피해 아일랜드 더블린의 북서쪽에 있는 켈스 지방으로 옮겨지면서 『켈스의 서』라는 이름을 갖게 되었다. 그렇지만 책 이름과 달리 책에 기술된 내용은

『켈스의 서』표지.
복음서 필사에 평생을
바친 성 컬럼바의
작품으로 중세기에
만든 가장 빼어난
필사본 중 하나다.

켈스 지방과는 아무 상관이 없다고 한다.

이 책은 중세기에 만든 가장 빼어난 필사본으로, 재료는 가장 귀하게 평가받는 벨럼$^{vellum, 송아지 가죽}$으로 만든 바탕에 아름다운 채색 그림과 함께 페이지마다 장식적인 문양과 '첫 글자'마다 이슬람미술을 닮은 화려한 기하학적 무늬로 구성되어 있다. 중세 그리스도 신앙을 대표하는 필사본으로서 책의 예술성과 아름다움은 중세미술의 가장 위대한 작품의 하나로 평가받기도 한다.

거기에다 책을 더욱 유명하게 만든 것은 화려한 채색을 한 큰 페이지가 우선 한몫한다. 뿐만 아니라 각 복음서 도입부에서 저자들의 상징물과 예수의 초상과 아기 예수를 안은 성모의 초상, 예수가 사막에서 사탄에 의해 시험에 드는 장면 그리고 예수가 체포되는 장면을 담고 있는 삽화 등은 이 책의 백미라 할 수 있다.

그 후 이 책은 서양 캘리그라피의 최고 걸작으로 평가받았고, 책의 품평을 전문으로 하는 어떤 작가가 "이 책은 사람의 작품이 아니라 천사의 작품이라고 믿어도 좋다"고 할 정도이니 책을 직접 보지 않고 상상하는 것만으로도 감동에 젖어 일생에 꼭 한 번은 봐야 할 것 같다.

이런 이유로 많은 사람들이 오직 『켈스의 서』를 보기 위해 이곳까지 오지만, 사실은 이보다 더 희귀하고 귀중한 책들이 많다는 사실은 잘 모르고 있다. 이를테면, 아일랜드에서 가장 오래된 양피지에 기록된 복음서를 비롯해 아일랜드에서 발견된 가장 오래된 『신약성서』인 「아마 복음서」Book of Armagh, 「더로 복음서」Book of Durrow, 「디마 복음서」Book of Dimma, 「어서 복음서 2편」Book of Usserianus Secundus, 그리고 이집트 파피루스 컬렉션, 아일랜드 역사문서와 윌리엄 예이츠, 사뮈엘 베케트의 자필원고 등 6세기부터 9세기 필사본을 소장하고 있다. 이처럼 세상에 무엇과도 바꿀 수 없는 인류의 귀중한 보물이 있기에 대학이 더 유명해졌다고 봐야 할 것 같다.

참고로, 일반 관광객들이 관람하고 있는 대부분의 귀중본들은 1990년대 초 스위스에서 제작된 복제본이다. 책의 원본은 'MS58'

로 분류돼 도서관 구관^{Old Library} 특별서고에 보관하고 있다.

도서관 방이 길어서 '롱 룸'

나 역시 이와 같은 진귀한 책에 흥미를 가지지 않을 수 없다. 하지만 이보다 더 관심이 가는 것은 대학도서관 '롱 룸'^{The Long Room}에 한번 들어가보는 것이다. 책 한 권이 종교사적으로, 예술사적으로 더 높은 가치가 있을 수 있다. 그럼에도 불구하고 도서관 건축을 살펴온 내가 여기서 보고 싶은 것은 아무래도 책보다 거기에 설치된 롱 룸이다.

우리나라에서 임진왜란이 일어났던 1592년 영국 엘리자베스 1세에 의해 아일랜드 더블린에 설립된 트리니티칼리지^{Trinity College,} Trinity는 기독교 교리에서 성부·성자·성령을 뜻하는 '삼위일체'를 말한다. 세계에서 이 이름을 가진 대학은 이곳 외에도 영국 옥스퍼드대학교, 케임브리지대학교를 비롯해 런던과 미국 보스턴 그리고 호주 멜버른 등 10여 개가 넘어 다른 대학과 혼동할 수 있다는 성공회 신앙을 홍보하기 위해 설립되었다. 가톨릭이 대세인 나라에 태어난 이 대학도 처음에는 환영을 못 받았지만, 결국 앵글로색슨 칼리지 중 최고의 권위를 자랑하고 있다.

대학이 개교한 지 8년 후, 1601년에 세워진 도서관은 당시 대부분의 도서관이 그랬듯이, 인쇄본 30권과 필사본 10권의 작은 도서관으로 출발했다. 그 후 확장에 매진하여, 영국 케임브리지대학 렌 도서관^{Wren Library}을 모방한 이중 아케이드 위에 얹힌 긴 사각형의 도서관을 세웠다. 길이 64미터, 폭 23미터, 높이 15미터로 갤러리

아일랜드에서 가장 큰 도서관인 트리니티칼리지 도서관의
'롱 룸'. 서가에 표시된 분류기호와 서가를 따라 대리석 흉상들이
나란히 놓여 있는 모습이 이채롭다. 열람실이 아닌
관람객들을 위한 박물관으로 사용되고 있다.

서고 높은 곳의 책을 찾으려면 사다리를 반드시 이용해야 한다.
롱 룸에는 열람 빈도가 아주 낮은 책들만 보관하고 있다.

가 '롱 룸'이라고 부르는 이 방은 책 보관과 열람실을 겸용해 겉으로는 수수해 보이지만 내부에 들어가면 독특한 분위기를 자아낸다.

갤러리에는 많은 책을 보관하기 위해 긴 벽에 서가를 90도 각도로 배치해 양쪽 벽에 퇴창을 단 조그만 열람실 20개가 있다. 그리고 큰 열람실의 북쪽 서가에는 A에서 W까지 기호를 표시하고, 남쪽에는 AA에서 WW까지 표시했다. 또한 2층도 한쪽에는 a에서 o로, 다른 쪽에는 aa에서 oo식으로 지정해놓았다.

다른 책들도 이런 방식으로 분류기호를 붙여두고 1830년까지 사용했지만 지금은 분류기호의 흔적만 기둥에 그대로 남겨두었다. 이에 준해 지금 롱 룸에는 초기 간행본과 필사본 그리고 열람 빈도가 아주 낮은 책들만 보관하고 있어 우리 식으로 고서고^{古書庫} 정도로 이해하면 될 것이다.

재회를 약속하면서

이상과 같은 세 도서관을 탐방하기 위해 나는 2019년 가을부터 서둘러, 2020년 1월 말, 유럽행 티켓을 구하고 4월 말에 2주간 시간을 내어 다녀오기로 빈틈없이 계획을 잡아놓았다.

그런데 아뿔싸! 2월 초부터 한국에 '코로나19'가 번지기 시작했다. 그 기세는 3월이 가고, 4월이 되어도 수그러들기는커녕 점차 확산되고, 급기야 전 세계적인 팬데믹이 일어났다. 1차 여행 불발 시에 예비로 계획하던 8월 말 2차 여행마저 결국 수포로 돌아갈 수밖에 없었다.

도서관 탐방을 가지 못하도록 자연이 말리고, 몹쓸 역병이 방해하고 있으니 어쩔 수 없이 낭패를 보게 된 것이다. 그러나 나는 오래 전부터 집에 앉아서 르포 기사를 미리 준비하고 있었다. 현장에 직접 가서 보지는 못하지만 지난번 여행한 경험과 인터넷 또는 국내외 책자에서 수집한 예비 자료가 다소 있어서 천만다행이었다. 그런 와중에도 고마운 것은 세 곳의 여행 계획지가 마냥 낯설지 않다는 것이다.

첫째, 안나 아말리아 공작부인 도서관은 지난 2004년 1차 탐방에서 얻은 자료와 그 뒤, 소실된 도서관을 보수한 후, 독일에서 도서관 소식지가 발간될 때마다 보내준 자료를 중심으로 글을 보완할 수 있겠다고 확신했기 때문이다.

둘째, 독일 남부 슈투트가르트 시민도서관은 몇 해 전, 재독 중인 설계자 이은영 교수와 연락이 되어 한번 찾아가 만나기로 하고 우선 그가 손수 촬영한 도서관 안팎의 사진 몇 점을 얻어둔 것이 큰 보탬이 된 것이다.

셋째, 더블린의 트리니티칼리지 도서관은 실제 아무런 연고가 없지만, 국내유수 출판사인 '다빈치'^{박성식 대표}에서 2012년 자크 보세 Jacques Bosser의 『세상에서 가장 아름다운 도서관』^{The Most Beautiful Libraries in the World}을 번역 출간한 일이 있어서, 거기에 수록된 귀중한 정보와 사진을 제공해주셨기에 고맙게도 이 장을 마감할 수 있게 된 것이다.

그러나 여기에 추가해서 약속할 것이 있다. 언젠가 코로나19가

말끔히 물러가고 여행의 자유시대가 되돌아오면, 그때는 세 곳을 꼭 찾아가 직접 눈으로 보고 재판의 기회가 오면, 반드시 미완의 장을 완성해야겠다고 미리부터 다짐해본다.

12 영혼의 피를 돌게 하는 책을 만나보자

글쓰기란 쉬운 게 아니다. 막상 글을 마치고 보니 여기저기서 많은 허점이 드러난다. 살아 있는 글이 되려면 주제와 내용이 합당하고 객관적 입장에서 현장의 사실과 부합되는지 먼저 살펴봐야 한다.

이번 글도 그 원칙에 맞추려고 혼신의 힘을 다했지만 소홀했던 점이 여기저기 발견된다. 내 주관적인 생각만을 적은 글이 아니라 누구든 수긍할 수 있는 글인지 미리 점검하게 되고, 글의 문맥^{context} 뿐만 아니라 기승전결起承轉結까지 올바로 되었는지 다시 확인하게 된다. 이런 것을 제대로 갖추지 못하면 읽는 이에게 피로감을 줄 수 있기 때문이다.

더욱이 독자에 대한 예의로서, 있는 사실^{fact}에 근거하여 가급적 새로운 지식과 정보를 주면서 읽는 재미까지도 전달되도록 마음을 가다듬어야 한다. 여기에 쓴 글 중 탐방기는 직접 가서 자료를 얻거나 현지에서 별도로 보내준 것을 인용했기에 사실관계는 어긋나지 않음을 믿는다. 하지만 그것도 나의 주관적인 관찰 기록이어서 현실과 반드시 일치하지 않을 수도 있을 것이다. 여기에 더하여 글을 준비하면서 외국의 두 도서관은 실제로 가보지 못했고, 또 국내에 세 곳뿐인 대통령도서관도 직접 가서 확인하지 못한 것은 옥의 티라 할 수 있다. 그럼에도 인터넷 세상이 모든 것을 해결해주기 때문에 그나마 다행이었다.

셰익스피어의 『햄릿』에 등장하는 왕자의 독백 "To be or not to be"죽을 것인가 아니면 살 것인가는 누구나 잘 알고 있는 말이다. 대학 안에서도 이를 패러디한 "Publish or Perish"책을 퍼낼래 아니면 죽을래라는 말이 오래전부터 전해 내려오는데, 그 말은 나 자신을 채찍질하며 언제나 내 뒤꽁무니를 따라다니곤 했다.

대학에 있을 때 오직 뒤처지지 않기 위해 나 자신과의 치열한 싸움을 해왔지만 지금은 해방된 자유의 몸이다. 이번 책 또한 처음 써보는 글이 아니어서 부담 없이 출발했지만 시작부터 글쓰기가 쉽지 않았다. 무척 힘들었던 이유는 무엇일까? 그동안 내가 나태해져서일까. 아니면 세월의 흐름 탓일까.

첫 번째 장만 해도 A4 용지 5페이지 정도로 간단히 서술하려고 했지만 그것이 자꾸 늘어나 끝내 20여 페이지로 길어진 것을 보면 글쓰기가 결코 가볍지 않음을 깨닫는다. 고치고 또 고쳐도 자꾸 보탤 것이 생기고 고칠 글이 무수히 나오는 것은 내 능력이 못 따라가기 때문이다. 그러기를 수없이 반복하면서 고친 1장과 2장을 프린트한 횟수가 100번을 넘겼으니 그 뒷장도 까마득하기만 했다. 여기에 얼마나 많은 종이를 낭비해버렸고, 얼마나 출판사 편집부를 괴롭혔는지 미안할 뿐이다.

다산 정약용 선생은 생전에 100여 권 이상의 책을 집필하셨다고 한다. 살아계신 김동길 교수, 이어령 교수도 그 이상의 책을 쓰셨다. 그뿐만 아니라 도올 김용옥 선생은 하룻저녁 강의한 자료를 한 자도 고치지 않아도 며칠 후면 그대로 책이 된다고 했다. 어떻게 이것이 가능한 일인가? 범부의 생각으로 꿈도 꾸지 못할 일이다.

더욱이 이런 글들을 숙독해보면 하나같이 새로운 지식과 감동을 주며, 문장이 완벽하고 글 흐름이 순탄해 읽기도 편하다. 도대체 이분들은 어떤 두뇌를 가졌기에, 또 무슨 재주가 있기에 이렇게 쉽게 글을 잘 쓰는지 놀라면서도 그 비결을 알고 싶었다.

이런 탄식 속에서 어느 날 유튜브 방송에서 동물생태학자인 최재천 교수를 만났다. 이분 역시 글솜씨가 탁월하고 지금도 왕성히 활동하면서 많은 책을 펴내신다. 일간신문에도 십수 년째 계속 연재 칼럼을 쓰고 있는데, 글쓰기에 관한 감동을 주는 말을 했다. 그는 신문에 기고할 한 가지 주제의 글을 3주 전에 미리 완결한 다음, 짧은 글이지만 수없이 낭독을 반복하면서 최소한 쉰 번을 고치고 고쳐서 마침내 글을 완성한다고 했다.

이 말을 듣자 생각이 번쩍 떠오른다. 오래전, 미국 보스턴에 있는

케네디 대통령도서관을 탐방한 일이 있다. 도서관 안에는 별도로 헤밍웨이를 기념하는 특별 코너를 설치해두고 있었다. 거기서 대부분 장면들은 거의 다 잊어버렸지만 갤러리에 붙여둔 그의 자필로 쓴 어록은 아직도 잊지 못하고 있다. "나는 『노인과 바다』를 다 쓴 다음, 40회를 수정했다"라고 한 말이다.

세계적인 학자가 또 천하의 문장가가 이렇게 단련을 거쳐 책을 펴낸다고 하니 부끄럽지 않을 수 없다. '나는 그런 노력도 않고 욕심이 너무 많았구나' 하는 생각이 든다. 미처 생각을 못했던 내가 뒤늦게 철이 드는 것 같다. 공부를 더 하지 않고, 책을 더 읽지 않고 글쓰기에만 조급했던 자신을 스스로 고백하면서 참회하고 싶다.

막상 글을 끝내려 하니 지금까지 이 글을 읽어주신 독자 분들과 마지막으로 나누고 싶은 이야기가 생각난다. 우리 인류는 지금 코로나 팬데믹으로 큰 몸살을 앓고 있다. 14세기 유럽에서 흑사병으로 많은 곤욕을 치르고 겨우 잊을 만하자 1912년 스페인독감으로 한동안 시달렸다. 그 후 100년이 지난 오늘 우리는 그 악몽을 잊기도 전에 현대과학이 무색할 만큼 온 세계가 '코로나19'한테 또 당하고 있다.

이럴 때 보통 사람인 우리는 어떻게 대처하면 좋을까? 이 어두운 그림자를 몰아내고 지혜로운 삶을 지켜낼 수 있는 방법을 찾아보자. 그 해답은 의외로 쉬운 데 있었다. 그 간단한 팁을 다 같이 공유해보면 어떨까 싶다. 우리가 남들과 떨어져 외로운 생활 속에 허우

알렉산드리아도서관 벽면을 형상화한 머그컵에
담긴 커피를 세계 최고의 미국의회도서관이 제공하는 은제 티스푼으로
저어 차 한 잔 마실 여유를 가져보자. 누구든 '내 마음의 도서관'을 찾아,
보고 싶은 책 한 권을 읽을 수 있다면 그동안 잠자고 있던
내 영혼의 피가 다시 힘차게 돌 것이다.

적거리며 힘든 삶에 지쳐 있을 때, 또는 마음속 어디에 지울 수 없는 상처가 남아 있을 때, 자기가 원하는 책 한 권을 골라 그 속에 깊이 한번 빠져보자는 것이다.

"좋은 책은 영혼의 피를 돌게 한다"고 했다. 그 안에는 자신의 영혼을 위로해주고, 상처를 치유해주는 치료약이 반드시 있을 것이다. 그 치료약을 개발하고 발전시킨 학자가 고맙게도 내 가까이 있다. 십수 년 전, '독서치료'Bibliotherapy: Healing through book reading 방법론을 개발하여 많은 저서도 내고, 숱한 인재를 길러낸 나의 절친 김정근 교수부산대학교 명예교수를 자랑스럽게 말하는 것이다.

지금 세상이 어렵고 힘들어 내가 어디서 위로를 받고 싶을 때, 그 해결책을 멀리서 찾지 말고 우리 곁에 있는 책 속에 들어가서 한번 찾아보자. 오래전에 사다놓았다가 못 읽었던 책을 다시 꺼내 보아도 상관없을 것 같다. 아니면 가까운 책방도 좋고, 이웃에 있는 도서관에 가면 더욱 좋지 않겠는가. 다행히 나는 지금 그런 경험을 소환해 다시 실천하고 있는 중이다. 독자 여러분도 시간을 내어 도서관에 한번 가보시라. 얼마든지 환영해줄 것이다. 애초에 도서관이 탄생할 때 고대 이집트의 파라오가 그랬듯이 도서관은 하나의 힐링healing 공간으로 '영혼의 요양소'에서 출발했다고 하지 않았던가.

글을 마무리하다 보니 또 다른 감회가 있을 수밖에 없다. 원고지에 펜으로 한 장 한 장 글을 썼다면 수년이 더 걸렸을 것을, 문명의 산물인 컴퓨터 앞에서 오직 글쓰기만 하는데도 꼬박 두 해를 훌쩍 넘겼다. 하릴없이 바깥으로 못 돌아다니도록 한 코로나의 역설일 수도 있겠다.

긴 기간 동안 온 세상을 망가트린 역병 때문에 짜증도 나련만, 옆에서 나를 지켜주면서 삼시세끼 한 번도 굶기지 않고 때로는 커피한 잔으로 격려해준 아내한테 말로 다하지 못한 감사함을 표하고자한다. 그리고 멀리서, 가까이에서 책에 필요한 사진과 귀한 정보를제공해준 큰아들 기영起榮, 둘째 기석起碩과 그 가족들에게도 고마움을 전하고 싶다.

최정태崔貞泰

대구에서 태어나 성균관대학교에서 행정학사, 연세대학교에서 교육학석사, 성균관대학교대학원에서 '관보'(Official Gazette)를 주제로 문학박사학위를 받았다. 전북대학교 조교수, 부산대학교 부교수·교수로 재직했으며, 한국도서관·정보학회 회장과 한국기록관리학회 회장을 역임했다. 현재 부산대학교 명예교수(문헌정보학과)다.

재직 시 논문, 논술, 학술칼럼 아흔여섯 편을 발표했고, 단행본『한국의 관보』(아세아문화사, 1992),『도서관·문헌정보학의 길』(부산대학교출판부, 2004) 등 여덟 권과『기록관리학사전』(한울아카데미, 2005) 외 강의교재로『기록학개론』과 '자료조직' 입문서 등 세 권을 공저로 발행했다.

정년퇴임 후 세계의 이름난 도서관을 답사하여 한길사에서『지상의 아름다운 도서관』(2006)과『지상의 위대한 도서관』(2011)을 펴냈으며, '큰글자판 살림지식총서'로『아름다운 도서관 오디세이』(2012)와『위대한 도서관 건축순례』(2012)를 출간했다.

『지상의 아름다운 도서관』은 2006년 문화관광부의 '우수교양도서'와 대한출판문화협회의 '올해의 청소년도서'로 선정되었다. 그 후 발행한『지상의 위대한 도서관』과 묶은 '최정태의 세계 도서관 순례기'는 3년 연속 스테디셀러가 되었으며, 사서들이 추천하는 '선물하기 좋은 책'으로 선정되기도 했다. 그리고 지금도 인터넷에는 문헌정보학과(또는 도서관학과)에 지원하려는 전국의 고3 학생들이 반드시 읽어야 하는 필독서 목록에 포함되어 있고, 몇몇 대학의 같은 학과에서도 주니어를 위한 입문 및 교양도서로 선정하여 부교재로 사용하고 있다.

내 마음의 도서관
비블리오테카

지은이 최정태
펴낸이 김언호

펴낸곳 (주)도서출판 한길사
등록 1976년 12월 24일 제74호
주소 10881 경기도 파주시 광인사길 37
홈페이지 www.hangilsa.co.kr
전자우편 hangilsa@hangilsa.co.kr
전화 031-955-2000~3 **팩스** 031-955-2005

부사장 박관순 **총괄이사** 김서영 **관리이사** 곽명호
영업이사 이경호 **경영이사** 김관영 **편집주간** 백은숙
편집 김지수 노유연 김지연 김대일 최현경 김영길
디자인 창포 **관리** 이주환 문주상 이희문 원선아 이진아 **마케팅** 정아린
CTP출력·인쇄 예림인쇄 **제본** 예림바인딩

제1판 제1쇄 2021년 9월 6일

값 24,000원
ISBN 978-89-356-6552-5 03800